Née en 1951 dans le Puy-de-Dôme, **Bernadette Puijalon** *possède un don : celui d'écrire des intrigues à suspense. Lauréate du prix du Roman d'Auvergne 2002 avec* Le Moulin des retrouvailles, *elle retrouve, pour le plus grand bonheur de ses lecteurs, les personnages d'Ernest Veyssières et François Passelaigue, dit le Grand, dans ce nouveau roman.*

DES MONTS DE TEMPÊTE

Du même auteur

L'Heure de l'alouette, collection Romans, De Borée, 2006.
Le Moulin des retrouvailles, collection Terre de poche, De Borée, 2006.
Un parfum de gentiane, De Borée, 2004.
L'Œil du vivier, collection Romans, De Borée, 2001.

Imprimé en France en août 2008
Dépôt légal : octobre 2008
ISBN : 978-2-84494-790-1
ISSN : 1769-1788

BERNADETTE PUIJALON

DES MONTS DE TEMPÊTE

De Borée

I

La tempête

UNE BOURRASQUE VIOLENTE le fouetta. Sa jument baissa la tête et ralentit encore le pas. Rabattant le capuchon de son manteau sur son visage, Martin s'arrêta, hésitant. La tempête s'annonçait rude. Ne valait-il pas mieux faire demi-tour et regagner Rochefort tant qu'il était encore temps pour y passer la nuit au chaud dans une grange ? Au col de La Chabanne, la tourmente devait faire rage. Mais la simple idée de retourner là d'où il venait l'accablait ; il tira sur le licol et reprit sa marche. Si le temps se gâtait encore plus, il choisirait la route des Bughes et contournerait le col. Tant pis si cela rallongeait sérieusement le trajet ; il serait toujours temps d'aviser.

L'alcool absorbé avant son départ le glaçait après l'avoir réchauffé. En sortant du café, il marchait droit, les joues lui cuisaient et il se sentait prêt à affronter la mère des tempêtes. Mais il s'était vite refroidi ; en quittant Rochefort il tremblait déjà. En se dissipant, l'ivresse laissait place à des nausées qui lui faisaient la tête lourde. Devant ses yeux les flocons blancs se transformaient en papillons noirs et lui donnaient le vertige.

Pendant quelques minutes l'homme et la jument avancèrent à l'abri de la haie qui bornait un pré. Quand la haie fit place à un muret de pierres, haut tout au plus de deux coudées, la bise sifflant à leurs oreilles ralentit leur marche. Le creux du vallon n'était plus loin. Levant la tête, Martin reconnut le hêtre qui indiquait la bifurcation à prendre : le col ou les Bughes, il devrait choisir. Il dut constater sa méprise en arrivant sur l'arbre : c'était un chêne, il fallait encore avancer. Dire qu'il y a peu de temps, il avait une si bonne vue ! Il eut un pincement au cœur en se rappelant son grand-père qui avait fini aveugle avant de se rassurer : dans ce vent qui arrachait les dernières feuilles des arbres et ces flocons tourbillonnants, n'importe qui aurait confondu.

Après la foire, ils étaient bien une trentaine de paysans à devoir retourner chez eux par le col de La Chabanne. La plupart, prudents, étaient partis tôt. Lui s'était attardé en vidant chopine sur chopine chez le Lison et la Lisette. La chaleur engourdissante, l'illusion près du poêle que le vent ne soufflait pas si fort que ça, et cette folie du jeu…

Au souvenir de ce qu'il avait perdu, la nausée le reprenait. Comment allait-il présenter les choses à la maison ? S'il tardait à rentrer et que ses parents s'inquiètent, cela faciliterait les choses. La mère, trop contente de le voir arriver sans encombre à bon port après tant d'inquiétude, se mettrait devant et calmerait le père.

Enfin arrivé à hauteur du hêtre, il s'arrêta. À main gauche, tout au fond de la vallée, les roches Tuilière et Sanadoire, qui d'habitude s'imposaient, laissaient tout juste deviner leur masse altière. Devant lui, le col. À main droite, le sentier conduisant aux Bughes. Il fallait se décider. Par les Bughes il serait à l'abri du vent, mais passé la colline, il faudrait continuer sur Perpezat, de là revenir sur Villeviale, un grand détour alors qu'il était déjà épuisé ! Là-haut, une fois le col franchi dans le gros de la tempête, la croix l'attendait : il n'aurait qu'à suivre la direction qu'elle pointait et descendre sur Laqueuille. C'était le mieux. Il entama la côte, lente, pénible. La pente n'était pas forte, mais la montée longue, longue... et avec ce vent tempétueux, chaque pas coûtait. Péniblement, la jument suivait. Au-dessus d'eux, à la cime des arbres, la bise gémissait sa longue plainte. Égaré dans la désolation de l'hiver, la vie lui était d'une tristesse à pleurer. Le froid, la gueulante du père qui l'attendait... Martin renifla une larme et releva la tête dans un hoquet. Devant lui, il vit un point mouvant. Cette fois, ses yeux ne le trompaient pas. Plus haut sur le chemin, un autre peinait, fermé dans une houppelande noire qui lui descendait jusqu'aux mollets. Le vent emporta son appel. Il hâta le pas. S'ils affrontaient le col à deux, il se sentirait plus courageux. Épuisé d'avoir marché plus vite, il lui toucha l'épaule : malchance... l'homme qui se retourna était celui qu'il avait le moins envie de trouver.

« Bougre, t'es là toi ! s'exclama Grégoire Courtandon, essoufflé. Grimpons ensemble, la tempête n'est pas au plus fort. »

C'était vrai, les choses allaient encore empirer.

« On passera avant une heure, ajouta Grégoire. Allez, c'est pas le moment de rechigner et de choisir sa compagnie.

– Bon Dieu ! pourquoi je suis venu ? geignit Martin en tirant sa jument.

– Ç'aurait été dommage que tu rates la foire de Rochefort ! ricana l'autre, allongeant son pas et courbant le dos pour mieux affronter le vent.

– Sûr que j'aurais mieux fait de rester chez moi. »

Il s'en désolait maintenant, mais ce matin, il ne l'aurait ratée pour rien au monde. C'était une des plus importantes de l'année. Il y venait des étals qu'on ne trouvait pas ailleurs. Et jamais, de mémoire d'homme, la foire de la Saint-Luc ne s'était terminée par une telle tempête.

Ils marchaient en silence, dépassant sur leur gauche la montagne de Vivanson, attentifs à garder fermés les pans de leur houppelande, la capuche rabattue sur leur visage. Dans le ciel plombé, l'amoncellement des nuages lourds de neige avançait la tombée de la nuit. Près d'un taillis, à mi-pente, Martin se retourna pour se réconforter du chemin parcouru.

« On n'est pas les derniers, s'exclama-t-il dans une respiration haletante en clignant des yeux. Il me semble en voir un qui arrive à son tour dans le fond du vallon. Si on l'attendait ? »

Grégoire se retourna pour scruter le chemin.

« Personne, dit-il en haussant les épaules après une longue observation. Juste un arbre que le vent courbe. T'as trop bu. Bouge bon sang ! Et tire ta jument, elle patine.

– Je lui ai pas changé ses fers, la neige est arrivée plus vite que je m'y attendais, répondit Martin en reprenant l'ascension. Et j'y vois de moins en moins. Il y a encore deux ans, à cent pas, je t'aurais pas raté un corbeau. Maintenant, dans un champ, je le confonds avec un chat. »

Grégoire ne prit pas la peine de répondre. Ils progressaient de plus en plus difficilement dans un paysage où les arbres joignaient leurs branches dans une gémissante supplication au vent violent. Depuis longtemps leur moustache était gelée et leurs habits raidis par l'eau devenue glace. Plus ils avançaient, plus le col s'éloignait. Dans cette étendue neigeuse où l'absence de repères égarait ceux qui, par malheur, devaient le franchir en pleine tempête, le col de La Chabanne était un piège. À mille mètres d'altitude, il se révélait bien plus dangereux que des cols plus élevés. Au printemps, à regarder son tapis de jonquilles, on avait peine à croire qu'il puisse piéger chaque hiver son lot de victimes. En fait, on débouchait, non pas sur une pente qu'il aurait suffi de suivre, la descente vous ramenant directement dans la plaine, mais sur une planèze. Sans visibilité, on pouvait aller à droite ou à gauche, ou pire encore tourner en rond et se perdre jusqu'à ce que le froid vous abatte dans l'immensité blanche. À cette heure, peut-être avaient-ils quitté le chemin qu'aucune haie ne bordait plus. Il fallait coûte que coûte arriver au col avant que la croix qui servait de repère pour gagner Laqueuille ne soit recouverte. Ça n'arrivait que lors des plus formidables tempêtes, mais ça arrivait, et celle-ci en était une.

« Quand est-ce qu'on atteindra ce bougre de col ? gémit Martin.

– Avance ! cria Grégoire, qui accélérait le pas. Plus tu demanderas, plus ce sera loin. Et prends soin de la jument ! »

Que dire, sinon s'exécuter ? La bête courbait la tête pour traverser les tourbillons. D'ici peu, elle refuserait d'avancer. Tout près, mais invisibles, les maisons de La Chabanne basse et celles de La Chabanne haute abritaient ceux qui avaient eu la prudence de partir tôt et qui, maintenant chez eux, portes fermées, le feu grondant dans la cheminée, se réjouissaient à chaque poussée de la bise d'être enfin au chaud. Une pensée insupportable pour les deux hommes qui avançaient en aveugles, tant la densité des flocons était grande.

Parvenus au sommet, la force de la bise coupa le peu de souffle qui leur restait. Elle ne charriait plus des flocons, mais des échardes de glace qui les lacéraient. Arrivé là, on n'y voyait plus rien. Plus de ciel, plus de terre, rien qu'un tourbillon hurlant qui jouait avec eux, tantôt les frappant en pleine face, tantôt les poussant dans le dos, les faisant tourner sur eux-mêmes sans qu'ils puissent résister. Le nord, le sud, l'est et l'ouest se renvoyaient le vent qui se cabrait, terrible et fou.

Par chance, ils avaient grimpé droit. En granit, solide, fichée dans un socle de lave noire, la croix les attendait, un de ses bras pointant la direction de Laqueuille. Un homme, sûrement inspiré par Dieu, l'avait posée là, soucieux d'arrêter les accidents de chaque hiver où le col se transformait en linceul pour les malheureux qui s'y égaraient. Cette croix avait sauvé tant de vies qu'elle valait sans aucun doute à son auteur une place privilégiée au paradis. Trop de générations s'étaient succédé pour que la mémoire en ait gardé le souvenir.

« Y a plus qu'à piquer tout droit en suivant la croix », hoqueta Martin.

Après un dernier regard sur le versant qu'ils quittaient, qui par contraste paraissait presque hospitalier, Grégoire le suivit. Ils progressaient face au vent et les tourbillons de neige frappant à l'horizontale leur cisaillaient le visage. Dans la bourrasque, ils étaient deux lianes opiniâtres fouettées par la bise. La jument soulevait avec peine ses sabots. La neige s'enfonçait, les déstabilisant à chaque pas. Difficile de savoir s'ils avaient fait cinquante ou cent pas quand Grégoire s'arrêta :

« On s'est trompés. On devrait apercevoir les maisons du Foueix. Il faut aller plus à droite.

– On vient à peine de passer le col », protesta Martin.

Même côte à côte, il leur fallait crier pour couvrir la voix du vent.

« On fait fausse route. Il faut qu'il y en ait un qui remonte pour regarder de nouveau la croix.

– Il faut continuer. Comment veux-tu voir quoi que ce soit dans ce merdier ? En continuant tout droit, on va forcément y arriver.

– Nom de Dieu, s'énerva Grégoire, c'est quoi tout droit ? On suit pas la bonne direction !

– Mais si, bordel ! »

Ce n'était ni le moment ni le lieu, mais la peur et la fatigue appelaient la colère qui les réchauffait. Ils s'y jetaient.

« Il faut avancer, gueula Martin, sinon on va y rester.

– Si on continue par là, insista Grégoire, on va se perdre dans les brandes. Je remonte. Attends-moi. »

Il fit demi-tour sans lui laisser le temps de protester davantage.

En pestant, Martin se mit à l'abri derrière la croupe de la jument, essayant de garder son corps en mouvement pour ne pas se refroidir. Dans son gant de laine, trempé comme le reste, il ne sentait plus les doigts gourds de sa main crispée sur les rênes.

Il avait choisi le pire moment pour quitter la foire. Plus tôt, il aurait passé le col sans encombre ; plus tard, il aurait pris la mesure de la tempête et il aurait fait demi-tour pour s'abriter dans une grange à Rochefort. Là, il était piégé. Jamais ils n'avaient fait route commune, jamais ils ne la referaient, se jura-t-il. Il avait tout perdu et il se retrouvait dans la tempête, avec ce salaud de Grégoire qui avait eu une chance d'enfer ! Pourquoi ne pas continuer sans lui ? se demanda-t-il. Après tout, le col était passé. Mais dans une telle purée, arriver au col n'était pas le plus difficile. Il restait à ne pas rater le chemin de Laqueuille. À deux, c'était déjà périlleux ; seul, c'était de la folie. « Qu'est-ce qu'il fout ? » maugréa-t-il, incapable d'évaluer le temps, une minute ou une éternité, tant il gelait. Il distingua enfin une silhouette qui avançait lentement. Était-ce une illusion ? Il le voyait boiter.

« Ça souffle trop, haleta Grégoire, j'ai pas pu arriver jusque là-haut. Mais j'ai réfléchi. On est sur le bon chemin.

– Quand je te le disais, se contenta de répondre Martin, transi, se remettant en route. T'en as mis du temps.

– Je suis tombé et je me suis fait mal au genou. Il ne tient plus. »

Intérieurement, Martin se réjouit : « Bien fait pour ta sale gueule ! Tu feras moins le faraud maintenant ! » Il déchanta vite. Grégoire traînait la patte et ils perdaient encore du temps, un temps qui allait cruellement leur manquer.

« La nuit va tomber, faut avancer, nom de Dieu ! hurla Martin.

– J'ai plus ma jambe droite, grogna Grégoire qui progressait de plus en plus péniblement. Mon genou me fait trop mal !

– Bouge-toi, je te dis, ou je continue seul.

– Essaye que ! Si j'ai plus ma jambe, j'ai encore mes poings. T'en as sûrement entendu parler. »

Sûr qu'il en avait entendu parler... De toute façon, ils étaient condamnés à faire équipe. Le ciel s'assombrissait ; d'ici peu, la nuit s'emparerait de la terre. Une rafale plus forte leur coupa la respiration, brûlant leurs poumons, oppressant leur poitrine. La jument, exténuée, crispait spasmodiquement ses flancs pour faire circuler le sang et garder sa chaleur. Elle renâclait, et à chaque pas, Martin devait tirer plus fort sur le licol.

« C'est trop tard pour espérer traverser les brandes avant la nuit, dit Grégoire qui souffrait le martyre. On a raté le Foueix. Avec cette neige, on va se perdre pour de bon. Il faut rejoindre une ferme.

– Je veux bien, grogna Martin, qui venait aussi d'y songer, mais laquelle ?

– La première qu'on trouvera. »

La blanche tourmente devenait grise ; la tempête s'amplifiait et la nuit tombait. Ils tenaient fermées comme ils le pouvaient leurs grandes houppelandes, lourdes et trempées. C'était comme s'envelopper dans un chiffon de neige. Pas après pas, ils progressaient courbés, sans plus savoir où ils allaient, seulement résolus à ne pas s'arrêter. Une légère déclivité leur fit lever les yeux ; devant eux, à dix pas, un bosquet de noisetiers leur barrait la route.

« Je me souviens des noisetiers ! s'écria Martin. Derrière, y a un petit buron dans un creux de terrain. Il est juste avant d'arriver chez les Vazeilles de Lendrode. La maison est à trois ou quatre cents pas plus bas.

– Misère, il faut qu'on arrive chez ceux-là, râla Grégoire.

– Je sais pas comment ça se fait, je croyais qu'on allait de l'autre côté, vers le Foueix. On a de la chance d'avoir trouvé. Je me souviens que la sente est coincée entre deux palissades qui arrêtent les congères. J'y suis allé avec mon père quand j'étais tout gamin. Du buron à la maison, il y a forcément un chemin. »

Martin, ragaillardi, tira plus fort pour faire avancer la bête.

« Hue, nom de Dieu, Polka ! Avance ! »

L'instinct de survie est fort chez tous les êtres vivants. Quand la jument aperçut l'abri, elle reprit son effort. La masure leur parut en assez bon état, même s'il était difficile de se rendre compte, car installée dans un creux, la neige l'avait plus qu'à demi recouverte. Longue d'environ six mètres, elle était d'une construction simple : des murs de pierres, celui du nord plus haut que celui du sud, ce dernier ne dépassant pas une hauteur d'homme, les deux autres en escalier, ce qui offrait le double avantage de la facilité de construction pour poser les poutres de la charpente qui soutenait les lauzes et de laisser des orifices pour la lumière du jour sans avoir besoin de prévoir de fenêtre. Du côté est, le toit se prolongeait sur un appentis ouvert, d'à peine un mètre de large, qui servait à stocker du bois.

« Ma jambe me fait trop mal, dit Grégoire. On va s'arrêter.

– T'y penses pas ? On a rien à manger.

– J'y arriverai pas, je te dis ! Allons voir à quoi ça ressemble. »

L'entrée étant au sud, les deux hommes contournèrent le buron et entreprirent de creuser la neige pour dégager la poignée de la porte. Il leur fallut déployer de gros efforts car elle s'ouvrait sur l'extérieur. Quand ils réussirent, Grégoire se faufila à l'intérieur.

« De Dieu ! On y voit rien, mais on s'en fout ! Je marche sur de la paille et il fait presque chaud ! On peut rester là ! Ta jument ne voudra plus suivre maintenant qu'elle a vu un abri.

– Elle passera jamais la porte.

– Il suffit de la dégager plus encore. Essaye que de la faire avancer, tu vas voir. »

Martin savait que l'animal ne renoncerait pas à la sécurité d'un abri pour repartir à l'aventure dans le froid. Ils se mirent donc à creuser, Martin à l'extérieur du buron, Grégoire à l'intérieur.

« Attends que, dit Grégoire. Je vais voir si je trouve une pelle. »

Il revint en clopinant, non pas avec une pelle, mais avec un piochon. Bien qu'épaisse, la couche de neige fraîche s'éboula rapidement. Polka baissa la tête et passa le seuil en soufflant des naseaux pour dire sa satisfaction.

« Quand même, je continuerais bien, s'obstina Martin en refermant la porte. J'ai faim. La maison de Lendrode n'est pas loin.

– Pauvre chouinard, qu'est-ce que ça veut dire, pas loin par ce temps ? Vas-y si ça te chante, moi je bouge plus », dit Grégoire qui s'appuya contre le mur pour soulager sa jambe avant de fouiller dans la poche de sa veste pour en sortir un briquet.

Dans la lumière vacillante de la flamme, le buron apparut plus que sobrement meublé : une table rustique, c'est-à-dire quelques planches grises fixées sur quatre piquets de sapin à peine équarris, une cheville de bois fichée en son milieu portant un verre renversé afin d'éviter les chiures de mouche en été, deux tabourets à trois pieds, du foin en quantité suffisante pour s'y allonger, un tas de bois à côté d'une cheminée accolée au mur ouest. L'ensemble était moins poussiéreux qu'on aurait pu s'y attendre : les Vazeilles l'utilisaient encore.

« Regarde, dit Grégoire, en désignant la cheminée du menton. Il y a assez de bûches pour faire un feu. Une poignée de paille le fera prendre sans peine. »

Il s'affaira. Martin ouvrit de nouveau la porte derrière laquelle la neige ne tarderait pas à s'amonceler. Dehors, la nuit était tombée ; la bise pulsait, inépuisable.

« Je reste aussi, décida-t-il en refermant la porte. On tiendra bien jusqu'à demain matin sans manger. »

II

La ferme de Lendrode

« C'EST LA PREMIÈRE TEMPÊTE de la mauvaise saison ! s'exclama le père Vazeilles en fermant les volets. D'habitude, c'est plutôt en février qu'on en a des comme ça. Le dicton dit pourtant qu'à la Saint-Luc la neige reste sur les monts, mais cette année, les gentianes étaient hautes, on en aura une bonne épaisseur. Quand j'étais gamin, ce temps faisait sortir les loups. Le dernier que j'ai vu c'était en 1888, voilà dix ans. Un vieux pelé qui ne pouvait plus guère courir après les moutons, efflanqué à faire peur. Quand on l'a eu abattu, il n'avait qu'un peu de paille dans l'estomac.

– La tempête en a surpris plus d'un, dit Ernest Veyssières assis sur un banc près de la cheminée. Au début de l'après-midi, j'ai passé le col sans problème avec mon cheval et je pensais avoir le temps de repartir après avoir acheté votre âne.

– Votre cheval vous aurait peut-être suivi, dit son hôte en s'asseyant à son tour près du feu, mais vous n'auriez pas fait avancer l'âne d'un pas. Il est solide, vous l'avez vu, mais justement, il a de la force et il est têtu, pardi ! Cela dit, ne vous inquiétez pas, il ne craint pas la neige : la semaine dernière il a tiré sans problème les arbres qu'on avait coupés plus haut vers la Banne d'Ordanche, où il y en a déjà une belle couche, mais ce vent le rendrait fou comme il rend fou toutes les bêtes et tous les hommes. »

La mère Vazeilles sortit de la souillarde, portant une chopine de vin qu'elle versa dans un *toupi*[1] posé sur l'*andier*[2] au coin de l'âtre pour le chauffer. Dans une grosse marmite accrochée à la crémaillère, la soupe poupoutait. Physiquement le couple se ressemblait, à croire qu'entre eux la parenté ne remontait pas si loin : courtauds, la figure carrée, clairs de peau, le cheveu rare et déjà blanchi. Lui avait une moustache épaisse et des sourcils fournis au-dessus de petits yeux gris. Chez elle on remarquait plutôt le nez long et la bouche fine. Leur intérieur était cossu, la pièce grande, les meubles de bonne qualité. Devant la porte d'entrée et devant la cheminée, le sol pavé de grosses pierres plates luisait de

1. Toupi : récipient.
2. Andier : trépied dans la cheminée.

graisse. Si l'ensemble n'était pas très propre, il était rangé ; une lampe à pétrole éclairait le fond de la pièce que le feu de la cheminée laissait dans l'ombre.

« Alors comme ça, vous avez racheté la propriété des Védrine à La Garde, reprit le père Vazeilles. Vous êtes donc de chez Chantarane. J'ai fait mes classes avec un qui est allé gendre chez les Thomas. Vous devez connaître. Ça fait combien de temps maintenant que vous êtes installés ?

– Une année pleine. On a déménagé à l'automne dernier.

– Ça vous change de la Corrèze.

– Je viens de Corrèze mais ça va faire bientôt quatre ans que je vis en Auvergne.

– Quatre ans, c'est rien ! Enfin, juste le temps d'épouser une des plus riches héritières du pays ! »

Le père Vazeilles était content de l'occasion qui lui permettait de regarder de plus près ce commis de ferme dont le mariage avait alimenté bien des conversations. Il faut dire qu'il était bel homme, grand, bien découplé, des traits réguliers, le front paraissant d'autant plus haut que ses tempes commençaient à se dégarnir, un magnifique regard bleu, la moustache noire impeccablement taillée. Amélie Verdier avait bon goût, et puisqu'on disait qu'il se débrouillait plutôt bien pour construire la propriété qu'ils avaient rachetée à La Garde, elle n'avait peut-être pas fait une si mauvaise affaire. Il avait évalué l'âne d'un œil sûr et marchandé suffisamment pour que chacune des parties soit satisfaite. Mieux vaut épouser un jeune courageux qui n'a pour lui que sa belle allure qu'un fainéant qui se contente de manger ce que ses prédécesseurs ont amassé.

« Vous restez un Limousin, poursuivit-il. Une cousine du côté de ma mère en a épousé un qui *sortait*[1] de Ventadour. Il avait de l'avant dans son travail comme j'ai rarement vu. Pour un de chez vous, c'est rare. »

Ernest sourit. La supériorité des Auvergnats sur les Limousins était pour eux une telle évidence qu'ils ne prenaient même plus conscience de l'aspect blessant de leurs remarques. Il préféra se taire. L'odeur du vin chaud emplit la pièce. La mère Vazeilles sortit les verres du placard.

« Et votre femme, intervint-elle en lui tendant un verre qu'elle venait de remplir, elle a bien un frère *brelaud*[2] ? Il paraît qu'il n'a pas plus d'idée qu'un enfant de cinq ans. »

---

1. Sortir de : être originaire de.
2. Brelaud : débile.

Jusqu'où allaient-ils pousser leur curiosité ? Ils posaient des questions dont ils connaissaient visiblement la réponse. S'ils souhaitaient jouir de son embarras, ils en seraient pour leurs frais. Ernest avait des réponses toutes prêtes et il savait adopter le ton qui décourageait les curieux. Les curieux, mais pas les imbéciles et les méchants.

« Tout brelaud qu'il est, il est de grande utilité pour le travail et je ne connais pas plus vaillant.

– Et la petite, elle pousse ? Ça lui fait quel âge maintenant ? À qui elle ressemble ?

– Rose va sur ses trois ans. Elle tient de sa mère. »

Bon gré, mal gré, il fallait répondre. Il était banal qu'une tempête amène de l'animation et les Vazeilles avaient une tradition d'accueil rodée. Sur la planèze, leur maison était une des plus accessibles et puisque chaque hiver les gens venaient à eux, ils connaissaient la vie des villages à des lieues à la ronde. Difficile quand on vous offre l'hospitalité dans de telles conditions de ne pas s'acquitter de sa dette avec des nouvelles et des histoires, avant de compléter plus tard par un lièvre ou un pâté. Les Vazeilles ne plaignaient pas la soupe et ils ne demandaient jamais d'argent. C'était inutile. Leurs invités la leur paieraient plus que grassement lors d'un prochain voyage ou d'une foire. Qui sait ? Il faudrait peut-être y retourner. Il se disait que l'un ou l'autre qui s'était montré rapiat ne s'était vu offrir une deuxième fois que le plus mauvais coin de la grange et du pain sec.

Le fils Vazeilles entra par le *pourtané*[1], portant de grosses bûches qu'il déposa à côté de l'âtre. Il était bâti sur le même moule que ses parents, sauf pour la tignasse blonde et encore fournie. Bourru, il salua brièvement Ernest avant de s'installer sur une chaise et d'ouvrir son couteau pour tailler des tiges de noisetier qu'il sortait d'un panier déposé près de la cheminée. La mère lui versa le vin qui restait avant de sortir les écuelles et les cuillères pour la soupe.

« C'est l'Henri, dit simplement le père. On en a eu qu'un. »

Dehors la bise chantait toujours sa chanson folle. De temps à autre, une bourrasque plus forte passait par le conduit de la cheminée et faisait vaciller les flammes. Rien de bien conséquent car la cheminée avait été conçue pour limiter la puissance des souffles. Les volets clos, solidement fixés par une barre intérieure, bougeaient à peine.

---

1. Pourtané : porte de séparation entre la pièce à vivre et l'étable.

« C'est prêt, les avertit la mère Vazeilles en posant la dernière écuelle pleine sur la table. Venez vous *agourmandir*[1] ! »

Ils s'attablèrent, et avec le bruit du vent, ils faillirent ne pas entendre le coup à la porte. Elle s'ouvrit avant qu'ils aient pu réagir. Un homme entra en titubant et s'appuya contre le mur. Son visage maculé de neige et de boue saignait, sa houppelande trempée était tâchée. Le vent s'engouffra par la porte restée ouverte, faisant vaciller la lampe et refroidissant d'un coup l'atmosphère.

« Fermez la porte ! gueula Henri Vazeilles. La chaleur fout le camp ! »

L'homme était incapable de s'exécuter.

« Encore un dehors par ce temps ! » s'exclama le père Vazeilles en se levant du banc sur lequel il venait à peine de s'asseoir, et dans quel état !

L'homme prit quelques instants avant de se détacher du mur et de se traîner vers la cheminée. Il s'affala sur la chaise que la mère Vazeilles eut le réflexe de lui tendre.

« Pauvre de Dieu ! gémit-il en exhalant un soupir d'épuisement. J'ai cru que j'allais y rester. »

Il ne put rien dire d'autre. Le soulagement d'être arrivé à bon port après avoir eu peur, la

1. S'agourmandir : se régaler.

lumière et le feu dans la cheminée qui contrastaient si fort avec l'obscurité et le froid du dehors, les voix humaines qui lui confirmaient qu'il était sauvé, le tic-tac de l'horloge, toutes ces merveilles lui tombèrent dessus. Jamais il n'avait tant apprécié la chaleur et la vie. Il tremblait, la tête lui tournait : il glissa à terre, évanoui.

Le père Vazeilles se précipita, suivi par Ernest. Ils l'empoignèrent et le giflèrent pour lui remettre le sang en mouvement. Il était plus mou qu'un sac humide. Renonçant à le ramener à lui, ils l'installèrent sur l'*archou*[1].

« Ses vêtements sont trempés, constata la mère Vazeilles en s'approchant à son tour, ôtez-lui au moins ses bottes, ses chaussettes et son pantalon, sinon il attrapera la mort. Je vais lui en chercher du Henri.

– Je ne crois pas l'avoir jamais vu, dit le père Vazeilles en observant l'homme qu'ils déshabillaient avec difficulté car ses vêtements mouillés collaient à la peau. *Afoulé*[2] comme il est, c'est pas facile. Et toi l'Henri, ça te dit ? Tu ne l'as pas vu à la foire ce matin ? Il est dans tes âges.

– Je le reconnais pas, dit le fils Vazeilles qui, après s'être levé pour refermer la porte et jeter

1. *Archou : coffre au coin du feu.*
2. *Afoulé : affaibli, malade.*

un œil à l'inconnu, était retourné s'asseoir et continuait à manger sa soupe. Il va se remettre. C'est pas le premier qui arrive chez nous à demi mort. »

La mère Vazeilles revint avec du linge sec qu'il ne fut pas facile de lui enfiler. Inerte comme une chiffe, il ne les aidait en rien.

« Il s'est cogné et il s'est blessé à la tête, remarqua-t-elle en soulevant ses cheveux collés par le sang pour mieux examiner sa tempe droite. Plutôt des grosses écorchures qu'une vraie plaie, mais le sang a taché ses vêtements. Sinon, il n'a pas l'air d'avoir trop de mal. L'Henri a raison, il va se remettre. Sors la bouteille de gnôle », dit-elle à son mari, tout en suspendant les vêtements trempés à des clous fixés dans l'âtre.

Quand l'homme bougea enfin, elle lui releva la tête et lui glissa une cuillère remplie d'alcool entre les dents. Il la régurgita aussitôt dans un hoquet qui le courba vers l'avant. Une odeur âcre et vineuse envahit la pièce.

« Maintenant qu'il a vomi, ça ira mieux, remarqua-t-elle sans se formaliser en allant chercher des *petassous*[1] pour nettoyer le sol. Il n'a pas compté les chopines à la foire ! Par ce froid, c'est imprudent de se saouler ; il aurait pu y rester.

---

1. Petassous : chiffons.

– Comment vous vous appelez ? insista le père en se penchant vers l'inconnu, tant il lui était invraisemblable de ne pas connaître son nom.

– Martin de chez Font, parvint à articuler l'homme.

– Ah donc ! Vous *signez*[1] Bascoulergue ?

– C'est ça », murmura Martin d'une voix à peine audible.

En temps ordinaire il avait une voix fluette, haut perchée, qui pour l'heure déraillait.

« Je vois, dit le père Vazeilles en se redressant, satisfait de situer son interlocuteur : Martin Bascoulergue de chez Font. Il sort des Baguay. Ça ne lui fait pas un gros détour. »

Ayant fini de nettoyer le sol, la mère Vazeilles plongea une cuillère dans la marmite de soupe :

« Maintenant ça va passer. »

Maintenu droit par Ernest, Martin avala l'équivalent d'un bol.

« Ça suffit, dit la mère Vazeilles, la soupe l'a ragaillardi mais il ne pourrait sûrement pas en prendre plus. »

Ils le calèrent avec une couverture dans un coin de l'archou et retournèrent s'asseoir à la table pour se restaurer à leur tour. Martin resta là, les

1. Signer : dont le nom de famille est.

bras ballants, la tête renversée. Seule sa respiration haletante le disait vivant.

La ferme des Vazeilles semblait indifférente à l'hiver qui prenait possession de l'Auvergne avec violence. De temps en temps, quand une bourrasque plus forte faisait gémir la maison, Martin frissonnait, encore empli de la terreur de ces heures passées dans la tourmente.

« Il a de la chance, dit Ernest. Il s'en fallait d'un rien pour que le col le garde.

– Ç'aurait été le premier de l'année. Mais ce n'était pas son heure. Son père s'est arrêté une fois ou l'autre et je me demande si lui, gamin, ne l'a pas eu accompagné. Vous êtes déjà allé aux Baguay ? »

Ernest, qui avait la bouche pleine, fit signe que non.

« C'est de l'autre côté de la Miouze en allant sur Saint-Sauves. Y a que deux feux. Eux et les Chaput », expliqua le père Vazeilles en attaquant son fromage.

La mère et le fils se taisaient. Quand ils étaient seuls, ils mangeaient en silence, chacun dans son monde, mais là le père, bavard de nature, était ravi de compléter sans se lasser ses informations sur le pays :

« La dernière fois que je suis allé à Laqueuille, je sais plus qui m'a dit, peut-être bien le Barnabé de chez Gattignol, vu qu'il a épousé la Berthe Vigier qui sort de La Garde, que François Passelaigue, celui qu'on appelle le Grand de chez Robyeu, serait venu passer l'hiver chez vous.

– C'est chez les Robyeu que j'étais commis en arrivant en Auvergne et il a toujours été de bon conseil pour moi.

– Je crois bien ! Il avait réussi à bâtir une sacrée propriété. Mais sa fille a épousé un *brenique*[1] qui laisse tout aller. À ce qu'il paraît, ils lui plaignent le peu de soupe qu'il mange. En être réduit à aller passer l'hiver ailleurs que chez soi, il ne fait pas bon vieillir ! »

Tout cela était vrai, mais Ernest, qui n'en revenait pas de voir son hôte aussi bien informé, n'avait plus envie de satisfaire sa curiosité. Plus que jamais il était heureux d'avoir invité le Grand à passer l'hiver chez eux. Ce soir il saurait rassurer Amélie, forcément inquiète de ne pas le voir rentrer.

Même s'il était encore tôt, aux alentours des 8 heures et demie, Ernest ne se voyait pas veiller. Il en était de même pour les Vazeilles car les journées à venir seraient rudes. Ils lui proposèrent d'aller s'installer dans l'étable avec Martin Bascoulergue qu'on ne pouvait laisser indéfiniment calé sur l'archou. La présence

1. Brenique : moins-que-rien.

d'étrangers était habituelle en cette saison et les modalités du coucher rodées comme celles du souper. La mère Vazeilles enveloppa plusieurs des briques brûlantes qui entouraient le feu dans des petassous.

« Vous en prendrez une, dit-elle à Ernest, et lui, ajouta-t-elle en désignant Martin du menton, on va lui en mettre trois, une aux pieds et une de chaque côté à hauteur du ventre. Avec la couverture, il restera chaud. »

Henri Vazeilles se leva de table, décrocha la lanterne suspendue à côté de la cheminée et l'alluma avec un des brandons du foyer :

« Je vais faire le tour de la maison voir si tout tient. »

Ernest attrapa Martin sous les bras et le soutint jusque dans l'étable qu'ils gagnèrent en passant par le pourtané. Devant eux le père Vazeilles portait un *chaleil*[1] qui faisait un halo tremblant de lumière. La mère suivait avec les briques et la couverture. Tout de suite à droite dans l'étable, un carré de bois d'environ deux mètres de côté, rempli de foin, servait de couche aux égarés.

Deux chiens qui tenaient plus du chien-loup que du chien de berger se levèrent et grondèrent, rapidement arrêtés par la mère Vazeilles.

---

1. *Chaleil : lampe à huile.*

« Vous dormirez là, expliqua le père, en accrochant le chaleil à un clou planté dans une poutre. Avec les bêtes et le foin, vous aurez chaud. Lui, avec ses trois briques et la couverture, il va transpirer et demain il sera remis. Il ne neige plus, ajouta-t-il après un coup d'œil par un fenestrou, mais la bise s'acharne. »

L'éclairage tremblotant du chaleil laissait deviner une étable vaste qui abritait quatre vaches regroupées dans le même coin, juste en face du carré de foin où ils allaient dormir. Plus loin, deux chevaux, dont celui d'Ernest, une bête fière et ombrageuse rachetée voilà près d'un an à un cocher, quelques chèvres, des moutons fermés dans un parc et son âne s'agitèrent à leur entrée. Une charrette et un traîneau encombraient la travée du milieu.

« Avec ce vent furieux on est content de pouvoir dormir dans un abri », dit Ernest, pour montrer qu'il appréciait leur hospitalité.

Lucifer hennit en entendant la voix de son maître qui prit le temps d'aller lui faire une tape amicale. Même s'il aimait ses habitudes, en entendant la bise glapir par les fissures des murs, l'ancien cheval de cocher s'accommodait sans peine d'avoir à dormir dans une autre écurie que la sienne.

Une fois Martin Bascoulergue installé, les Vazeilles se retirèrent, emportant le chaleil. Bien qu'il n'ait pas eu de vraies difficultés pour arriver jusqu'à la ferme, Ernest s'affala tout habillé sur le foin qui s'éparpilla en un nuage de poussière. Au-dehors, le mugissement du vent se transformait en une longue plainte sifflante. Au-dessus d'eux, sous le lourd toit de lauzes, la charpente craquait. Peut-être parce que les planches se souviennent qu'elles ont été arbres, elles vibrent sous la bourrasque, gémissent et accompagnent le chant du vent, là où la pierre reste ignorante.

Martin, que la fièvre tenait en sueur, geignait dans son sommeil agité. Au bout de quelques minutes, Ernest sombra et c'est le silence qui, curieusement, le réveilla au milieu de la nuit : dehors le vent s'était calmé. Il lui fallut un moment pour se souvenir de là où il se trouvait. Hors de chez soi, on est sensible à l'étrangeté des choses, même si les odeurs sont les mêmes dans toutes les étables, avec cependant des proportions autres pour le bétail, le foin, le purin, la paille. Près de lui, Martin s'agitait toujours, respirant avec un son guttural qui tenait plus du râle que du ronflement.

L'immobilité et le silence qui succèdent à une tourmente sont étranges et presque plus angoissants que le vacarme. Dans l'obscurité tiède, Ernest se leva et, par le fenestrou derrière lui, regarda dehors. Une faible lune se réverbérait sur la neige. Il devina une silhouette qui tenait une lanterne allumée. Un des Vazeilles – le fils, crut-il reconnaître – tournait à l'angle de la maison. Après une tempête il y a toujours quelque chose à vérifier.

Il retourna au chaud du foin, sans réussir à retrouver le sommeil. À La Garde, Amélie aussi devait être éveillée ; elle était impulsive et s'inquiétait facilement, trop facilement. Ne le voyant pas revenir, elle s'imaginait sans doute le pire. Pourvu que le Grand de chez Robyeu, qui avait de l'ascendant sur elle, ait réussi à la calmer en lui expliquant que, par un temps pareil, le mieux était de différer son retour. Et puis, ils avaient été occupés à se parer des ennuis qu'amenait la tempête. Ernest prévoyait un gel qui durerait et qui nécessitait des mesures d'urgence : calfeutrer le bas des portes de l'étable avec des bottes de paille ; descendre les fruits entreposés dans le grenier, où il gèlerait à pierre fendre, pour les disposer sur des claies à la cave comme ils l'avaient fait l'hiver précédent ; dégager la neige au fur et à mesure pour que les *chalades*[1] permettant de gagner la route ne deviennent pas impossibles à tracer... Il faisait confiance à l'expérience du Grand, soutenue par

1. *Chalades : sentiers glacés.*

la vivacité d'Amélie et par la force physique de son beau-frère. Tout brelaud qu'il était, Barnabé s'appliquait toujours de son mieux à ce qu'on lui demandait. Tout devrait bien se passer. Et puis, maintenant, il avait son âne. Depuis le temps qu'il en voulait un ! Le père Vazeilles, qui était connu pour savoir les choisir, avait ses filières jusque dans le Cantal. Ernest lui avait passé commande à la foire de Laqueuille en septembre pour une livraison le jour de la foire de Rochefort. Ils étaient alors loin d'imaginer que l'hiver se fâcherait ainsi.

Parce qu'il était bien réveillé, juste avant le matin, dans la demi-obscurité qui précède une aube grise, alors que les vaches commençaient à s'ébrouer et à tirer sur leur chaîne, il entendit à côté de lui une inspiration profonde, suivie d'un souffle régulier, et ces paroles distinctes et inquiètes de Martin :

« Ma Polka qui est restée avec le Grégoire ! Et cette neige, oh ! cette neige ! »

Ces mots intelligibles furent suivis d'autres incohérents et de soupirs rauques.

« Grégoire, quel Grégoire ? demanda Ernest en se redressant. Et quelle Polka ? Où ça, là-bas ? Dehors, dans la neige ? »

Martin, qui avait replongé dans un sommeil lourd, n'entendait pas ces questions. Ernest hésita un instant avant de se lever pour ouvrir le pourtané et se diriger dans la semi-obscurité vers la chambre des Vazeilles.

« Qu'est-ce qu'il y a ? demanda une voix ensommeillée, pas très aimable, quand il frappa à la porte.

– Martin Bascoulergue parle dans son sommeil, expliqua-t-il, et je crois comprendre qu'il y a un homme dehors, un certain Grégoire. Il parle aussi d'une Polka, sa jument je devine.

– Bon Dieu ! C'est maintenant qu'il s'en souvient ! Louise, allume la lampe ! »

Ernest les entendit se lever. Quand le père Vazeilles ouvrit la porte de sa chambre, il ajustait les bretelles de son pantalon :

« Un Grégoire ? Y en a des Grégoire dans le pays ! Avec ce froid, sûr qu'à cette heure il est mort ! Bon Dieu de col, dès le début de l'hiver, il lui fallait un homme ! On le retrouvera à la fonte des neiges, raide, les yeux ouverts, comme tant d'autres avant lui. »

Pendant qu'il allumait le chaleil, sa femme se courbait près du foyer afin d'attiser des brindilles.

« Allez finir de le réveiller, dit-elle, je relance le feu pour réchauffer la soupe.

– Vous êtes sûr d'avoir bien entendu ? demanda le père Vazeilles en poussant le pourtané, avant d'accrocher le chaleil au clou de la poutre.

– J'ai bien entendu. Mais est-ce que ça veut dire quelque chose ou est-ce qu'il délirait, ça je ne le sais pas. »

Ils s'accroupirent près de Martin, qui dormait profondément, affalé dans le foin, la bouche ouverte, la mâchoire pendante :

« De quel Grégoire vous parlez ? » lui cria le père Vazeilles en le secouant par l'épaule.

Martin émergea difficilement et, en les voyant, chercha à se redresser. Malgré ses joues creusées par la fatigue et noircies par une barbe drue, il avait plus d'allant que la veille au soir. En revenant à lui, les idées, bien qu'encore confuses, s'inscrivaient sur sa figure et l'agitaient :

« Ma Polka ! s'exclama-t-il en s'appuyant sur ses coudes, des brindilles de foin plein les cheveux. Ma jument est restée avec le Grégoire de chez Vialle.

– Celui-là ! dit le père Vazeilles d'un ton froid en se reculant. Par quel côté vous êtes arrivé ?

– J'ai buté sur la barrière, expliqua Martin, encore embrouillé.

– Laquelle ? Celle de derrière qui donne sur le verger ou celle de la cour ?

– Je sais plus. Je suis arrivé droit sur la porte.

– Ah non ! que vous soyez arrivé par l'une ou par l'autre, vous avez forcément tourné, le corrigea le père Vazeilles. Sur la droite en venant du verger ou un peu en oblique en passant par la cour. Si on sort, il faut savoir dans quelle direction aller, sinon, même avec une lanterne, on risque de se perdre. Mon pauvre, essayez de vous souvenir. Vous les avez laissés où ? »

Martin frissonna. Sa tête lui faisait mal. Mais secoué et pressé de questions comme il l'était, sa conscience s'éclaircissait et ses souvenirs revenaient : la foire, l'ivresse, la tempête… Et ses parents qui ne savaient pas où il était ! Pour le coup, il reprit tous ses esprits :

« Dans le buron derrière les noisetiers. Il y est avec ma jument !

– Pourquoi vous ne le disiez pas plus tôt ? s'exclama le père Vazeilles en se relevant. Il peut y finir la nuit et votre jument aussi. Des murs de pierres, une bonne litière… Comme je connais les Vialle, il n'aura pas hésité à s'installer !

– Je veux bien y aller, dit Ernest. Il suffit de m'expliquer où est le buron.

– Doucement ! Ne vous inquiétez pas pour lui. Il dort au chaud dans son abri. Il aura juste eu un peu faim. De toute façon, le jour ne va pas tarder.

« Il s'était fait mal à la jambe, expliqua Martin.

– Sa jambe aussi s'est reposée », dit le père Vazeilles, mécontent d'avoir été réveillé brutalement pour rien.

S'il accueillait volontiers ceux que la tempête perdait, c'était autre chose de se lever au petit matin pour aller chercher les égarés.

– Il faut que j'y aille, dit Martin en se mettant debout. Ma Polka se fait vieille. Je veux pas la lui laisser. J'aurais dû en parler plus tôt !

– Même si le buron n'est pas loin, je ne sais pas si on aurait bougé, répondit le père Vazeilles. Il y a un gros tas de fourrage et un homme avec un cheval y est à l'abri. Si ça se trouve, il est déjà reparti pour rentrer chez lui et votre jument vous attend tranquillement. J'aime autant ne pas l'avoir eu ici ! »

Ernest n'osa pas demander pourquoi, mais devant son air interrogateur, le père Vazeilles s'expliqua :

« Vous ne connaissez pas ceux de chez Vialle ? Ils signent Courtandon et ils sortent de Beauberty. Des violents, du genre à passer près du monde et à les cogner sans leur dire ni chien ni bête ! »

Il avait effectivement entendu ce nom une fois ou l'autre dans des conversations où il était question de bagarres et de litiges. Rien de précis ne lui revenait dans ce moment où il aurait voulu regagner La Garde. Bientôt, Amélie guetterait sa venue avec impatience. S'il tardait trop, elle ne pourrait envisager ce qui le retardait. Le Grand aussi aurait du mal à deviner, même s'il ne céderait pas aussi facilement à la panique. Mais comment faire autrement qu'accompagner Martin ? Toujours fiévreux, il toussait. Et puis, il était encore tôt, à peine 7 heures. Ils n'en auraient pas pour longtemps et juste après, il prendrait la route.

De retour dans la pièce à vivre, le père Vazeilles et Ernest mangèrent une soupe tiède trempée de lait que Martin refusa : son ventre le travaillait toujours. Il frissonna en quittant les habits d'Henri pour enfiler les siens dont les parties qui n'avaient pas été exposées directement à la chaleur du feu restaient humides.

À la dernière lampée de soupe, le père Vazeilles se leva :

« C'est pas que ça m'enchante de me déplacer pour celui-là, mais je viens aussi. Je n'aime pas le savoir chez moi. On va prendre deux pelles, on en aura besoin pour dégager la neige.

– S'il s'est fait mal à la jambe, on pourrait peut-être aussi prendre votre traîneau, suggéra Ernest.

– Si je pouvais éviter d'avoir à dégager la porte de l'étable pour le sortir, ça m'arrangerait. Allons d'abord voir s'il est toujours là. »

Ils mirent leur manteau, ajustèrent leur cache-nez, ouvrirent la porte et sortirent dans la grise aube naissante.

III

Un lendemain de tempête

DEHORS, une nature calmée les attendait. Le soleil restait caché derrière l'horizon et le pays était gelé comme une maison sans feu. Mais, de même que la veille la tempête avait avancé l'heure de la nuit, ce matin la neige avançait l'aube, et une lumière blafarde se réverbérait faiblement sur le sol blanc. Le gel faisait craquer les branches alourdies des arbres du verger. Ils frissonnèrent.

Leurs pas lents mais solides crissaient sur la neige suffisamment gelée pour rendre les pelles inutiles. Ils tournèrent à l'angle de la maison pour atteindre la barrière du verger, qui restait ouverte pendant tout l'hiver, et avancèrent entre les palissades de bois destinées à empêcher la formation de congères. Ceux qui avaient habité cette terre avant eux avaient appris peu à peu à les disposer judicieusement. Si la nature n'était pas domptée, au moins était-elle maîtrisée. Seuls des poteaux plus hauts que les autres signalaient leur présence et, du côté abrité du vent, la neige avait une hauteur régulière. Martin se maintenait à leur rythme.

« C'est quoi ce buron où ils se sont arrêtés ? demanda Ernest. Je ne l'ai pas remarqué en venant.

– Quand vous êtes passé, répondit le père Vazeilles, le chemin se devinait encore. Vous seriez tombé dessus si vous aviez dévié sur votre gauche vers le bois de sapins qui monte vers la Banne d'Ordanche. Une petite masure en pierre qui a été construite voilà longtemps pour abriter des bergers. Comme il est dans un creux, quand la neige tombe longtemps, il disparaît. C'est arrivé qu'un lièvre marchant sur la neige passe par le trou de la cheminée et tombe dans l'âtre, prêt à cuire ! Si, si ! On s'en sert pour entreposer du fourrage. Il y en a assez pour qu'un homme et un cheval s'y tiennent au chaud. Ça fait quatre ou cinq ans que personne n'en a eu besoin. Quand le jour se lève, ceux qui y ont passé la nuit ne souffrent que de la faim.

– À voir comme sa jambe le tirait, il doit être mal, expliqua Martin, et ma jument…

– Sa jambe le tirait hier, le coupa le père Vazeilles. Ce matin, elle va mieux. Il n'attend quand même pas qu'on lui porte la soupe ! »

Ils avançaient lentement vers l'orée du bois, quand le paysan remarqua :

« Il aura fait du feu, on voit la fumée. Garce ! Il ne plaint pas le bois des autres ! »

Effectivement, un fin filet de fumée dépassait du bosquet qui dissimulait le buron. Après quelques pas, Ernest, plus grand que les deux autres, fut le premier à s'exclamer :

« Il n'y a plus de toit ! Il a brûlé ! »

Martin, jusque-là morose, leva le nez, ahuri. Ils avancèrent vite, aussi vite que le leur permettait la neige, et quand ils contournèrent le bosquet pour arriver au bord de la crête dominant le faible dénivelé où avait été construit le buron, ils constatèrent que les murs se dressaient, saupoudrés de neige, ne supportant plus rien. La fumée qu'ils avaient vue était celle qui se dégageait des décombres encore chauds.

« Le salaud ! jura le père Vazeilles en accélérant le pas. C'est pas possible ! Qu'est-ce qu'il a foutu, bon Dieu ? »

En s'aidant de leurs pelles, ils descendirent péniblement dans le creux où la neige s'était accumulée, dissimulant le buron, et ils virent, ou plutôt ils devinèrent, cachée par les troncs des premiers sapins, la jument couchée à l'extérieur du buron, à demi recouverte par la neige :

« Pourquoi la Polka est couchée ? s'affola Martin d'une voix encore plus aiguë que d'ordinaire. Elle serait pas… »

« Si, pensa Ernest, elle est morte. »

Mais où était Grégoire Courtandon ?

La réponse, sinistre, leur fut donnée quand ils contournèrent la bâtisse pour s'approcher de la jument. L'homme était recroquevillé dans le corps de la bête. Il lui avait ouvert le ventre, arraché les viscères et s'était blotti à l'intérieur pour se protéger du froid, tel un enfant dans le sein de sa mère. Il était mort.

Le spectacle les pétrifia plus encore que le gel.

« La Polka, il a tué la Polka, balbutia Martin, inconscient de l'indécence de regretter la bête plutôt que l'homme.

– Il a été assez foutraque pour foutre le feu ! gronda le père Vazeilles. Et quand ça a été fini, tout ce qu'il a trouvé pour se tenir chaud c'est de trouer le ventre de cette pauvre bête pour se fermer dedans ! »

Ernest s'approcha du mur à l'endroit où il était le plus bas. Avec sa haute taille, la neige arrivant ici à une hauteur de plus d'un mètre, il le dominait et pouvait enlever la couche de neige, mettant au jour des pierres noircies.

« On peut comprendre qu'il ait fait du feu, remarqua-t-il calmement. C'était mieux pour se tenir chaud, seulement, il se sera endormi.

– S'endormir après avoir allumé un feu dans un buron où il y a du fourrage, il ne faut plus avoir ses esprits !

– Il suffit d'être épuisé. Quand il s'est réveillé, ça flambait trop fort pour qu'il puisse espérer l'éteindre. Alors, il est sorti avec la jument et il a assisté au spectacle, impuissant. Il a eu très chaud le temps que ça flambe, et après, il s'est gelé. Au point d'avoir l'idée de tuer la jument et de se fermer dedans.

– Il était peut-être endormi quand les flammes ont commencé à gagner, mais la jument s'est réveillée, protesta le père Vazeilles. Les bêtes ont peur du feu. Elle a henni, elle a fait un sacré raffut. Et puis ça fume encore ! Après la première grosse flambée, le feu a continué plus doucement sous les lauzes qui se sont effondrées et il y en avait assez pour le tenir chaud un bon moment. Regardez : l'appentis n'a pas brûlé, il pouvait s'y fermer ! Il n'avait plus sa tête pour faire ça ! Ah ! le salaud ! »

Comme chaque fois que l'on refuse une réalité trop bouleversante, le paysan cherchait à expliquer que ce qui s'était passé n'avait pas pu advenir, qu'il y avait erreur. Pourtant, les faits étaient là : le buron avait brûlé ; l'homme et la bête étaient morts de froid. Dans cet environnement désert, la flambée, même puissante, avait été trop brève pour alerter les hommes enfermés dans le profond des maisons. Personne n'avait vu les flammes. Personne n'avait donné l'alarme. Ernest se souvint du fils Vazeilles qui était sorti pendant la nuit. Mais le gros d'un tel incendie avait duré moins d'une demi-heure, il suffisait que ça se soit passé plus tôt ou plus tard.

La chaleur avait fait fondre la neige tombée à l'intérieur du buron après l'incendie et les dégâts apparaissaient clairement : le feu avait attaqué la charpente de bois, provoquant l'effondrement des lourdes lauzes du toit, protégeant le feu qui avait continué à consumer doucement les planches et le foin, ce qui expliquait le filet de fumée qui s'échappait encore ce matin. Sans ce filet, on aurait pu croire que l'incendie était ancien, car aux alentours on ne voyait pas les habituelles traînées de cendres grises. La neige avait recouvert celles que le vent avait dispersées. Quant à la porte faite d'un chêne épais à peine noirci, elle était restée entrouverte vers l'extérieur et avait tenu.

« C'est de ma faute ! s'exclama Martin sortant de sa stupeur. Si j'avais dit qu'il était là, on serait venu le chercher. Il serait vivant, ma jument aussi !

– Vous ne pouviez pas deviner, répondit Ernest. Qui aurait pensé à ça ?

– Quand même, insista Martin, quand même… S'il n'y avait plus de toit, il pouvait se serrer dans l'appentis et mettre ma Polka devant pour avoir chaud. À deux, ils auraient tenu. Comment il l'a crevée ? »

Il suffisait de regarder la tête de la jument pour comprendre : la bête avait reçu un coup sur le front entre les oreilles, un coup suffisamment fort pour faire une plaie béante. Grégoire s'était servi d'une pioche ou d'un gourdin mal équarri qui devait se trouver sous la neige, car on n'en voyait pas trace.

« Ça sert à rien de penser à ce qu'il aurait pu faire, intervint le père Vazeilles, qui ne cachait pas sa contrariété de voir son bien brûlé. Il y a juste à le sortir de là pour le ramener chez lui. »

Avec Ernest, ils se mirent au travail pour dégager la neige autour de l'animal. Martin entra dans le buron, ou plus exactement, il marcha sur les décombres calcinés, ce que le froid ambiant rendait possible sans qu'on se brûle. Dans un coin, un petit tas de foin protégé par de plus lourdes lauzes était intact. Malgré le froid, il s'en échappait un vague effluve sucré qui se mêlait à l'odeur du brûlé, un effluve qui parlait de chaleur et de protection, quand tout n'était que mort et froidure.

Assez rapidement, ils enlevèrent les viscères que Grégoire avait laissés à côté du ventre. Avant de geler, le sang avait rougi la neige de manière impressionnante : une seule goutte colore une large surface, alors ces litres de sang faisaient une immense tache qui apparaissait au fur et à mesure qu'ils enlevaient la dernière couche.

« À quel moment la neige s'est-elle arrêtée de tomber ? demanda Ernest.

– Quand il a commencé à geler fort, répondit le père Vazeilles tout en s'activant. Et il a dû en retomber dans le milieu de la nuit, mais pas longtemps. »

« C'est guère avant qu'il a tué la bête », pensa Ernest, parce que la couche de neige n'était pas si épaisse que ça au-dessus du sang.

« Le vent a soufflé jusqu'au milieu de la nuit, poursuivit le père Vazeilles, qui avait épousé le même raisonnement. Même dans ce creux, il a déplacé la neige. On ne peut pas vraiment savoir quand ça s'est passé. Il va falloir se mettre à trois pour le sortir. Le gel est en train de le durcir. »

Martin, qui avait entendu, les rejoignit, mais en posant les yeux sur cet amas de viscères gelés où l'on reconnaissait la masse noire du foie et les boyaux, il vomit et se mit à trembler encore plus fort. Ses jambes vacillaient.

« Retournez dans le buron, se résolut à dire le père Vazeilles. On se débrouillera sans vous. »

Martin s'exécuta et se blottit dans le coin du foin resté intact, les genoux serrés à hauteur du menton.

À deux, il leur fallut un long moment pour dégager le corps pas encore totalement pétrifié. Avec son couteau, Ernest entailla la peau gelée de la jument qu'il ne parvenait pas à écarter suffisamment pour en sortir le corps que le gel avait collé aux parois. Malgré le froid, il avait enlevé son manteau et retroussé ses manches pour ne pas les tacher et éviter de donner un travail supplémentaire à Amélie. Le père Vazeilles avait fait de même. À force de manier l'homme et la jument, le gel cédait et le sang rougissait leurs mains et leurs bras. C'était un travail sordide, le plus dur qu'Ernest ait jamais fait.

Ils dégagèrent enfin le corps de Grégoire. Un corps replié, les genoux à hauteur de la poitrine enserrés par son bras gauche, le droit curieusement allongé le long du corps, les doigts recroquevillés sur son couteau qu'il n'avait pas lâché, les ongles sales coupés courts. Plus que tout le reste, ce couteau donnait une réalité à ce qui s'était passé. Il avait gardé ses souliers, des brodequins presque neufs, et sa blouse dont l'encolure était déchirée. Son visage que la barbe ombrait d'un duvet noir, ses moustaches raides, ses cheveux assez longs étaient couverts de plaques glacées et rouges qui fondaient sous la chaleur des mains qui le manipulaient. Des poils bruns à la hauteur du col laissaient deviner une poitrine velue. Ernest le reconnut. Ils s'étaient trouvés côte à côte à la foire de Rochefort devant un étal de tissus. Ernest achetait un foulard gris pour Amélie, et Grégoire Courtandon avait acheté le même en vert. Visiblement, il ne savait pas quoi prendre et avait suivi le choix d'Ernest qui était sûr, lui, que ce foulard plairait à Amélie, même si elle protesterait pour la forme en disant que c'était une folie et qu'elle avait assez de fichus, de châles et de foulards. Sur le coup, ça l'avait agacé que cet inconnu copie bêtement son choix. Toutes les femmes n'ont pas le même goût ! Son genre fanfaron lui avait déplu, mais beaucoup d'hommes savent difficilement quelle contenance prendre devant ces étals où s'attardent plutôt les femmes. Et quand, avant de s'éloigner, il avait vu l'air heureux que lui donnait son acquisition, il n'avait pu s'empêcher de sourire.

« Je retourne à la maison chercher notre cheval et le traîneau, dit le père Vazeilles, une fois le corps dégagé, en nettoyant avec de la neige ses mains rougies. Il n'y a pas le choix, on ne pourra pas le ramener autrement. Bon Dieu ! On se serait bien passés de ça. »

Il se montrait de plus en plus ennuyé, comme si, à mesure que le temps passait, il prenait conscience de l'ampleur du drame.

Pendant son absence, Ernest continua à dégager le corps de la jument, une bête osseuse, le poil ocre, la crinière maigre, les sabots rongés. Cette rosse, peu ménagée par ses propriétaires, usée par les travaux, n'était plus de première jeunesse. Martin, qui avait repris un peu de forces, avait entrepris de déblayer les lauzes dans le buron en les empilant dans un coin.

« Ça ne sert à rien, lui fit remarquer Ernest. Il faut attendre les beaux jours pour faire ça. »

Martin ne tint pas compte de sa remarque, répondit que ça le réchauffait et poursuivit son travail dans ce paysage vide, figé, où, de temps à autre, un souffle soulevait un faible nuage de neige. Le soleil maussade se montrait peu soucieux de les réchauffer. Si les animaux ou les corbeaux avaient repéré la carcasse, aucun n'osait encore s'approcher. Ils attendaient que les hommes s'éloignent.

« Regardez si ça sert à rien ! dit Martin en s'approchant triomphant d'Ernest. J'ai trouvé son sac, là où il l'a laissé, juste à l'entrée. Il n'a pas de mal, il est juste un peu roussi.

– Posez-le contre le mur. Votre Polka ne valait plus grand-chose.

– C'est vous qui le dites ! Elle faisait encore sa part de travail. Le père va chanter ! »

Il posa les yeux sur le corps de Grégoire :

« Bon Dieu ! Il fait encore plus peur mort que vivant, dit-il en frissonnant. Il s'est foutu dedans sans sa houppelande. Elle aura brûlé dans le buron. »

Ernest, fatigué, se releva. Le plus dur était fini. En attendant le retour du père Vazeilles, il passa à son tour la porte de la masure. Fixés aux murs, à intervalles réguliers, des anneaux de fer prouvaient qu'elle avait servi à abriter du bétail. Les murs étaient épais, ça vaudrait le coup de refaire le toit. Lui et sa manie de retaper les ruines !

« Pourquoi avez-vous fini d'arriver jusqu'à chez Vazeilles alors qu'il restait là ?

– On voulait piquer sur Laqueuille en se fiant à la croix, mais on s'est perdus. Alors on a cherché une ferme et on est tombés sur le buron. J'ai pensé y rester mais j'avais trop faim et je savais que la maison était tout près. Lui a dit qu'il tiendrait sans manger, d'autant que sa jambe lui faisait mal. Pour moi, ça a été plus dur que je l'aurais pensé. Je me suis cogné à un mur, ça s'est mis à saigner et ça a fini de m'estourbir. Mais finalement, qu'est-ce que ça aurait changé que je dise qu'il était resté là avec ma jument ? Les Vazeilles ne seraient pas sortis en pleine tempête, ils l'ont dit. »

C'était vrai, mais il leur aurait été difficile de rester au chaud devant la cheminée, sachant qu'à moins de trois cents mètres un homme blessé avait faim. Maintenant, ça ne servait à rien de réécrire l'histoire.

« J'ai laissé ma bête à l'abri parce qu'elle ne voulait pas me suivre, expliqua Martin. Je pensais la retrouver ce matin. »

Moins d'une demi-heure après son départ, le père Vazeilles revint accompagné de son fils qui tenait par le licol leur cheval tirant le traîneau sur lequel ils avaient jeté une couverture. Henri marchait vite et arborait un air encore plus farouche que la veille. Prêtant à peine attention au corps étendu à côté de la bête morte, il regarda le buron :

« Mille dieux ! Non mais c'est pas possible ! Déranger les gens en plein hiver, foutre le bordel, brûler leur bien. Pourquoi ne pas laisser le brave monde tranquille ? »

Ernest resta silencieux : si une partie des reproches d'Henri s'adressait au mort, d'autres pouvaient le concerner lui, ainsi que Martin.

« Allons, intervint le père, c'est bien triste qu'il soit mort avant son heure.

– Il n'y a d'heure pour personne, répondit le fils sur un ton sentencieux. Il a agi comme un homme malade. Il avait bu lui aussi ? demanda-t-il à Martin d'un ton à peine moins rogue.

– Non, répondit Martin en haussant les épaules. Avant de se faire mal à la jambe, il avançait bien. Moi, je sens que ça faiblit de nouveau. »

De fait, il était livide et grelottait.

« J'oubliais, dit Henri, que les garçons de chez Vialle ne boivent pas. Bon, ajouta-t-il, je dois aller à Orcival et je ne vais pas y renoncer pour celui-là ! »

Son père fit un geste comme s'il voulait l'arrêter mais laissa retomber son bras et se tut. Ernest, contrarié, comprit qu'on attendait donc que ce soit lui qui ramène le corps de Grégoire à sa famille, même si Beauberty n'était pas sur sa route. Du coup, il ne rentrerait pas à La Garde avant l'après-midi. Amélie serait folle d'inquiétude, mais comment faire autrement ? Les Vazeilles lui avaient offert l'hospitalité, il ne pouvait les planter là.

Ils enveloppèrent le corps dans la couverture et l'installèrent sur le traîneau, une grosse luge de presque deux mètres de long, haute de quarante centimètres, avec un plateau guère plus large entouré de deux ridelles. Ernest posa le sac, assez lourd, près du corps et, soutenant Martin qui titubait plus qu'il ne marchait, suivit le père Vazeilles qui guidait son cheval vers la ferme. Ils laissèrent la jument morte sur place. Le froid la conserverait un certain temps. Des charognards viendraient, oiseaux, blaireaux, renards, tous ceux pour qui la pitance se faisait rare en hiver. Au dégel, il n'y aurait plus que la carcasse à enlever. Avant de prendre le chemin de la maison, Ernest jeta un dernier regard au buron et à ses murs calcinés. Quelque chose commençait à l'intriguer dans cette histoire : telle qu'ils la reconstituaient, elle lui paraissait invraisemblable.

La mère Vazeilles, qui les avait attendus en menant son habituel train-train, se fit longuement expliquer les faits en leur servant un café brûlant.

« Je me vois pas arriver jusque chez moi, murmura Martin affalé sur une chaise. Je *chabranle*[1] trop. »

De fait, il suffisait d'écouter son souffle court se glisser difficilement entre ses côtes pour comprendre qu'il ne ferait pas cent pas avant de s'écrouler.

« Au point où j'en suis, se résigna Ernest, je ferai le détour par les Baguay pour prévenir vos parents. Mais du coup, dit-il au père Vazeilles, je suis obligé de vous laisser l'âne. Ça ne sert à rien de lui faire faire tout ce chemin. Je reviendrai le chercher dans la semaine. »

À voir l'air soulagé du père Vazeilles à qui il évitait de se mettre lui-même en route, il pouvait être tranquille que l'âne serait correctement nourri, même s'il était déjà payé.

---

1. Chabranler : vaciller.

Réchauffés par le café, ils entourèrent le corps de Grégoire, toujours roulé dans la couverture, d'une solide toile de jute et l'attachèrent aux ridelles du traîneau avec une corde. Ils dételèrent le cheval des Vazeilles pour le remplacer par Lucifer qui, plus habitué à tirer une voiture ou une carriole qu'un traîneau, renâcla. Ernest se montra autoritaire et la bête se calma. Les Vazeilles lui expliquèrent la direction à prendre :

« À Beauberty, leur maison est au bout du pays. Il faudra demander. Ils sont trois fils à vivre avec la mère sur la propriété. Le père est mort voilà plusieurs années. Une famille de braques comme le pays s'en passerait bien ! Ne leur laissez pas le traîneau et les couvertures, je ne serais pas sûr de les revoir ! Vous me les ramènerez en venant chercher votre âne. Ça ne presse pas tant que ça, mais quand même. Ici, l'hiver, sans traîneau, on ne se débrouille pas.

– Si le temps le permet, je reviendrai avant trois jours », dit Ernest en attrapant le licol de Lucifer.

En quittant la ferme de Lendrode, il remit d'abord ses pas dans leurs traces de la matinée, puis, arrivé à ce qu'il pensa être le chemin, il bifurqua à gauche, tourna le dos au col et, laissant à main droite le village du Foueix, il descendit vers Laqueuille. De temps à autre, un coup de bise glaçait l'air, secouant les rares arbres qui parsemaient la planèze. La neige se remit à tomber, des flocons lents, légers, car il faisait trop froid. Le gel faisait craquer les palissades contre lesquelles se dressaient les congères.

Lui, qui aimait le silence et la solitude, restait ce matin insensible au charme de la campagne enneigée qu'aucun être vivant ne troublait. Il était envahi par cette folle histoire. La nuit, cela s'était passé la nuit. Une nuit de faible lune, figée, grelottante. La faim avait poussé Martin à quitter l'abri du buron pour gagner la ferme. Grégoire, resté seul, avait pensé qu'avec un feu il aurait plus chaud. Il avait entassé dans le minuscule foyer quelques morceaux de bois, sorti son briquet. Avec la paille sèche le feu avait vite pris et puis la chaleur l'avait engourdi, et il ne s'était réveillé que lorsque les flammes grondaient. Dans un si petit espace, c'était folie de laisser un feu sans surveillance. La bête avait henni ou bien la chaleur était devenue trop forte. Quoi qu'il en soit, quand il avait bougé il était trop tard, il n'avait eu que le temps d'ouvrir la porte, de sortir avec l'animal et d'assister impuissant à l'incendie. À en juger par la couche de neige qui recouvrait la bête, la nuit en était à son début. Avec l'incendie il avait eu très chaud, mais il s'était affolé et s'était dit que ça n'allait pas durer. Alors, il avait eu cette idée macabre qui ne peut venir qu'à un homme désespéré, se blottir dans le corps de la jument qu'il avait d'abord fallu assommer. Pourquoi n'avaient-ils pas retrouvé la masse ou le gourdin dont il s'était servi ? Peut-être l'avait-il rejeté plus loin : ils n'avaient pas fouillé les alentours. Il avait pris l'outil, avait levé le manche et tapé, tapé encore entre les deux yeux. Vu l'âge de la jument, la mort avait sûrement été rapide. Quoi qu'il en soit, à la clarté de la lune froide et du feu finissant, dans le vent tourbillonnant, il avait ouvert le poitrail de la bête et cisaillé sans relâche. Même avec un bon couteau, il lui avait fallu de la force. Les entailles inégales prouvaient qu'il s'y était repris à plusieurs reprises pour ce travail de loup et, en ahanant, en tremblant, en pleurant peut-être et en jurant, il avait pris la place des entrailles qu'il venait de sortir. Aveuglé par le sang, indifférent à l'odeur que le froid supprimait, il s'était glissé là, comme dans une matrice, en roulant en boule son grand corps d'homme devenu aussi fragile que celui d'un nouveau-né. Tout ça sous un ciel glacé où seules la lune pâle et quelques étoiles brillaient. Replié dans le ventre de la jument, entendait-il le vent qui sifflait, ou la chair amortissait-elle le bruit ? Le cœur de la bête ne battait plus, le sang ne circulait plus. Son geste fou ne l'avait pas sauvé. Pour avoir connu le froid,

Ernest savait le corps qui s'immobilise et puis la somnolence qui gagne. Bon sang, Grégoire Courtandon devait être drôlement secoué pour croire qu'une jument morte pourrait le tenir chaud toute une nuit alors qu'à côté de lui les lauzes gardaient la chaleur du feu du buron !

En marchant, attentif aux endroits où il posait ses pas afin de ne pas dévier du chemin, Ernest s'imaginait dans la même situation. Qu'aurait-il fait ? Pas ça en tout cas, pas ça. Il aurait cherché à rester éveillé, mais qui peut dire qu'il y serait arrivé ? Au moins, en se sentant glisser dans le sommeil, il aurait isolé le feu dans la cheminée ; il l'aurait réduit au minimum. En admettant que l'incendie ait quand même eu lieu et qu'il se soit réveillé trop tard pour l'arrêter ? Il aurait gagné la ferme des Vazeilles. Le vent soufflait mais il ne neigeait plus, le ciel s'était dégagé, la lune et l'incendie l'auraient éclairé et guidé. Même avec une jambe abîmée, il aurait parcouru les quelque quatre ou cinq cents pas le séparant de la maison. C'était une évidence. Si l'homme ne l'avait pas fait, c'est qu'il était plus malade que ça. Mais même alors il y avait d'autres solutions. Il pouvait se blottir dans l'appentis ou se serrer contre la bête vivante. Ernest en était sûr, il aurait survécu. Il fallait que l'homme ait été étourdi par le vent, la fatigue et la douleur pour céder à la panique et choisir la plus mauvaise des solutions. La plus stupide, la seule inefficace, la plus cruelle aussi puisqu'elle les condamnait, lui et la jument. Pauvre bougre qui laissait une famille endeuillée et une amoureuse esseulée. Il revoyait Grégoire devant l'étal de tissus choisir, pataud mais heureux, le foulard vert et le fourrer dans son sac.

IV

Une pénible corvée

FATIGUÉ, Ernest avançait sur ce qu'il supposait être la route, en se fiant aux deux monticules neigeux des haies qui se déroulaient de part et d'autre. S'il tombait, le froid le saisirait et personne ne le trouverait avant qu'il soit aussi dur que les pierres. Il se secoua, conscient que la mort violente de Grégoire Courtandon l'accablait plus que le gel. Le paysage enseveli moutonnait sans relief tel un immense désert. Quand il entrevit derrière un rideau d'arbres noirs un toit d'ardoise, il reprit courage : la sécurité des maisons était proche. Les rues du bourg de Laqueuille étaient vides. Ici et là, des branches cassées témoignaient de la violence du vent de la veille. Sur ce promontoire qui domine les confins des Combrailles, la bise avait soufflé plus fort qu'ailleurs et chacun restait cloîtré chez soi. Seuls les aboiements d'un chien à la chaîne devant sa niche signalèrent sa venue. Une bête à qui, même par ce froid, on interdisait la paille de l'étable ou le foin de la grange et qui aboyait pour se réchauffer, continuant son rôle de gardien pour un maître qui ne le méritait pas.

Après l'église, au début de la longue descente qui, impressionnante, surplombait la plaine en à-pic, un paysan jetait des cendres sur la chalade gelée devant sa maison. L'homme leva le nez, étonné de voir un inconnu qui marchait à côté d'un cheval, tirant un traîneau sur lequel était attaché un paquet arrondi, entouré d'une toile de jute.

« Qu'est-ce que vous transportez donc ? » demanda-t-il en baissant le cache-nez qui lui entourait le visage, laissant échapper en halo une vapeur blanche de sa bouche.

Ses yeux noirs, globuleux, surmontés des sourcils d'un porc-épic, allaient, curieux, du traîneau au cheval. Emmitouflé comme il l'était, il était difficile de lui donner un âge.

« Un mort, répondit simplement Ernest.

– Un mort ? répéta l'homme en s'approchant, affichant clairement sa curiosité. Qui ça ? Où est-ce que vous l'amenez ? »

En arrivant sur Laqueuille, Ernest avait réfléchi. En tirant le traîneau, Lucifer avançait lentement. Lui aussi qui luttait déjà contre la fatigue.

Si le détour par les Baguay n'était pas long, il allait quand même le retarder. Le mieux serait de convaincre un habitant de Laqueuille d'aller prévenir les parents de Martin à sa place. Oui, mais il ne pouvait espérer trouver une bonne volonté qu'en racontant l'histoire, ne serait-ce que succinctement. Aller annoncer qu'un fils malade attend à Lendrode qu'on aille le rechercher, c'est de la fatigue pour rien, mais s'il s'agit d'être le porteur de nouvelles extraordinaires et macabres, alors c'est un moment excitant dans un hiver qui s'annonce morose. On devient acteur en s'inscrivant dans l'histoire qu'on peut du coup s'approprier. Ernest se dit qu'il tenait là celui qu'il cherchait. Il se présenta donc et raconta les faits en insistant sur l'extraordinaire de l'affaire, ce qui n'était pas difficile. Il aurait préféré ne parler de la mort d'un fils de chez les Vialle qu'après en avoir averti sa famille, mais il allait le faire dans les heures qui suivaient et de toute façon, malgré la neige, la nouvelle serait connue à des lieues à la ronde avant la fin de la journée.

« Pauvre monde ! Dans la jument ! Dans la jument ! » répétait le paysan hébété.

Ernest comprit que dans les jours suivants, cette exclamation allait être reprise des centaines de fois par tout le pays. La jument éventrée donnerait définitivement à la mort de Grégoire Courtandon un caractère extraordinaire.

« Il me faut faire un détour pour aller prévenir les Bascoulergue de chez Font aux Baguay que leur fils malade les attend chez les Vazeilles.

– Par ce temps, c'est plus long que vous ne l'imaginez, surtout si vous ne connaissez pas le pays. Vous aurez du mal à vous retrouver. J'y serai plus vite. Juste le temps de finir de donner le fourrage à mes bêtes et je me mets en route. Ils me connaissent. Je suis Léon de chez la Paillère. Je signe Valleix. Seulement, il faut bien me répéter les détails. »

Ernest, qui avait vu juste, s'exécuta volontiers : cela lui coûterait toujours moins de temps et moins de fatigue que de faire le trajet lui-même. Il refusa le bol de soupe chaude que Léon Valleix lui offrait s'il finissait d'entrer dans la maison. Elle lui aurait pourtant fait du bien, mais il ne se sentait pas le courage de raconter l'histoire devant toute la famille réunie devant le feu. Un interlocuteur lui suffisait.

« Avec ce froid, mon cheval s'impatiente. Je ne suis pas encore rendu. »

Assuré que les Bascoulergue seraient prévenus, il reprit sa route pour poursuivre la grande descente qui n'avait pas encore été dégagée. Lucifer peinait, et lui aussi qui devait l'encourager et maintenir le traîneau dans le bon axe pour qu'il ne se bloque pas dans une congère. Après de longs efforts, il dépassa enfin le hameau de Terrisse et poursuivit à travers la plaine blanche. Dans le ciel plombé, le soleil s'obstinait à rester dissimulé. Sans croasser, quelques corbeaux planaient, de peur que le froid ne les givre s'ils se posaient trop longtemps.

Le plus dur restait à accomplir. À cette heure, les Courtandon de chez Vialle se posaient forcément des questions sans encore s'inquiéter outre mesure. Leur costaud de Grégoire avait eu la prudence de rester à Rochefort ou de s'arrêter dormir dans une ferme. Il soupira en pensant qu'à La Garde, Amélie devait être nouée par l'angoisse et chercher elle aussi à se rassurer en imaginant tout ce qui avait pu le retarder, sachant qu'elle ne pouvait deviner ce qui s'était réellement passé.

Vers les 11 heures, il arriva à Beauberty, un village fermé sur lui-même, de huit à dix maisons tout au plus, saisi comme les autres par surprise par la tempête. Ici, il n'y avait pas de chien dehors pour avertir du passage d'un étranger. Où aller ? Les Vazeilles avaient parlé d'une propriété au bout du pays. C'était trop imprécis. Il repéra une vieille femme, enroulée dans un châle noir qui tirait de sous un auvent un fagot de bois plus grand qu'elle pour le charger sur son dos. Il s'offrit à le lui porter. Elle refusa, expliquant qu'elle n'avait que quelques pas à faire jusqu'à sa porte, et elle lui indiqua volontiers la maison de ceux de chez Vialle, le premier chemin à gauche, à peine cinquante mètres plus loin. Bien qu'elle regardât le traîneau avec curiosité, Ernest ne lui donna aucune explication. Ici, la famille devait être avertie la première. À elle de diffuser ensuite comme elle l'entendait la nouvelle de la mort d'un des siens.

L'appréhension, plus que l'épuisement, lui fit battre le cœur quand il vit la maison longue, la cour enneigée, le tas de fumier devenu un monticule blanc duquel sortait le manche d'une fourche. Un peu en retrait, une *fourniale*[1] cachait les clapiers des lapins. Autour du bâtiment principal, des hangars et cabanons, plus ou moins en état, disaient que la ferme avait connu de plus beaux jours. Le seul bruit venait de la bauge accolée à l'étable où, derrière la porte, un cochon mangeait sa pâtée en grognant de satisfaction. Des traces de pas sur la neige montraient quelques allées et venues, réduites au minimum.

Au milieu de la cour, une femme portait un sac de graines destinées aux poules restées au chaud dans l'étable. En entendant la neige craquer, elle

1. *Fourniale : four à pain servant aussi de lieu de bricolage.*

se retourna. Proche de la cinquantaine, ses cheveux blancs en partie cachés par un châle gris la faisaient paraître plus âgée. Sa robe de laine noire recouverte d'un *davanté*[1] lui aussi noir, tombait sur ses sabots. Ernest vit un visage peu amène, une bouche fine et serrée qui disait un caractère difficile. Même si elle offrait peu de ressemblance avec son fils, ce ne pouvait être que la mère Courtandon. Il arrêta Lucifer. Aussi pénible qu'ait été le trajet, il aurait volontiers rebroussé chemin, tant il appréhendait les minutes à venir. C'était bien sa veine de s'être trouvé là à ce moment, bien sa veine d'être le porteur de mauvaises nouvelles.

Elle le regarda s'avancer, mais même quand il fut à proximité, elle ne posa pas de question, ne lui demanda pas ce qu'il venait faire là. Elle attendait, immobile, le front plissé, son sac de graines à la main.

« Je suis bien chez les Vialle ? J'étais à la foire de Rochefort hier. Je suis Ernest de chez Chantarane à La Garde. Je signe Veyssières. Vous êtes madame Courtandon, la mère de Grégoire ? »

Une lueur sombre passa dans les yeux gris, enfoncés. Elle acquiesça d'un signe de tête avant d'ajouter sèchement :

---

1. Davanté : tablier de devant.

« Qu'est-ce que vous lui vouliez ?

– Je vous le ramène. »

Décontenancé par cette hostilité, il eut un signe de menton vers le traîneau. Seulement alors, elle regarda la forme roulée dans la toile de jute et resta silencieuse, bouche ouverte. Il s'était attendu à ce qu'elle pleure ou qu'elle crie, mais non, elle était simplement devenue blanche. C'était pire.

Sûrement parce qu'elle avait aperçu la scène par la fenêtre, une jeune fille menue sortit à son tour de la maison, enveloppée dans un châle violet qui la couvrait presque entièrement :

« Va chercher les garçons », lui ordonna la mère Courtandon d'un ton rude, toujours figée, son sac de graines à la main.

La jeune fille fit prestement demi-tour. Même en sabots, elle avait une démarche gracieuse. Le père Vazeilles n'avait parlé que de trois fils, Ernest supposa qu'elle était servante dans la maison. Ne sachant plus quelle contenance prendre, il s'appuya contre Lucifer. L'étrange réaction de la mère, le froid, la fatigue le faisaient vaciller. La mère Courtandon fixait le traîneau, sans bouger, sans qu'on puisse deviner si elle le voyait vraiment ou si elle s'était embarquée dans un long voyage intérieur qui lui évitait de réaliser qu'elle avait devant les yeux un de ses enfants mort.

Deux grands gaillards sortirent de l'étable et s'avancèrent d'un pas rapide, les épaules en avant comme s'ils se préparaient à en découdre. Vêtus d'une chaude veste de laine, coiffés d'un bonnet à deux pans pour protéger leurs oreilles, ils ressemblaient à leur frère, bruns, le visage massif, le poil dru, les yeux enfoncés et la bouche large. Eux aussi fixèrent le traîneau en silence.

« Celui-là nous ramène le corps du Grégoire », dit la mère d'une voix sourde et rancunière.

La jeune fille aussi s'était rapprochée. Ils étaient maintenant quatre à le fixer dans l'attente d'une explication. Malgré le froid, on ne lui proposa pas d'entrer dans la maison. Partagé entre la fatigue et la contrariété de se voir ainsi accueilli, Ernest commença son histoire sans trop de ménagement : il redit son nom, expliqua que, surpris par la tempête, il avait passé la nuit chez les Vazeilles, à la ferme de Lendrode. Dans la soirée, Martin Bascoulergue des Baguay y était aussi arrivé, épuisé, trop mal en point pour parler. Ce n'est qu'au petit matin qu'il avait expliqué que leur fils, blessé à la jambe, avait passé la nuit dans un buron. Quand, avec Martin et le père Vazeilles, ils y étaient allés, ils avaient constaté que pendant la nuit le feu avait pris, brûlant le toit, le foin, mais pas Grégoire, se dépêcha-t-il d'ajouter, qui était mort de froid. Ne sachant comment aborder le fait qu'on l'avait trouvé dans le ventre éviscéré d'une jument, il se tut. La jeune fille, la bouche crispée, mit les mains devant son visage avant d'éclater en sanglots. Les trois autres, la mère et les frères, abasourdis, prirent un air hostile comme si celui qui annonçait la mauvaise nouvelle en était aussi le responsable.

« Mille dieux ! Qu'est-ce que vous nous chantez là ? finit par réagir un des frères d'une voix pleine de colère. J'étais à la foire moi aussi. Comme tant d'autres, j'ai fait le détour par les Bughes et je suis passé.

– Tu aurais dû l'attendre, siffla la mère.

– Il connaissait le chemin, il pouvait pas se perdre.

– C'est pourtant ce qui est arrivé, insista Ernest. Au col, croyez-le, la tempête soufflait fort. »

L'idée du malheur ne progressait que lentement dans leur esprit apparemment aussi gelé que le pays. Ernest reprit donc patiemment quelques explications, en ajoutant qu'il avait accepté de faire ce grand détour, alors que lui aussi était attendu chez lui, à La Garde. Cependant, personne ne lui proposait d'entrer, personne ne s'était approché du corps plié dans la toile. Ils restaient là, incapables de réagir.

« Il faudrait peut-être le porter à l'intérieur ? » suggéra-t-il.

Les deux frères s'animèrent enfin et se dirigèrent vers le traîneau. Tout en dételant, Ernest demanda à rentrer Lucifer dans leur étable pour qu'il ne prenne pas froid.

« Qu'il l'attache à un poteau », dit l'un des deux hommes en s'adressant à la jeune fille d'un ton rogue qui montrait qu'il aurait préféré dire : « Foutez le camp ! »

Ernest la suivit. Dans l'étable, trois vaches sommeillaient, allongées sur le flanc, à côté du parc des moutons. Il huma avec soulagement l'odeur chaude, lourde et fermentée. En hiver, la terre perd ses odeurs : plus de fleurs pour distiller leurs parfums, plus de chaleur pour les exalter, plus de brise pour les promener. Les maisons et les étables gardent les leurs, odeurs d'animaux et d'hommes qui paraissent d'autant plus fortes et bonnes à celui qui a marché longtemps dans le froid.

Les moutons bêlèrent, un chien noir au pelage ras se leva en grondant pour le renifler.

« Je vais attacher Tchino, proposa-t-elle d'une voix serviable et assurée. Comme ça, votre cheval sera tranquille. »

Elle n'eut pas besoin de l'attacher, un seul geste de la main lui suffit : Tchino se tut, remua la queue dans l'attente d'une caresse et tendit une tête confiante, dévoilant entre lui et la frêle jeune femme une vraie complicité.

Elle était certes petite, à peine développée, mais peut-être pas si gamine que ça. Avec de beaux vêtements, apprêtée, elle aurait été jolie, car elle avait des traits fins, un teint clair et des dents saines. Quand elle se tourna à demi, ses épais cheveux châtains, séparés en deux bandeaux par une raie et rassemblés en un chignon hâtif sur sa nuque, révélèrent un beau profil au front bombé. Depuis qu'il était arrivé, elle seule réagissait normalement, elle seule lui paraissait vivante. Elle attrapa la fourche pour tirer un peu de foin.

« Laissez-moi faire, dit Ernest en lui prenant la fourche des mains, c'est un travail d'homme.

– J'ai l'habitude, lui répondit-elle, le fixant de ses yeux gris. Vous êtes fatigué de votre route.

– Ça me sera quand même plus facile qu'à vous. »

Il disposa quelques brassées sur la terre battue. L'épaisse chaleur animale le revigora suffisamment pour qu'il bouchonne avec soin Lucifer qui allongea le museau en montrant ses dents, signe de sa satisfaction.

« Tu ne connais pas ta chance », lui murmura-t-il à l'oreille, en repensant à la pauvre bête au poitrail éventré qui, à voir sa robe terne, n'avait sûrement pas été étrillée à chacune de ses sorties.

Il ne se pressait pas, leur laissant le temps d'être entre eux en ne s'immisçant pas dans ces premiers instants. Pendant qu'il prenait soin de son cheval, la jeune fille resta près de lui.

« Comment vous vous appelez ? demanda-t-il.

– Blé.

– Pardon ?

– On m'appelle Blé, répéta-t-elle simplement. Le Grégoire s'était blessé ?

– Il s'était fait mal à une jambe, mais c'est le froid qui l'a tué. Il ne s'est pas senti mourir. »

Elle poussa un discret soupir qu'Ernest interpréta comme un soupir où se mêlaient chagrin et soulagement. Le père Vazeilles lui avait dépeint une famille revêche et mal commode. Sa vie de servante devait être pénible. Pourquoi restait-elle ? Les places ne manquent pas pour une jeune fille courageuse. Il lâcha sa dernière poignée de foin à bouchonner et ils traversèrent l'étable pour gagner la pièce principale. Il secoua ses bottes et son manteau pour en faire tomber le peu de neige qui n'avait pas fondu dans l'étable et s'approcha d'une immense cheminée qui dénotait aussi l'ancienne prospérité de la propriété. Pour réchauffer la pièce, il aurait fallu un tronc d'arbre et pas les quelques malheureuses bûches qui faisaient un minable petit feu sous la marmite noire suspendue à la crémaillère.

Au moment où, avec Blé, il pénétrait dans la pièce, les frères ouvraient la porte et entraient en portant le corps toujours plié dans la toile :

« Avec ce froid, les nœuds des cordes étaient difficiles à défaire », expliqua l'un d'eux.

Ils hésitèrent, avant de le poser sur un des bancs devant la cheminée et d'enlever leur veste. Ils étaient tous deux vêtus d'un paletot de coutil gris avec des reprises de fil noir.

Afin de leur éviter un nouveau choc, Ernest devait les prévenir avant qu'ils découvrent le corps sanguinolent, nettoyé de façon rudimentaire. La mère, qui avait donc pris le temps d'aller nourrir les poules, entra comme ils dépliaient la toile et qu'Ernest expliquait le ventre éviscéré de la jument, et Grégoire roulé en boule à l'intérieur. Elle enleva le châle qui l'emmitouflait, laissant apparaître un front et des joues sillonnés de profondes rides. Il aurait fallu remonter loin dans son histoire pour retrouver le temps où elle savait rire. Elle porta la main à sa bouche pour retenir un cri horrifié. Ses fils arrêtèrent leur besogne. Ils venaient juste de se faire à l'idée de leur frère mort, ils l'avaient à peine imaginé dans son linceul de neige que, déjà, ils devaient modifier leur vision et la remplacer par celle, plus terrible encore, d'un corps recroquevillé dans le ventre ouvert d'une jument. Ils finirent de déplier le tissu avec des gestes lents et des mains tremblantes. Ernest n'osait s'approcher pour les aider, se disant que cela risquait d'être mal pris. Il resta en retrait devant la cheminée, au plus près du feu pour se réchauffer le dos et les jambes. Après avoir déroulé le dernier pan, les deux hommes découvrirent le corps qu'avec le père Vazeilles ils avaient nettoyé du mieux possible étant donné les circonstances, blanc avec des traces rosâtres sur le visage et les habits maculés de sang et raides du gel. La mère se laissa tomber lourdement sur une chaise, le dos courbé. Le tremblement des frères s'accentua. L'un d'eux, mais Ernest ignorait toujours lequel, murmura :

« De Dieu ! » pendant que l'autre reculait, choqué de ce qu'il voyait.

Le temps s'était arrêté. « Où sont-ils ? » se demanda Ernest. « C'est comme s'ils n'étaient pas là, comme s'ils ne réalisaient pas. » De plus en plus mal à l'aise, il suggéra encore, car l'image de ce corps sur le banc lui était insupportable :

« Je vais vous aider à le porter sur son lit. »

La mère se leva de la chaise, mais retomba, cassée. D'une voix livide, elle montra une porte qui donnait sur la pièce à vivre :

« La chambre des garçons est à l'étage. Portez-le sur le mien. »

Seulement alors, les deux frères se reprirent. Ils se baissèrent et soulevèrent le corps raide. Blé les précéda pour ouvrir la porte. Ils pénétrèrent dans la chambre, meublée plus que sobrement d'une armoire, d'une chaise et d'un crucifix accroché au-dessus du lit sur un mur gris. Une minuscule fenêtre laissait entrer un pauvre jour. On ne pouvait imaginer un lieu plus monacal.

Ils l'entendirent demander qu'on enlève les couvertures. Si elle pensait à de tels détails du quotidien, c'est que son esprit se remettait en marche. Blé posa l'édredon sur la chaise. Ils allongèrent Grégoire sur le drap du dessus, tel qu'il était, avec ses gros souliers cloutés. Vu le temps écoulé, il serait difficile de lui ôter ses vêtements pour l'habiller décemment.

« T'as vu, Mathieu ? Sa blouse est déchirée et il n'a plus sa houppelande, remarqua un des frères.

– Je vous le ramène comme on l'a trouvé, précisa Ernest. Sa houppelande aura brûlé dans le buron. On ne l'a pas retrouvée. »

Ils revinrent dans la pièce où, comme si rien ne s'était passé, le feu ronflait et la soupe cuisait, parlant du quotidien, jurant avec l'extraordinaire des événements. On approchait de midi. L'estomac d'Ernest criait famine, son dernier repas remontait à plusieurs heures. Celui qui s'appelait Mathieu finit par lui en proposer un bol qu'il accepta volontiers. Il l'avala debout et elle ne fit qu'aggraver sa faim.

« Antoine, va chercher la gnôle », ordonna Mathieu.

Antoine monta l'escalier et redescendit avec une bouteille pleine dont il remplit un fond de verre. Aucun d'eux ne but. Le fils Vazeilles avait donc raison : les Courtandon de chez Vialle étaient sobres. Ernest sentait toujours leur antipathie à son égard, un sentiment informulé qui creusait un fossé infranchissable.

Il observa la pièce à vivre, bien éclairée par une fenêtre plus grande que de coutume. Meublée sobrement, elle dégageait une impression d'ordre, de maison bien menée. Comme dans toutes les fermes, la table était installée perpendiculairement à la fenêtre avec un banc de chaque côté. À côté de la cheminée, une porte s'ouvrait sur la souillarde. Dans le fond, une maie trônait à côté d'un placard où l'on rangeait la vaisselle. Au plafond, deux planches et des crochets permettaient de suspendre les saucissons et de ranger les aliments hors de portée des souris. Un rideau de coton gris fixé le long de l'escalier dissimulait mal un lit, sûrement celui de Blé.

« Redites-nous comment ça s'est passé », ordonna d'une voix tendue Mathieu, qui semblait être l'aîné.

L'animosité se retournait contre lui, le porteur de mauvaises nouvelles, lui qui était bien au chaud pendant que leur frère crevait de froid. Ils oubliaient qu'il avait tout ignoré du drame qui se jouait à quelque quatre cents pas de la ferme, la veille au soir. Ils tenaient pour rien qu'il ait perdu sa matinée, qu'il avait faim, froid, qu'il était fatigué, anxieux de l'anxiété des siens. Contrarié, mais patient, il recommença : la foire, la tempête de neige, Martin et Grégoire qui se séparent, Martin ivre qui tombe en route, arrive malade et qui se reprend seulement au petit matin pour dire que Grégoire est resté dans le buron. Comment ils se dépêchent d'y aller, sans trop s'inquiéter cependant car le père Vazeilles assurait que plus d'un avait survécu à des nuits encore plus froides, et puis le feu, et cette découverte, absurde, inexplicable, du corps dans le ventre de la bête, toujours cette même image sur laquelle il fallait conclure l'histoire.

Ernest les sentait habités par la colère plus que par le chagrin, comme si sa venue leur était une offense. La mère restait figée, seules ses mains qui se nouaient et se dénouaient, sans même qu'elle en ait conscience, trahissaient son agitation intérieure.

« Vous étiez tous au chaud pendant que lui se gelait dehors ! » se lamenta-t-elle, avec une note acrimonieuse dans la voix.

Cela devenait blessant. Ernest répéta qu'ils ne le savaient pas. Que Martin Bascoulergue, grelottant de fièvre, n'avait parlé qu'au petit matin. Et puis, tel un aimant, ils en vinrent à la jument :

« D'ici que ceux de chez Font nous demandent de la leur payer ! s'inquiéta Antoine.

– Il ferait beau voir qu'ils viennent réclamer ! rugit la mère. Le Martin a laissé tomber ton frère. Il est allé se mettre au chaud et il l'a oublié !

– Il était mal en point, et si le feu n'avait pas pris, votre gars s'en sortait, expliqua encore Ernest qui imaginait quand même mal qu'on puisse aller réclamer le prix d'une vieille jument dans de telles circonstances.

– Parce que vous pensez que c'est lui qui a foutu le feu au buron ? explosa Mathieu. Ceux de Lendrode vont aussi lui mettre ça sur le dos ? C'est ça que vous voulez dire ? Vous trouvez pas que depuis le temps, le bon Dieu en a assez fait contre nous ?

– Tais-toi, gronda la mère, interrompant net sa litanie de questions.

– Les Vazeilles ont bien compris qu'il s'agit d'un accident, expliqua Ernest que tout cela fatiguait plus que sa longue marche dans la neige. On voit mal ce qui aurait pu se passer d'autre. Ce sont eux qui ont prêté le traîneau. Son sac est resté dessus, dit-il en ne le voyant pas dans la pièce. »

Sans un mot, Antoine Courtandon gagna la porte. Deux minutes plus tard, il ouvrit le sac sur la table et en sortit deux têtes de pioche et un sac de clous, ce qui expliquait son poids.

« Tout ça aurait pu attendre ! » se lamenta la mère.

Estimant avoir accompli sa mission, Ernest prit congé, revint accompagné de Blé dans l'étable où Lucifer l'attendait. Quand il sortit pour aller l'atteler au traîneau, elle le suivit :

« Merci à vous, dit-elle avec un regard plein d'amitié, ça vous a fait un long détour et vous n'êtes pas encore rendu. »

Il repartit, laissant la maison endeuillée. À part Blé, personne ne lui avait dit merci, juste un bref « au revoir ». Leur peine ne justifiait pas de charger ainsi tous ceux qui leur rendaient service dans cette sinistre occasion. Ni lui ni les Vazeilles ni personne n'était responsable de la mort de Grégoire, due à sa fatigue, à sa panique et à son appréciation erronée de la situation. Mais que savait-il, lui, de cette douleur-là ? Les formalités à remplir les aideraient à reprendre leurs esprits : les gendarmes viendraient rédiger leur rapport, le médecin aussi pour établir l'acte de décès, les voisins pour bénir le corps avant l'enterrement qui aurait lieu dans deux ou trois jours et qui ne serait pas facile, étant donné l'épaisseur de neige, à moins que le temps ne se radoucisse rapidement et la fasse fondre. Et puis ce soir ou demain, ils feraient brûler la paillasse du mort devant le village réuni qui dirait des prières.

Il regagna le chemin lentement, car la bise restait d'humeur méchante. Qu'importe, le plus dur était fait. Lucifer s'était réchauffé. Il lui caressa les flancs. Même s'il était sur le point de mourir, se demanda-t-il, aurait-il le courage d'assommer sa bête avant de l'éventrer ? Il chercherait tous les moyens de l'éviter ! Oui, mais Lucifer était son compagnon depuis plusieurs mois. S'il s'agissait d'un cheval inconnu ? Il aurait quand même du mal à s'y résoudre.

Il quittait une famille revêche, mais unie. Seule Blé avait pleuré. Comme il arrivait à la hauteur de la maison voisine, il aperçut la jeune fille à l'abri de la haie, en conciliabule avec un homme jeune mais curieusement voûté, qui lui posait tendrement ses mains sur les épaules. Pour le rejoindre elle avait pris un raccourci car il ne l'avait pas aperçue. Quand ils le virent, ils se séparèrent en hâte, et l'homme se rejeta en arrière pour se dissimuler.

« Vous ne direz rien ? dit-elle effrayée en traversant rapidement la route gelée pour s'arrêter en face de lui. Ils ne savent pas, ils ne voudraient pas. »

Ses yeux gris, qui avaient des paillettes brillantes que la pénombre de l'étable ne lui avait pas permis de remarquer, le fixaient avec insistance.

« Il faut vous taire ! répéta-t-elle avec une autorité qu'il ne lui aurait pas soupçonnée.

– Je ne suis pas un bavard, lui répondit-il calmement. Et puis, ça ne me regarde pas. »

Anxieuse, elle le dévisagea intensément avant de repartir en courant vers la maison. La jeune servante avait un amoureux caché à qui elle venait d'apprendre la nouvelle de la mort de Grégoire, nouvelle qui allait courir le pays plus vite que si elle était montée sur le dos de la bise.

La faim et le chaos se disputaient l'esprit d'Ernest qui eut un sursaut : il revoyait nettement Grégoire devant l'étal acheter le foulard vert, le payer, le fourrer dans son sac et s'éloigner, l'air heureux. Or, quand les frères avaient ouvert le sac, il n'avait pas vu le foulard.

V

La Garde

À La Garde, Amélie ne tenait plus en place. Elle fixait la pendule qui, inexorablement, avançait ses aiguilles. Depuis la vielle au soir, elle n'en finissait pas de se poser des questions :

« Pourquoi il n'est pas revenu ? Où a-t-il dormi ?

– Pas dans le lit d'une autre, rassure-toi ! ironisa le Grand de chez Robyeu. Tu devines la hauteur de neige qu'il y a là-haut ? Ils sont une belle bande à être restés coincés. Ton homme est prudent. Il aura décidé de rester dormir chez les Vazeilles.

– En partant tôt ce matin, il devrait être arrivé.

– Le temps qu'ils dégagent les chemins, ça dure forcément. Sans compter les discussions pour l'âne. Les Vazeilles sont âpres. Pour gagner un peu, il faut parler beaucoup. »

Il avait beau chercher à l'apaiser, au fur et à mesure que l'heure tournait, lui aussi portait peine. En l'écoutant distraitement, toute à son angoisse, Amélie sortait toutes les trois minutes sur le devant de la porte pour regarder le seul chemin qui serpentait entre les maisons disposées inégalement de part et d'autre, le village se réduisant à une longue allée. N'en pouvant plus, elle allait prendre la décision de partir pour le col de La Chabanne avec son frère, quand un dernier coup d'œil par la fenêtre lui apprit qu'Ernest arrivait enfin.

« Te voilà ! dit-elle en se précipitant à sa rencontre, d'une voix que la peur rendait rauque. Qu'est-ce qui s'est passé ? Qu'est-ce que c'est que ce traîneau ? Et l'âne, où est-il ? Tu as le visage gelé.

– Mais pas gercé, répondit-il en lui souriant, infiniment heureux d'être enfin à bon port. Tout va bien, laisse-moi finir d'arriver, je t'expliquerai tout, le traîneau, l'âne et le reste.

– Hier soir, je ne me suis pas trop *émaillée*[1], continua-t-elle, car il lui fallait parler et parler encore pour chasser les dernières traces de ses craintes. Je te sais prudent. Un voisin était passé me dire que tu avais quitté la foire avant le gros de la tempête. J'ai pensé que tu étais resté pour la nuit chez les Vazeilles.

1. *S'émailler : s'inquiéter.*

– Tu as pensé juste, j'étais chez eux avant les 5 heures.

– Mais pourquoi tu n'arrives que maintenant ? J'ai commencé à me soucier au fur et à mesure que la matinée avançait. Mon Dieu ! Tout ça pour une foire et un âne ! Là, j'étais fendue en deux par l'angoisse. Tu vois le risque que tu as pris ? »

De la peur, elle passait à la colère, comme si elle lui en voulait de sa nuit d'insomnie.

« Le risque était pour les imprudents, répondit-il d'un ton serein. La tempête a surpris beaucoup de monde, mais il suffisait de faire attention. Au pire, je serais resté à Rochefort. Ou j'aurais fait demi-tour. Je ne suis pas un foutraque. Allons, il y a assez de raisons de s'inquiéter dans la vie sans s'en inventer d'autres. »

Ils passèrent par l'étable où des bouchons de paille calfeutraient les fissures de la porte : il avait eu raison de penser qu'en son absence elle saurait prendre les mesures qui s'imposaient.

« Et ici ? demanda-t-il quand même. Le gel pourrait durer.

– Depuis hier, on a été abrutis de besogne ! répondit-elle, calmée. Pour l'heure, Rosette fait la sieste et la mère est retournée donner un coup de main chez le Nané. Hier on y est tous allés un moment, la mère, seule avec ses petits, n'y arrive pas. »

Dans plusieurs maisons du village, un des hommes qui en avait l'âge partait pendant la mauvaise saison faire le maçon ou le cocher à Paris ou à Lyon, histoire d'améliorer l'ordinaire. En cas de coup dur, l'entraide s'imposait.

« Ici, poursuivit-elle, on a presque fini de ranger les carottes, mais il nous a manqué des copeaux et de la sciure pour les dernières couches. Pour les pommes, ça allait, on a pu les poser sur une belle couche de fleurs de sureau, la provision était suffisante : elles ne pourriront pas. Tu as vu la porte de l'étable ? On a *tapouné*[1] les trous comme on a pu avec de la paille, mais je ne sais pas si ça tiendra longtemps.

– Je vais profiter de l'hiver qui commence tôt pour en faire une neuve. J'ai les planches qu'il faut.

– Dans la cave, il faudra aussi une planche pour caler le tas de pommes de terre, sinon, elles vont rouler sur les raves, mais rien ne presse.

– Tant mieux ! Je ne me sens pas d'attaque pour le moment. Lucifer aussi est épuisé. Il a besoin d'être bouchonné et d'une mesure d'avoine. Appelle Barnabé qu'il vienne s'en occuper. »

C'était inutile, le frère d'Amélie venait à leur rencontre. Si sa débilité lui interdisait la parole,

1. *Tapouner : boucher.*

ses gestes et mimiques furent suffisamment expressifs pour qu'Ernest comprenne que lui aussi s'était inquiété, que lui aussi était immensément heureux de le voir revenir. Avec quelques gestes, Ernest lui fit comprendre qu'il fallait s'occuper de Lucifer :

« Dès que tu as fini, viens fumer une cigarette avec moi près du feu », ajouta-t-il en tirant sur une cigarette imaginaire.

Le garçon secoua la tête pour signifier son plaisir : s'occuper du cheval, fumer en compagnie, autant de complicités qui faisaient sa joie. Ernest lui donna le licol avec confiance, Barnabé bouchonnerait Lucifer mieux que lui-même.

Quand il entra dans la pièce à vivre, chaude et accueillante, le Grand assis près de l'âtre se contenta de hocher la tête. Son visage sec et émacié, durci plus que ridé, aux hautes pommettes proéminentes, aurait pu le faire prendre, malgré une épaisse moustache blanche, pour un paysan des steppes du Caucase ; son corps tassé, massif, rappelait sa robustesse passée. Coiffé d'un bonnet de laine grise aux rebords relevés, il écorçait un fagot de branches de noisetier. L'image du fils Vazeilles, qui s'adonnait à la même activité la veille au soir, traversa l'esprit d'Ernest. Dans presque toutes les maisons, ce travail occupait les hommes que le mauvais temps laissait désœuvrés. Venu là pour passer l'hiver, le Grand était heureux de se rendre utile, lui dont les enfants depuis longtemps n'attendaient plus rien. Dans sa sombre masure à Puy-Lavèze, le vieil homme ne faisait rien, sinon tisonner le feu des heures durant en remuant ses pensées comme dans un chaudron.

« Eh bien ! tu nous en as fait faire du souci ! s'exclama-t-il. Ta femme ne tenait plus en place et moi, l'inquiétude finissait par me prendre aussi. »

De fait, il était soulagé de voir rentrer cet ancien commis qu'il avait vu lutter, se marier, acquérir cette nouvelle ferme qu'il menait d'une main experte et vigoureuse. Le jeune homme taciturne était devenu un paysan installé. Son caractère aussi avait changé. Sans être devenu un jovial, il n'était plus aussi sauvage qu'à son arrivée[1] et il se faisait petit à petit accepter dans le pays. Le Grand avait plus de sympathie pour lui que pour son gendre qui laissait périr ce qu'il avait patiemment construit et le traitait plus mal qu'un étranger.

« Vous vous doutez qu'il y a de bonnes raisons, répondit Ernest. En traversant La Garde, ils sont nombreux à m'avoir demandé ce qui m'était arrivé. J'étais trop fatigué pour répondre, alors ils

1. *Voir* L'Œil du vivier.

vont venir. Il faudrait descendre à la cave remplir une ou deux chopines. Moi, j'ai besoin de me changer et de manger un morceau. Sinon, je vais tomber. »

Avant d'ouvrir la trappe de l'escalier de la cave, Amélie lui tendit un pantalon, une chemise et des chaussettes de rechange qu'elle avait disposés devant la cheminée. Depuis la veille au soir, son linge l'attendait, chaud.

« Crois que je vais apprécier, lui dit-il avec un regard tendre. Après cette tempête…

– Une tempête comme on en voit d'habitude plus tard dans l'hiver, rebondit le Grand. Mais c'est vrai que La Chabanne en serre toujours beaucoup. Elle en aura surpris un bon troupeau. À commencer par toi.

– Non, elle ne m'a pas surpris, expliqua-t-il tout en se changeant et en enlevant les dernières brindilles de foin restées dans ses cheveux après sa nuit à la ferme de Lendrode. J'étais parti tôt de Rochefort. J'aurais pu finir d'arriver. Lucifer en a vu d'autres, mais l'âne n'aurait pas suivi. Il était plus prudent de passer la nuit chez les Vazeilles.

– Ah ! ceux-là ! remarqua le Grand sur un ton où l'ironie le disputait au dédain.

– Ceux-là, comme vous dites, j'étais bien content de les trouver ! Avec l'hiver qu'on va avoir, ils en sauveront encore quelques-uns.

– Et ils y trouveront leur avantage.

– Vous n'avez donc jamais eu besoin de leurs services pour en parler aigrement ?

– Bien sûr que si. Qui dans le pays n'a pas dû s'arrêter au moins une fois chez eux ? Au chaud dans leur gîte, ils attendent la misère du monde comme le piège attend le loup.

– Sauf qu'ils ne cassent pas les pattes de leurs hôtes, ils les accueillent en leur offrant la soupe chaude et le foin de leur grange.

– Chacun s'empresse de les leur payer plus cher que l'oie et l'édredon ! À ce prix, ils peuvent *retirer*[1] comme il faut ! Tu feras comme les autres. Tu rctourneras leur porter le fromage ou le saucisson pour les remercier. Et je suis sûr qu'ils ne t'ont pas fait de cadeau pour l'âne.

– C'est une bête sans défaut.

– Je reconnais que là-dessus ils méritent leur réputation, mais pour le reste... Voilà plus de quarante ans que je m'y suis arrêté. À l'époque, j'avais rarement vu une maison aussi richement meublée, alors que leur terre est moitié brande, moitié montagne, et que rien n'y pousse. Heureusement qu'ils sont de bons maquignons ! Ce qui les fait prospérer, c'est ce qui abat les autres : les orages, la brume et la neige. Drôles de gens, je te

1. Retirer : recevoir.

dis, apparentés à personne. Ils vont prendre femme du côté de la Limagne, où un des Vazeilles est parti s'établir voilà quelques générations. Des gens de la plaine !

– Apparentés à personne ? Voilà bien pour vous la pire des tares ! s'amusa Ernest, connaissant la philosophie du Grand qui consistait à situer chacun dans sa lignée et son clan pour tout expliquer par le sang et l'histoire familiale. J'ai remarqué leur ressemblance, mais si ça leur chante de se marier entre cousins éloignés ? Où est le mal ? Vous ne savez pas grand-chose sur eux, c'est ça qui vous contrarie ! Les parents sont accueillants. Le fils est plus bourru.

– Quand les parents n'y seront plus, il reprendra leur genre. Pour l'instant, il peut se montrer au naturel. Il n'a pas encore fait son tour en Limagne ?

– Vous voulez dire qu'il ne s'est pas encore marié ? Non, il est toujours célibataire. »

Ernest avait fini de se changer quand on frappa. Le village connaissait sa longue absence. À son passage, les portes s'étaient ouvertes et les voisins s'étaient enquis de lui et de ce traîneau qu'il ramenait. Il s'était contenté de dire qu'il avait été retardé par un malheur. Il connaissait les habitudes. On lui avait laissé le temps d'arriver chez lui, mais maintenant les gens venaient pour entendre parler du malheur en question. On ne lui pardonnerait pas d'apprendre un événement d'importance par une voix extérieure alors qu'il en avait été un des principaux protagonistes.

Les voisins entrèrent les uns après les autres, quelquefois deux ou trois par famille, à la fois curieux et, pour certains, embarrassés de se retrouver dans cette maison habitée par des nouveaux venus, installés dans le village depuis moins d'un an. Le mot « malheur » qu'avait volontairement choisi Ernest était alléchant. En leur donnant la primeur des nouvelles, il renforcerait leur acceptation. Un voisin se félicita qu'il soit rentré, chacun s'assit sur les chaises, les bancs. Amélie et sa mère sortirent les verres. Les hommes boiraient du vin, les femmes un peu de liqueur de cassis faite maison. On commença poliment par parler de la tempête :

« Il est tombé une bonne épaisseur d'hiver, attaqua l'un. C'est venu d'un coup et ça va durer avec le ciel qui court comme ça sous la bise…

– La neige reste le meilleur des engrais, renchérit un autre. Elle remplit le grenier.

– C'est la neige de décembre qui est meilleure que la cendre. Là, le gel est venu trop brusquement, pensez qu'il y en a qui n'ont pas fini de semer leur seigle ! Et le dégât pour les arbres ?

Rappelez-vous l'hiver de 70, on entendait éclater les chênes !

– Il y a déjà eu de la neige cette année. S'il y a un redoux, celle-ci aussi partira vite. Ceux qui n'ont pas fini leur seigle pour la Saint-Luc sont les imprudents. Le printemps n'a pas été trop mauvais, le foin pourrait suffire. »

Le printemps avait été excellent avec juste ce qu'il fallait de soleil et de pluie, le foin abondant remplissait toutes les granges, mais aucun d'eux ne l'avouerait de peur de se porter la guigne pour l'année suivante.

Ernest attendit que tous les curieux soient arrivés, une bonne quinzaine au total. C'était la troisième fois qu'il racontait l'histoire depuis ce matin, il était rodé. Il choisit une version sobre qu'il aurait le loisir de détailler lors des prochaines veillées. Pour l'heure, il était trop fatigué.

« C'était donc ça le traîneau ! soupira Amélie quand il s'arrêta. Mon Dieu ! »

Ils étaient tous abasourdis de ce qu'ils entendaient. Les corps bougeaient, les exclamations fusaient, mais pas encore les commentaires. Il fallait le temps d'intégrer la nouvelle.

« Je n'ai jamais rien entendu de pareil, finit par dire un voisin âgé en passant la main sur son crâne chauve. Sauf quand j'étais gamin, par un vieux qui avait fait la retraite de Russie avec le

Corse au début du siècle. Il avait vu des soldats se serrer comme ça dans un cheval. Lui n'en avait pas eu le courage. Il avait préféré avancer et avancer encore. Peut-être que le Grégoire avait entendu cette histoire et que ça lui en aura donné l'idée ? »

Les gravures des livres d'histoire de l'enfance d'Ernest représentaient des soldats français tombés pendant la retraite, après la fuite de Moscou, corps raidis dans des vêtements gelés, visages bleuis par la barbe qui continuait à pousser. Cela correspondait effectivement à ce qu'il avait vu ce matin au col de La Chabanne.

« Ce Grégoire Courtandon, est-ce qu'il est apparenté aux Courtandon de Saint-Julien ? demanda Amélie.

– Je ne sais pas grand-chose d'eux, expliqua Ernest. Il y a là une mère et ses trois fils. Les Vazeilles m'ont dit que le père était mort voilà quelques années.

– Moi, je sais, dit Raymond de chez Brun, un de leurs proches voisins qui signait Solignat. Je sors de Goulandre, juste à côté. Ils sont bien de la même famille que ceux de Saint-Julien. C'est leur grand qui est allé gendre là-bas dans les années quarante. J'ai bien connu le père, le Simon qui était porté de bons services, même si certains le disaient si voleur que, quand on lui serrait la main, il fallait compter ses doigts. Seulement, il aimait trop la chopine et il ne marchait pas toujours droit en rentrant chez lui. Le vin le rendait breloque. Un jour qu'il était gras comme un pâté, encore plus que d'habitude si c'est possible, sur le coup de 4 heures, il a pris son bâton et, au lieu d'emmener boire ses vaches, il a emmené ses lapins ! Il a ouvert les clapiers les uns après les autres en disant « *Veune, veune...*[1] » comme s'il parlait à ses vaches. Il gueulait après ceux qui ne sortaient pas assez vite et quand il les a eus tous mis par terre, il a fièrement pris le chemin de l'abreuvoir. Tu parles si les lapins l'ont suivi ! La plupart sont restés sur place, ahuris de se retrouver dehors, mais d'autres sont partis de droite, de gauche... Les gamins s'y sont tous mis pour les ramasser et je ne suis pas sûr qu'ils les aient tous récupérés. La Jeanne faisait beau ! Pour confondre les vaches avec les lapins, il faut avoir pris une bonne casquette ! »

Au fur et à mesure qu'il racontait, les gens riaient sans retenue, oubliant la mort de Grégoire. L'extraordinaire de la chose était plus excitant qu'attristant. Ils étaient trop loin pour s'appesantir avec regret sur un homme qu'ils ne connaissaient que pour sa mauvaise réputation.

1. Veune : Venez.

« Mais qui aurait pu le reprocher au Simon avec la femme qu'il avait épousée ? poursuivit Raymond, ravi d'avoir capté l'attention. On peut pas imaginer plus mauvaise paire que ces deux-là, mais si c'est le bon Dieu qui fait les gens, c'est le diable qui les marie ! La Jeanne est une Fougeolles qui sort de Taillardat. Dans la famille, je crois avoir écouté dire qu'il y a des fêlés. Vous devez connaître : son grand-oncle avait épousé la fille d'un Jean Bonnet qui sortait de Bajouve, une Gousset de chez le Bourru.

– Je crois bien ! se dépêcha de dire la mère d'Amélie, avant que le voisin ne lui enlève sur la langue le plaisir de montrer ce qu'elle savait. Son frère restait à côté de chez nous. Ils ont eu deux fils, l'aîné a repris la propriété et le second s'est engagé dans l'armée pour aller dans les colonies.

– C'est ça. La mère Courtandon, pour en revenir à elle, est une *bigne*[1], pas une bavarde, mais une dure qui ne voit que le travail, rien que le travail. Pendant les moissons, pas de sourire, pas de rire, et qu'est-ce qu'elle *ménage*[2] ! Avec ça, toujours une face de carême, on se demande comment le Simon est arrivé à lui faire trois fils ! Ils en ont perdu deux ou trois autres à la naissance, elle s'est donc laissé faire quelques fois ! »

---

1. Bigne : femme forte et dure.
2. Ménager : économiser.

Ordinaire, la grivoiserie gardait sa place, permettant d'intégrer l'extraordinaire du drame. S'estimant peu gâté avec sa Léonce, Raymond Solignat était sensible au mauvais mariage d'un autre.

« Savez-vous qu'elle les mettait au monde comme dans l'ancien temps, toute seule agenouillée sur des petassous devant la cheminée, et qu'après elle retournait au travail comme si de rien n'était ? dit-il en hochant la tête d'un air désapprobateur.

– À vous entendre, c'est peut-être pas du bon monde mais c'est du monde courageux, dit le Grand, pas fâché de pouvoir placer une repartie et de tenir sa place comme dans sa jeunesse, mais discrètement, sans encore insister, respectant la coutume qui veut qu'un qui n'est pas du pays écoute plus qu'il ne parle.

– C'est une famille courageuse d'accord, mais depuis la mort du père, c'est surtout une famille austère, reprit Raymond. Le Simon est mort d'un abcès aux dents. C'était une force de la nature, un immense gaillard. Ses fils tiennent de lui. D'une de ses vestes, vous m'auriez fait un joli manteau ! Il a supporté des jours entiers, il paraît même qu'il a mis un chat noir vivant dans une marmite couverte sur le feu. D'habitude, avec les bonnes formules, ça marche, mais là, rien. Et quand il a enfin cédé devant trop de douleur, le mal avait gagné toute la mâchoire. Le docteur de Saint-Sauves, qui en connaissait pourtant long, vu qu'il avait depuis longtemps les cheveux blancs, a reculé devant la puanteur qui se dégageait de sa bouche. De quoi tuer un putois ! Il ne pouvait plus être sauvé, il a fait son paquet dans la semaine qui a suivi. Déjà son père à lui était parti après avoir été encorné par une vache. Il lui avait cassé un bâton sur l'échine. Ceux de chez Vialle, c'est pas des tendres !

– La Jeanne est donc restée veuve, dit Ernest pour le ramener à son sujet.

– De justc ! Lc Simon l'a laissée encore jeune avec trois garçons, dont l'aîné atteignait tout juste ses quatorze-quinze ans et le dernier ses quatre ou cinq. Sa dureté lui a bien servi pour tenir la ferme et élever ses gars. Elle s'est fermée dans sa coquille comme un escargot pendant la sécheresse. Il y a des familles que l'adversité éclate, mais ceux-là, elle les a soudés. L'aîné est vite sorti de l'enfance et le dernier n'a pas eu le temps de savoir ce que c'était. La mère les a tout de suite mis au boulot. Finie l'école, je suis pas sûr que l'Antoine sache ses lettres. Heureusement, le caractère n'a pas sauté une génération comme ça le fait souvent : chez eux ça a bien raciné, ils sont costauds. Ils ont durci leurs muscles en traçant des sillons, en coupant les arbres, en épierrant les champs. Le mot fatigue n'a pas de sens dans cette maison. Mais ça a fini de les ensauvager et ça leur a aussi durci la tête. Du haut de ses quinze ans, le Mathieu a assommé le premier qui s'est risqué à lui chercher noise et les autres n'ont pas tardé à lui prêter main-forte. Le Grégoire n'en avait pas douze quand il a cassé la jambe d'une voisine : son mari avait déplacé la borne d'un champ. Pas grand-chose, mais ça n'avait pas échappé au gamin. Il faut reconnaître que c'était tentant, une femme seule et trois gosses, n'importe qui aurait eu envie d'essayer de les rouler. Ça n'a pas duré. Aujourd'hui, celui qui leur chercherait des ennuis se retrouverait avec les trois sur le dos et il pourrait compter ses abattis. Et quand ils ont besoin de quelque chose, personne le leur refuse. Ils sont connus et ils ont une façon de venir vous trouver qui ressemble plus à une menace qu'à une demande de service. Il n'y a que la mère pour les tenir. Devant elle, ils redeviennent des gamins. Pas besoin d'un mot plus haut que l'autre, ils ripent droit, vu que sa langue est un vrai bâton. Après avoir vivoté quelques années, le temps que les garçons donnent toute leur mesure, la maison a repris bonne allure. Aujourd'hui qu'ils sont tous les trois dans la force de l'âge, ils régissent bien leur ouvrage et ils mangent à leur faim. Mais ils sont restés des malgracieux qui savent mieux aboyer que parler, grogner que sourire, méfiants vis-à-vis de tout le monde. À Beauberty, ils sont pas plus appréciés que des pierres dans un sabot, vu qu'ils font une mauvaise réputation au village. Ils ont tellement l'habitude de se battre qu'ils le font des fois sans raison. Leur plus proche voisin en est resté bossu. »

Ernest revit l'homme qui tenait Blé par les épaules. Ce devait être lui le voisin estropié par les frères Courtandon. La frayeur de la jeune femme et son insistance pour qu'il ne parle pas de leur secret s'expliquaient.

« Il n'y a qu'une chose que les fils n'ont pas repris du père, poursuivit le voisin : le vin. Jamais une goutte ! Il n'y a pas d'alcool dans la maison. La mère ne supporterait pas qu'un seul de ses trois garçons boive ! »

Si, pensa Ernest, il y avait de l'alcool, mais ils ne le buvaient pas. La bouteille était pleine, ils n'avaient pas souvent l'occasion d'en offrir.

À propos d'alcool, Amélie était embarrassée. Elle était tentée de remplir à nouveau les verres de vin des hommes, mais craignait de paraître une femme qui montre qu'elle a assez pour ne pas regarder à la dépense. En tant que venus d'ailleurs, tous leurs gestes donnaient lieu à interprétation. En la voyant se mordre les lèvres, le

Grand comprit son indécision. Il attrapa la chopine, se servit et la passa à son voisin. Elle le remercia d'un regard. En prenant l'initiative, il lui permettait de concilier la générosité et l'absence d'ostentation.

« Ils ne sont plus que deux, remarqua un des hommes, vu que le Grégoire vient de passer l'arme à gauche d'une drôle de façon.

– Faut le temps de s'y faire, reconnut Raymond de chez Brun. Quand on y pense, ça leur correspond bien à ceux de chez Vialle de partir d'une façon sauvage. On ne les imagine pas mourir de vieillesse dans leur lit. Ça fait des générations qu'ils passent de façon violente.

– Est-ce qu'il y en a un qui fréquente ? demanda Ernest, qui revoyait Grégoire acheter le foulard vert à la foire.

– De ce moment, je ne saurais pas, mais y en a un qui a fréquenté, reprit Raymond, le Grégoire je crois bien… Ils se ressemblent tellement de physique et de caractère qu'on ne les détrie pas. Oui, le Grégoire a suivi un temps la fille d'un gars qui sortait d'Orcival et qui s'était installé fermier à Courtevialle dans une des fermes du comte de Puisy.

– Je me souviens ! l'interrompit le Grand. Il signait Mazières. Un pauvre bougre qui n'avait pas inventé la pierre à feu, mais qui en savait assez pour faire des enfants, je ne sais plus combien ils en avaient, tous vêtus de *boges*[1] ! Malgré ça, ils avaient bonne allure. Il n'est pas resté plus de trois ans, ça ne pouvait pas faire ! Je ne sais pas où ils sont repartis.

– Ils ont dû repartir à Orcival, reprit le voisin. Comme ils n'étaient pas de chez nous, on ne s'y est pas trop intéressé. En tout cas, un des garçons de chez Vialle avait reluqué un temps l'aînée des filles. Ça s'est arrêté quand la famille est partie. De toutes les façons, c'était pas le genre de parti qui pouvait plaire à la mère. J'ai rien écouté dire d'autre depuis que je suis à La Garde, sauf par la sœur de la femme quand elle vient nous voir et qu'elle nous raconte leurs dernières bagarres. À l'âge qu'ils ont, ils doivent pourtant y penser, mais même une laideronne hésitera à y aller bru pourvu qu'elle ait un peu de cervelle. Pour que la maison continue, il faut pourtant qu'au moins l'un d'eux se marie. Au début, la mère pourra peut-être régenter la jeune, mais l'âge venant ? Et puis une bru passe encore, mais deux ?

– Je ne connais pas d'exemple où ce genre de situations ait bien tourné, dit le Grand.

– Le Grégoire était celui du milieu, expliqua le voisin. Il est revenu de son service militaire l'an

1. *Boges : sacs de jute pour les pommes de terre, haillons.*

dernier. Le Mathieu a quelques années de plus et doit approcher ou dépasser les vingt-six. Sûr qu'ils sont dans des âges où ça les travaille.

– Vingt-six ans, ça fait déjà tard, renchérit le père Thomas. Un des deux ira peut-être gendre dans une autre ferme ou il ira gagner sa vie plus loin. Il n'y en a pas un qui part faire le maçon ou le cocher à Paris ou à Lyon ?

– Non. Sauf pour le service militaire, ils n'ont jamais quitté les jupons de leur mère. Ces gaillards qui font trembler le monde filent droit devant une femme qu'ils pourraient renverser d'une pichenette. Elle les a fermés sous son aile et ils ne peuvent pas se décider à en partir. Maintenant, il faut voir ce que la mort du Grégoire va changer. À mon avis, ça va les rapprocher, à moins que ça les ensauvage encore plus ! »

Ils jouissaient tous pleinement de cette conversation autour d'un événement extraordinaire qui justifiait que l'on se focalise sur lui, en reprenant tout ce que l'on en savait, la lignée, les caractères, les histoires concernant les différents protagonistes, leurs tares, leurs secrets. C'était un plaisir que ne procurait pas le meilleur des miels.

« Il y a quand même une servante, remarqua Ernest en revoyant la petite figure de la jeune fille. Elle m'a dit s'appeler Blé.

– Blé ? s'étonna Amélie. C'est pas un nom.

– Je ne lui en connais pas d'autre, reprit Raymond en finissant son verre. D'après ma belle-sœur, la pauvre gamine n'arrête pas, une machine qui fait la besogne sans faire le bruit : ils ont de la chance.

– Ça change les choses, remarqua le Grand. Elle ne leur servirait pas à attendre ? Ça s'est déjà vu.

– Elle fait l'usage de servante, reprit le voisin, mais c'est une nièce à la mère Courtandon, du côté de sa sœur. J'ai oublié comment s'appelait celui qui l'avait épousée. Faut dire qu'il sortait d'Olby, c'est loin. Elle s'est retrouvée orpheline et ils l'ont recueillie quand elle était encore gamine. Elle n'est pas traitée comme quelqu'un de la famille, mais ils ont des principes et ils ne se risqueraient pas à la toucher ! Elle doit approcher des vingt ans. Non, moins, se reprit-il, elle est plus jeune que l'Antoine, qui est né en même temps que mon aîné qui va sur ses dix-neuf ans. Elle, elle doit tourner autour des dix-sept, dix-huit. Ce qui est sûr, c'est qu'elle ne pourra jamais se marier. Ils l'ont recueillie pour qu'elle reste servante toute sa vie. »

Ceux de chez Vialle avaient beau être des brutes, ils n'avaient apparemment pas réussi à la briser, puisqu'elle avait un amoureux. Il n'est pas facile d'empêcher une jeune femme de suivre la voie de son cœur.

Ernest se leva, indiquant ainsi qu'il était l'heure que chacun rentre chez soi. Sa fatigue s'atténuait, son corps retrouvait ses sensations ordinaires, à part une raideur dans les jambes et les cuisses, due à l'avancée pénible dans la neige, mais il avait du travail à faire. L'heure passée n'était pas perdue. L'hospitalité offerte renforcerait leur acceptation, surtout celle de Raymond chez le Brun ravi d'avoir focalisé l'attention de tous.

« Quand est-ce qu'on va l'enterrer ? demanda un des voisins en vidant son fond de verre avant de remettre son bonnet. Même si les morts exigent ce dernier labeur des vivants, il va falloir attendre quelques jours, le temps que les gendarmes finissent leur enquête, car il y en aura une. Avec ce froid, le corps se conservera bien. »

Ils étaient arrivés les uns après les autres, ils repartirent tous ensemble après avoir remis manteaux, châles et cache-nez, et la maison se vida d'un coup. Amélie attendit que la porte se referme pour prendre la parole :

« Peut-être que la mère Courtandon est une bigne. Mais se retrouver mariée toute jeune et innocente à un ivrogne, mettre ses enfants au monde sans aide, en perdre plusieurs et se retrouver seule pour en élever trois, il y a de quoi durcir n'importe qui. Elle se serait laissé aller qu'ils la moqueraient encore plus. Si ses garçons lui sont autant attachés, c'est qu'ils savent ce qu'ils lui doivent.

– C'est juste, dit sa mère en opinant de la tête. Il lui a fallu du courage et ça donne pas envie de la noircir. »

La fin d'après-midi fut calme, occupée par le soin des bêtes et les derniers travaux pour se prémunir du gel. Ernest déballa enfin ses achats, et le foulard d'un gris soutenu agrémenté d'arabesques d'un gris plus clair eut le succès escompté.

« J'aurais bien voulu t'en acheter un de couleur, expliqua-t-il à Amélie, mais je me suis dit que tu ne le mettrais pas.

– La mort du père ne remonte qu'à deux ans, les gens jaseraient. »

Il avait besoin de parler avec le Grand. C'était paradoxalement plus difficile que quand il allait le voir à Puy-Lavèze. Là-bas, ils se retrouvaient seuls. Ici, il y avait toujours quelqu'un dans la pièce. Le soir, il expliqua à Amélie que, malgré sa fatigue, il avait besoin de se chauffer encore un moment devant le feu de la cheminée. C'était vrai : il sentait la fièvre le gagner.

« Moi, j'ai assez chaud, je vais me coucher. Ne tarde pas trop quand même, la journée de demain sera longue et tu es gris de fatigue. Pour tes courbatures, sors la graisse de blaireau, il nous en reste un fond. Dans l'hiver, il faudra en tuer un ou deux pour en refaire. »

Impossible en revanche d'éloigner Barnabé qui le suivait comme son ombre, mais sa présence n'était pas gênante. Assis sur sa chaise, il essayait de calquer son attitude sur celle d'Ernest, mais cela lui était impossible, il s'agitait, s'avançait, riait sans propos, traversé qu'il était par des éclairs de joie de partager leur compagnie. Il suffisait de le laisser faire.

Même si la cheminée était autre, orientée vers l'ouest et non vers l'est comme à Puy-Lavèze, les deux hommes reprenaient leurs habitudes. Ernest, renonçant à la graisse de blaireau, se roula une cigarette, le Grand se tailla une nouvelle chique dans son boudin qu'il sortit du rebord de son bonnet. Les flammes dansaient, projetant sur leur visage et leurs mains des lueurs chaudes et mouvantes.

« Il y a dans tout ça des choses qui ne me plaisent pas, attaqua Ernest.

– Maintenant que tu as pris goût à démêler les histoires louches du pays, plus rien ne te semble aller de soi, s'amusa le Grand. Qu'est-ce qui te chiffonne dans cette affaire ?

– Ce qui me contrarie le plus, c'est justement un chiffon ou plutôt un foulard. Quand j'ai acheté celui pour Amélie à la foire de Rochefort, Grégoire Courtandon s'est approché. Il voulait choisir quelque chose, mais il ne savait pas quoi, alors il a fait comme moi : j'ai pris un gris, il a pris un vert. Je l'ai vu le fourrer dans son sac. Eh bien ! quand ses frères ont ouvert le sac à Beauberty, le foulard n'y était plus. »

Le Grand arrêta de chiquer un moment avant de remarquer :

« C'est pour ça que tu demandais aux uns et aux autres s'il fréquentait ? Personne n'a dit oui ; c'est pourtant le secret le plus difficile à garder dans un pays. S'il ne fréquentait pas, pour qui l'achetait-il ?

– Peut-être pour la mère, suggéra Ernest qui, se souvenant de la sienne, trouvait le geste naturel. Mais ça n'explique pas sa disparition.

– La mère Courtandon ne les a sûrement pas élevés comme ça. La poule tient ses poussins sous son aile, mais elle ne leur a pas appris le mot gâterie, ni dans un sens ni dans un autre. Mais, imagine que le Grégoire utilisait sa cousine pour se calmer le sang en cachette de la mère ? Il ne pouvait pas la forcer, car si elle avait montré des coups ou pleuré, ça l'aurait trahi. Alors, pour qu'elle soit consentante, il devait lui faire des plaisirs, et un beau foulard, ce n'est pas rien.

– Ça n'expliquerait toujours pas sa disparition. Et puis, la petite fréquente en cachette un voisin. Quand j'ai quitté la maison, elle est allée le rejoindre. Je les ai vus, il la tenait par l'épaule. Elle s'est précipitée vers moi pour me supplier de ne pas la trahir. Le voisin en question m'a paru avoir le dos estropié, peut-être bien que c'est celui-là dont a parlé le Raymond tout à l'heure.

– Alors c'est que le Grégoire a donné le foulard à une fille qui était à la foire de Rochefort.

– Ça serait le plus simple, dit Ernest, dubitatif. Mais j'imagine mal qu'il le lui ait donné à la sauvette. Cette histoire de foulard a fini de me perturber, mais déjà avant, il y avait des choses qui ne me plaisaient pas. Se fermer dans le ventre d'une jument quand on a tant d'autres solutions, c'est absurde.

– Qu'est-ce que tu penses ? demanda le Grand en attrapant le tisonnier pour remettre en place une bûche.

– Je ne sais pas. Voilà bien quatre ou cinq fois que j'essaye de refaire l'histoire. Ce qui est sûr c'est que passé le col, le Grégoire et le Martin vont dans la mauvaise direction. Le soir tombe, la tempête fait rage, ils sont gelés, Grégoire traîne la jambe à cause de son genou. La jument, qui est vieille, tire elle aussi. Ils voient le buron et décident de s'arrêter. Là, déjà, ça pose une question : la ferme de Lendrode n'est pas loin, pourquoi ne finissent-ils pas d'y arriver ?

– Parce qu'ils sont épuisés, tout simplement. Et que le Grégoire a très mal. Cette question-là, elle n'est pas difficile.

– D'accord, c'est ce que je me suis dit, même s'il ne restait pas beaucoup de chemin. Donc, ils bifurquent un peu sur leur gauche vers le buron, ils entrent, ils s'installent. Il y a du foin, du bois, une cheminée. Ils peuvent passer la nuit, tant pis si leur estomac crie famine. Et puis voilà que le Martin s'en va. La faim l'a poussé, m'a-t-il dit. La nuit est tombée, la mère Vazeilles sert la soupe quand il ouvre la porte. Il est en sang, il a tout juste la force de s'approcher de la cheminée et de s'évanouir. Il était épuisé, c'est vrai, mais l'était-il au point d'oublier qu'un autre était resté dans le buron ?

– Tu veux dire qu'il aurait oublié exprès d'en parler ? Pourquoi donc, puisqu'il l'a fait le lendemain matin ?

– C'est juste, et il n'a pas pu s'évanouir sur commande. Quand même, j'aimerais bien savoir ce qui s'est passé entre eux. Quand il est arrivé, le Martin était couvert de sang sur la figure et sur le devant de son manteau. Il se serait cogné contre un mur de la maison. Étant donné la réputation de bagarreurs des frères Courtandon, on peut imaginer qu'ils se sont disputés et battus. Mais vu la carrure de l'un et de l'autre, le Martin ne pouvait pas avoir le dessus.

– Les petits ont quelquefois une force qu'on ne soupçonne pas ! En admettant qu'ils se soient battus, et que le Martin l'ait assommé, tu le vois le mettre dans le ventre de la jument pour ensuite foutre le feu au buron et venir finir sa nuit chez les Vazeilles ?

– Non, dit Ernest dans un éclat de rire qui se termina par une quinte de toux. À moins que quelqu'un l'ait aidé, mais je ne vois pas qui ni comment ! Il avait du sang sur son manteau, mais une plaie au front saigne beaucoup. Il lui suffisait d'avoir porté les mains à son visage pour s'en mettre partout. Il n'avait pas les manches de veste et de chemise tachées comme un qui vient d'ouvrir le ventre d'une bête en pleine nuit.

– Pour en apprendre un peu plus sur ce qui s'est passé entre eux, tu iras aux Baguay lui demander. Ça ne les étonnera pas que tu ailles prendre de ses nouvelles.

– Reste à savoir s'il me répondra. De quelque côté qu'on se tourne, cette histoire ne tient pas. Pour assommer la jument, le Grégoire a dû se servir d'une masse ou d'un gourdin. Pourquoi on n'a rien retrouvé près de la jument ?

– Tu as suffisamment creusé la neige autour de la bête ?

– Quand je reviendrai chez les Vazeilles ramener le traîneau et chercher mon âne, je retournerai au buron, même si les gendarmes et les curieux auront tout bouleversé.

– Les curieux vont regarder, ils ne vont pas fouiner. Pour les gendarmes, ça risque d'être pareil. Laisse tourner les moulins à parole, ils finiront bien par donner de la farine.

– Je sais comment ça se passe. Les gens diront le vrai, mais ils ajouteront aussi du faux, ils broderont. Et nous, on aura du mal à faire le tri.

– On le fera. Mais c'est vrai que deux yeux valent mieux que vingt langues. Si ça te fait plaisir, à l'occasion, retournes-y faire un tour, mais n'oublie pas que ce n'est pas ton affaire.

– C'est bien la première fois que vous ne me poussez pas à mettre de plus près mon nez dans une histoire ! Ça ne vous intéresse pas ?

– C'est pas que je m'y intéresse pas, mais je préfère te savoir au chaud chez toi, où il y a assez de travail. Sans parler de ta femme qui n'appréciera guère de te voir courir les *charrières*[1]. Comme

---

1. *Charrière : chemin.*

toutes les femmes facilement jalouses, elle est impulsive. Heureusement que tu es calme, sinon chez vous ça ferait des étincelles ! Et puis, ceux de chez Vialle sont hargneux et ils ont le coup de poing facile, tout le monde est d'accord là-dessus. J'en ai déjà vu des comme ça. Je vais te dire : laisse-les tranquilles. »

VI

Blé

Comme l'avait supposé Ernest lors de sa visite à Beauberty, c'était bien le lit de Blé qui était installé sous l'escalier qui menait à l'étage. Ce soir-là, quand elle fut allongée, elle entrouvrit le rideau de coton gris afin de bénéficier des dernières lueurs du feu. Elle était chargée de le recouvrir avant d'aller se coucher, et comme c'était aussi elle qui le relançait le matin, elle s'arrangeait pour laisser quelques braises à l'air libre afin de ne pas se déshabiller dans le noir. Il lui arrivait même de remettre une petite bûche pour le plaisir de la voir brûler. Une fois couchée, la mère Courtandon ne revenait jamais dans la pièce et les garçons ne descendaient pour sortir pisser que plus avant dans la nuit. Ce soir, elle ressentait le besoin de la présence d'une flamme, mais elle n'avait pas osé mettre de bûche : il y aurait sûrement des allées et venues.

La mère avait décidé qu'elle assurerait seule la veillée du corps de Grégoire qui reposait dans sa chambre. Ses fils et Blé avaient proposé de rester aussi ou de venir la relayer dans le mitan de la nuit. Elle avait refusé. Comprenant mal une telle décision, les garçons avaient protesté, surtout Mathieu, qui suggérait qu'elle prenne leur chambre, lui et Antoine pouvant coucher sur le foin dans la grange. Elle s'était obstinée, avec cette obstination qui ne souffrait aucune discussion. Mécontents mais soumis, ils s'étaient exécutés.

Bien qu'épuisée, Blé ne pouvait dormir et l'absence de ronflements à l'étage lui disait qu'elle n'était pas la seule. Après le départ d'Ernest Veyssières, ils étaient restés un long moment tous les quatre dans la pièce à vivre, obsédés par le corps sans vie allongé dans la chambre, ce corps parti la veille plein de force à la foire. La mère accoudée à la table ressemblait à une chiffe hébétée qu'on aurait posée là sans soin. Mathieu et Antoine, debout devant la cheminée, frottaient leurs mains comme s'ils voulaient les réchauffer alors qu'elles n'étaient pas froides. Puis Mathieu s'était secoué, disant qu'il allait à Saint-Sauves prévenir le docteur Guitard et le curé Papon pour commander la messe d'enterrement. Pendant qu'Antoine arrêtait l'horloge, elle-même avait entrepris, telle une automate, les gestes indispensables : mettre de l'eau à chauffer, sortir les vêtements du dimanche de Grégoire, poser un brin de buis et une coupelle d'eau bénite sur la table de nuit. Quand la mère l'avait vue porter la bassine d'eau chaude dans la chambre, elle s'était levée :

« Tu ne sauras pas y faire », avait-elle dit durement.

Les yeux perdus dans le vide, les lèvres serrées, elle l'avait aidée à laver le corps raidi et à l'habiller décemment. En fin d'après-midi, le docteur, qui avait fait le chemin à pied, avait confirmé que Grégoire était mort de froid, que son genou droit était déboîté et il avait signé l'acte d'inhumer en hochant tristement la tête, pressé de repartir avant la nuit, en leur proposant d'avertir les gendarmes qui habitaient près de chez lui afin de leur éviter un nouveau déplacement. Il leur avait expliqué qu'il n'aurait pas fallu laver et préparer le corps avant que les gendarmes ne l'aient vu, puisque toute mort accidentelle devait leur être signalée, mais la mère avait protesté que ça ne les regardait pas, que c'était trop insupportable de le voir sale et plein de sang. Le docteur avait hoché la tête : s'il se faisait un devoir de les avertir, il se moquait bien qu'ils n'en tiennent pas compte. Les rares connaissances avec lesquelles la famille n'était pas brouillée étaient venues bénir le corps en espérant apprendre quelques détails supplémentaires sur les circonstances de cette mort, mais elles en avaient été pour leurs frais. À l'heure de la soupe, ils s'étaient retrouvés seuls et il était vraisemblable que peu de gens viendraient encore pendant les jours précédant l'enterrement. Y en avait-il pourtant eu, dans l'après-midi, des allées et venues autour de la maison, sans qu'aucun n'ose rentrer ! Des inconnus d'autres villages qui s'étaient soudain trouvés dans la nécessité de passer par là et qui, comme par hasard, ressentaient le besoin de se rouler une cigarette juste de l'autre côté de la haie. De la maison, ils devinaient tous ces regards faussement furtifs, ces coups d'œil par en dessous, comme s'il y avait sur le toit ou dans la cour un oiseau jamais vu qu'il devenait urgent d'observer.

Les gendarmes passeraient dans la journée du lendemain. Ce serait un moment délicat car, malgré les bagarres fréquentes dans lesquelles les garçons se trouvaient mêlés, ils avaient rarement affaire à eux. Personne ne portait plainte pour les histoires de village, aussi violentes soient-elles. On réglait ça entre soi. Il y avait la peur de la vengeance, mais surtout la crainte de se faire mal voir si on allait trouver des étrangers au pays. Le temps lointain de Napoléon où les hommes de loi couraient les maisons à la recherche des déserteurs avait laissé des traces. Que pourrait-on leur dire ? Pour savoir ce qui s'était passé à La Chabanne, il leur fallait interroger les Vazeilles, Martin de chez Font aux Baguay et Ernest de chez Chantarane à La Garde, mais pas eux qui ne savaient que ce qu'on leur avait dit.

Demain, il faudrait aussi découdre la toile de la couche de Grégoire pour en sortir la paille. Si le froid persistait, ils la feraient brûler dans la cour, sur la neige gelée, sinon ça se ferait sous l'auvent de la grange. Il n'y aurait pas grand monde. La vieille Tonine, qui savait les prières, avait accepté de venir. Ça suffisait.

Le feu se mourait, mais bien qu'épuisée, Blé n'avait toujours pas sommeil. Enfin seule, au calme, elle pouvait entamer son rituel quotidien : raconter sa journée à sa mère en serrant dans sa main la médaille de la Sainte Vierge cousue à sa chemise, la seule chose qui lui restait de son enfance à Olby, quand la vie lui était tendre. Elle ne se souvenait pas de son père, disparu avant ses trois ans, mais elle avait huit ans quand sa mère était morte du croup. Saisie par une longue fatigue qu'aucun repos ne chassait, elle s'était allongée pour ne plus se relever. La paralysie avait gagné tous les muscles avant de l'étouffer. Son agonie avait été encore assombrie par l'inquiétude d'avoir à abandonner sa fille, car elle savait que, chez sa sœur de Beauberty, les jours ne seraient pas faciles et la petite serait seule pour les affronter. Depuis, Blé se sentait le besoin de la rassurer. Chaque soir elle lui racontait sa journée en regardant le feu et elle terminait en disant : « Maman, ça s'est bien passé, la tante n'a pas tant crié et j'ai fini tout le travail. Ne t'inquiète pas, je m'en sors. » Ce rituel lui avait fait acquérir une vraie force qui lui permettait de trouver sa place. Elle faisait partie des meubles, elle n'était pas devenue leur souffre-douleur. Si on la rabrouait plus souvent qu'à son tour, du moment qu'elle faisait son ouvrage, on ne la cognait pas.

La mère Courtandon ne supportait pas qu'un imprévu interrompe son train-train. Comme souvent pour ceux qui ont eu une vie difficile, ses habitudes lui tenaient lieu de bonheur. Il aurait fallu que les heures, les jours, les mois s'enchaînent sans à-coups, qu'on suive les rythmes des saisons sans que rien ne vienne gripper la machine. Ses garçons pouvaient batailler tant qu'ils voulaient en dehors de la maison – il leur fallait bien se défendre – pourvu que ça ne dérange pas l'ordonnancement de la vie. Or, il est difficile quand on est paysan d'éviter les à-coups ! L'averse imprévue, l'outil qui casse, la bête malade... rien de tout cela ne se programme. Alors, elle s'énervait après ses fils, Blé, les bêtes.

Elle criait, mais elle ne battait plus, depuis qu'un jour où elle avait saisi la baguette de coudrier pour corriger Antoine qui allait sur ses treize ans, Mathieu la lui avait arrachée des mains et l'avait cassée :

« La mère, ça, c'est fini. Contente-toi de dire ce que tu as à dire. Si c'est raisonnable, on le fera. »

Comme ceux qui crient fort, elle avait obtempéré. De fait, s'ils ne se laissaient plus taper, ils continuaient à l'écouter. Pas forcément à faire ce qu'elle voulait, mais pas un n'osait lui répondre. Ils lui étaient très attachés. Elle le savait. Dans son esprit, ils n'étaient pas trois, mais formaient un ensemble : « les garçons », forts, travailleurs, courageux. Elle en était fière. Pas besoin de discours, pas besoin de caresses. Les paroles qui n'avaient pas trait au travail faisaient partie de l'imprévu et de l'inutile. Elle s'en dispensait donc.

La veille, les garçons avaient fait part de leur envie d'aller à la foire de Rochefort. La mère avait grimacé de ce temps perdu pour rien, mais Mathieu voulait voir des veaux, Grégoire avait besoin de remplacer un fer de fourche. Antoine s'était proposé pour rester, expliquant qu'il ferait son tour de foire à Bourg-Lastic en novembre. La journée s'était déroulée normalement jusqu'à l'arrivée de la tempête qui les avait obligés à interrompre leur travail habituel, comme dans toutes les fermes du pays. La mère avait pris sa tête des mauvais jours d'avoir à parer au plus pressé sans l'aide de deux de ses fils, mais c'est vers les 5 heures que la tension avait monté. Elle n'était pas inquiète, mais de plus en plus furieuse de ces quatre bras qui manquaient, furieuse qu'ils soient partis prendre du bon temps, alors qu'il y avait tant à faire. Blé savait comment se comporter dans ces cas-là : efficace et silencieuse, elle avait travaillé en essayant de ne pas entendre les récriminations auxquelles elle était habituée. C'est Tchino qui avait essuyé le plus gros quand il avait malencontreusement croisé la route de la mère Courtandon. Le pauvre chien avait gémi sous les coups et s'était réfugié dans un coin de l'étable. Blé l'avait serré contre elle et caressé. La bête l'avait si souvent soutenue de son regard et de sa tendresse qu'elle lui rendait la pareille quand l'occasion se présentait. Elle n'avait pu rester bien longtemps, déjà on l'appelait pour crocheter les volets.

Au moment de la soupe qu'ils avaient avalée en silence en écoutant la bise sifflante, la mère, blanche de rage, ne gueulait plus. En dehors de leur service militaire, jamais encore la nuit n'était tombée sans que ses garçons soient tous là. Blé avait débarrassé, lavé les écuelles qu'elle avait posées sur la table pour le lendemain et ils étaient tous les trois restés assis autour du feu pour attendre Mathieu et Grégoire. Seul le tic-tac de la pendule répondait faiblement aux hurlements du vent. Ils s'inquiétaient moins, car s'ils n'étaient pas encore là, c'est qu'ils s'étaient prudemment décidés à dormir dans une grange. Blé, épuisée par tout ce qu'il y avait eu à faire, tombait de sommeil. Elle avait porté des caisses qu'un homme costaud aurait trouvées lourdes. Ses bras moulus lui faisaient mal. Depuis longtemps, elle ne remuait plus les aiguilles de son tricot posé sur les genoux. Sa tante ne la relançait pas, elle-même restait inactive. La fatigue la tombait aussi, sans qu'elle se décide à donner le signal du coucher. Même Antoine laissait ses paniers tranquilles. Une fois ou l'autre, il avait proposé qu'on aille au lit :

« Ils se sont arrêtés en route. À deux, il ne peut rien leur arriver. »

Elle l'avait fait taire ; elle attendait avec cette obstination vide qui lui ressemblait. Enfin, vers les 9 heures, elle leur avait dit d'aller se coucher. Elle s'était levée pour souffler la lampe et était retournée s'asseoir près du feu en y rajoutant une bûche. Blé s'était déshabillée et s'était glissée sous la couverture, mal à l'aise de sentir la présence inhabituelle de sa tante de l'autre côté du rideau.

La jeune fille venait de s'assoupir quand Mathieu était arrivé. Elle l'avait entendu fermer la porte derrière lui et vu s'arrêter au milieu de la pièce plongée dans la pénombre, le dos contre son rideau, fermé dans sa houppelande. À voir sa mère assise devant la cheminée où la bûche finissait de se consumer, il avait juré :

« Bon sang de bon soir ! Qu'est-ce que tu fous là, la mère ? Tu pourrais pas être couchée ?

– Et ton frère ? s'était-elle étonnée.

– Quoi mon frère ? Il n'est pas là ? demanda-t-il en jetant sa houppelande sur un banc et en s'approchant de la cheminée pour tendre les mains vers la flamme.

– Vous n'êtes pas partis ensemble ? glapit-elle.

– Tu vois bien que non, répondit-il avec un haussement d'épaules. Il a voulu rester un peu plus. Il aura dormi à Rochefort. Moi, je suis passé par les Bughes, ça m'a rallongé beaucoup, mais je pensais que ça serait plus facile. Quand ça a soufflé trop fort, je me suis mis à l'abri dans une grange sans rien demander à personne et, quand j'ai cru voir une accalmie, j'ai préféré repartir. Mais ça n'a fait que souffler de plus belle. Je pensais ne jamais arriver, j'en peux plus. C'est un sacré hiver que le bon Dieu nous envoie, il aurait pu attendre ! Sers-moi une assiette de soupe.

– Qu'est-ce que c'est que ça de ne pas vous être attendus ? » avait-elle insisté, furieuse, en prenant une écuelle sur la table.

Mathieu avait seulement haussé les épaules, en répétant :

« C'est comme je t'ai dit. »

Blé devinait pourquoi les deux frères n'étaient pas rentrés ensemble. Depuis quelque temps, Grégoire avait la tête ailleurs, il s'arrêtait pour regarder le ciel, il souriait sans raison et il n'entendait pas toujours ce qu'on lui disait. Elle connaissait ces signes : il s'intéressait à une fille. La foire de Rochefort offrait une occasion de la voir et Mathieu avait accepté de lui servir de paravent pour cacher leur rencontre à la mère.

Ils étaient loin d'être aussi proches entre eux que les gens le supposaient. Comment imaginer trois garçons pleins de force qui ne se chamailleraient jamais ? Depuis leur enfance, loin des regards de la mère qui le tolérait mal, ils se battaient, ne serait-ce que pour voir lequel était le plus costaud. Antoine, le plus jeune, avait longtemps trinqué, et puis, avec l'âge, leur force s'équilibrant, ça ne leur arrivait quasiment plus. En tout cas, face aux autres et face à la mère aussi, quand le besoin s'en faisait sentir comme ce soir, ils faisaient front. Mathieu l'avait donc laissée râler.

« Je vais relancer le feu, dit-elle en attrapant une bûche, tu vas te sécher, tes *brayes*[1] sont trempées.

– Laisse, dit-il en avalant sa soupe à grandes lampées. Mes brayes sécheront toutes seules. Je suis rendu, je vais me coucher. »

Il avait attrapé sa houppelande et monté l'escalier d'un pas fatigué. Toujours en grommelant, la mère avait recouvert les braises et gagné sa chambre. Blé s'était endormie après avoir une dernière fois serré sa médaille.

Le lendemain matin, les choses avaient commencé comme pour un matin d'hiver où il y a beaucoup à faire, vu que la veille ils n'avaient pas pu tout finir avant la nuit.

Elle s'était levée la première comme tous les autres matins, endossant sans rechigner la chemise de fer que constituaient les tâches à accomplir. Le temps de relancer le feu pour réchauffer la soupe, avertie par ces bruits matinaux, la mère Courtandon avait ouvert la porte de sa chambre, presque en même temps que les garçons descendaient l'escalier. Ils n'échangeaient pas de salutations. Les garçons allaient à l'étable en attendant que la soupe soit chaude. Ils la mangeaient assis à la grande table, en y trempant leur pain, toujours en silence. Ce n'est qu'une fois rassasiés qu'ils se

1. *Brayes : pantalon.*

mettaient d'accord sur le travail du jour et la répartition des tâches.

Ce lendemain de tempête, aucun d'eux ne s'inquiétait, même si la mère avait encore une fois fait remarquer à Mathieu qu'il aurait pu rester avec son frère. Ce n'est qu'au fur et à mesure que la matinée avançait que chacun s'étonnait, sans cependant en rien dire aux autres. Grégoire était un costaud et il avait toujours eu de la ressource. Quand cet homme de La Garde l'avait ramené, ils avaient été assommés. Et cette histoire de jument éventrée ! Comme son père, son grand-père et la plupart de ceux qui l'avaient précédé, Grégoire était mort dans la violence.

Ce soir, couchée dans son lit, sa médaille serrée dans la main, Blé s'en voulait. Pourquoi n'avait-elle pas pu attendre un peu plus avant d'aller trouver Lucas ? Pourquoi avait-elle pris ce risque de se faire surprendre près de la haie ? Elle avait voulu profiter de ce moment de trouble où la mère ne la surveillerait pas, ne lui commanderait rien. Elle avait besoin de le voir, de lui parler, c'était trop lourd. Depuis deux mois qu'il remplissait sa vie, tout était changé. Très tôt orpheline, accueillie dans une famille où elle ne faisait pas partie du premier cercle, celui constitué par la mère et ses trois fils, mais du cercle suivant, la pire des places, trop loin pour être adoptée, trop proche pour pouvoir compter sur le soutien des autres, elle vivait dans une grande solitude, jusqu'à la rencontre de Lucas.

Il était déjà arrivé qu'il l'aide, quand elle était seule, à porter un seau, à charger une lessiveuse sur la brouette, quand les fils Courtandon étaient occupés dans les prés et que personne ne pouvait les voir. C'était suffisamment exceptionnel dans le village pour qu'elle ait de la sympathie pour lui, d'autant qu'il le faisait toujours avec gentillesse. Encore que des femmes aussi, qui la supposaient plus mal traitée qu'elle ne l'était ou qui voulaient la faire causer, lui donnaient parfois un coup de main pour la lessive. Parmi les hommes, Lucas était le seul à s'y risquer. Benjamin d'une famille de cinq enfants, dans une propriété petite mais bien tenue à force d'économies, il était le garçon né après quatre filles. On aurait pu penser que l'héritier serait gâté. Rien de tel. Comme s'il lui en voulait de s'être tant fait attendre, le père le rabrouait. Quand les fils Courtandon lui avaient démoli l'épaule gauche, il lui avait reproché de n'avoir pas su se défendre. Malgré ce handicap, il était adroit, costaud et travaillait dur. Habitué à se taire sous les colères du père, son handicap avait renforcé son isolement et il ne se joignait guère aux autres jeunes qui avaient pour principal souci en dehors du travail de faire les quatre cents coups. Lui, lors de ses rares heures de répit, préférait les promenades solitaires dans les bois, à la recherche des champignons ou pour braconner, suivant les saisons.

Aux premières pluies qui annonçaient l'automne, fin août, un jour où Blé désespérait d'arriver à dégager seule une brebis embourbée dans une charrière, et où elle allait se décider, malgré l'avoinée qui l'attendait, à chercher un de ses cousins, il était arrivé. À deux, ils avaient sorti la bête bêlante de son cloaque et, en la posant sur l'herbe du pré, leurs mains s'étaient touchées. Malgré la boue, ils avaient senti la chaleur de l'autre. Ils s'étaient regardés, et, dans une éclipse de conscience, cet instant s'était transformé en éternité. À travers les yeux, les âmes se découvrent. Quand leurs regards s'étaient pris, Blé n'entendait plus les aboiements de Tchino qui rassemblait les bêtes dispersées ; elle ne savait plus qu'elle avait des traînées de terre sur le visage, sur sa pèlerine et ses chausses. Le monde se réduisait à ce visage et à ces yeux qui la fixaient. Il n'avait rien dit, il avait tourné les talons et s'était éloigné, presque en courant. Le soir, sous sa couverture, elle avait serré la médaille et raconté l'histoire à sa mère : « Ça y est, maman, je ne suis plus seule. Tu peux reposer tranquille. »

Ni la crainte ni la prudence n'arrivaient à étouffer l'élan qui lui faisait relever la tête et regarder le soleil en face. Elle se découvrait le goût du bonheur qui devait lui venir de ses toutes premières années à Olby quand elle était aimée et choyée par sa mère. La triste vie chez la tante et les cousins l'avait recouvert mais non pas supprimé. Sous le tendre regard de Lucas, il ressurgissait intact. Elle ne le laisserait pas disparaître de nouveau. Elle serait heureuse un jour, elle le voulait.

Jusqu'alors, telle une pendule qu'on remonte le matin, elle faisait son travail. Mais maintenant que la petite fleur de l'espérance s'était ouverte, l'ouvrage fondait dans ses mains et elle menait une double vie. Tandis qu'elle accomplissait sa besogne habituelle, calme et silencieuse dans la maison de chez Vialle, son esprit accompagnait Lucas depuis son lever jusqu'à son coucher. Ce n'était pas difficile, à quelques variantes près, les journées de tous les hommes du pays suivaient le même déroulé quant aux heures des repas, des soins à apporter aux bêtes et des différents travaux. Elle s'arrangeait pour sortir et s'offrir le plaisir de l'apercevoir sur le chemin ou devant sa maison, impatiente, déçue quand son attente n'était pas récompensée. Il leur fallait faire attention, mais puisqu'ils étaient voisins, quelques occasions de rencontres s'offraient, d'autant plus intenses qu'elles étaient brèves. À la limite des deux propriétés, ceux de chez Vialle avaient un cabanon dont ils ne se servaient que pour stocker les rebuts qu'ils ne pouvaient enfermer dans leur fourniale. Ils s'y retrouvaient pour parler avec ces mots qui leur venaient alors qu'ils ne savaient pas les connaître : « Tu me tiens le sang », lui disait-il. Elle souriait. Pourtant Lucas ne serait jamais accepté, lui moins qu'un autre. Si les frères les surprenaient, il pourrait y laisser la vie. Grégoire, le plus fureteur, était le plus dangereux. Heureusement que ces derniers temps, il était moins attentif ! En parlant des frères Courtandon, une lueur de colère passait dans le regard de Lucas. Il disait avoir pardonné pour son épaule tordue, mais il supportait mal la vie qu'ils lui faisaient mener à elle. Un jour où elle expliquait que ça n'était pas si terrible, qu'elle s'en débrouillait, surtout depuis qu'il l'aimait, il avait saisi un arbuste à côté de lui :

« Tu vois ce lilas ? Avant qu'il ne refleurisse, tu quitteras ces brutes et tu verras la différence ! »

En ces jours d'octobre, les lilas avaient triste mine et c'est une prière qu'elle adressait à sa mère en serrant sa médaille : « Aide-nous. Fais que cet Ernest Veyssières ne dise pas qu'il nous a vus. »

VII

La croix du col de La Chabanne

Le lendemain matin, pour la première fois depuis leur mariage, Amélie fut obligée de secouer Ernest alors que le jour était déjà levé. Fiévreux, il avait mal à la tête et une toux sèche lui ramonait la gorge. Adepte des longues marches, il n'était cependant pas habitué à avancer dans la neige en levant haut les genoux pendant des heures et il avait des courbatures dans les cuisses. Amélie lui prépara une infusion de tilleul avec du miel et insista pour qu'il ne sorte pas. Avec la mère et Barnabé, ils se débrouilleraient pour nourrir les bêtes, les amener à l'abreuvoir et changer leur litière. Ernest, incapable de rester inactif, se mit quand même au travail, le meilleur moyen selon lui de retrouver la santé. Soucieux de ce qu'il y avait à faire, il vérifia ce qu'il avait noté la veille : le plus urgent avait été accompli. Il prépara la planche pour séparer les légumes et coupa du bois pour avoir de la sciure afin de finir de palisser les carottes. Maintenant que la neige s'était installée, elle allait fixer sa loi pendant des mois. Il fallait s'installer dans le rythme de l'hiver, renoncer aux travaux dans les prés, se replier sur l'intérieur en attendant les coupes de bois en janvier. Pendant qu'il travaillait, son esprit embrumé par le rhume errait autour du buron du col de La Chabanne. Quelque chose le retenait là. L'horreur de la découverte, se disait-il, mais il n'y avait pas que cela. Il juxtaposait les images qu'il avait de Grégoire, celle de l'amoureux pataud qui achetait un foulard, celle du corps gelé et sanguinolent sorti du ventre de la jument et le même corps étendu sur le lit de sa mère que ses frères fixaient stupidement. Alors il revenait au buron : il avait raconté maintes fois l'histoire. Pour lui, comme pour tous, les faits s'enchaînaient d'une manière logique, mais si on les isolait les uns des autres, ce que lui seul apparemment faisait, ils devenaient aberrants, inexplicables.

Le froid avait figé le pays, donnant une impression de torpeur et de silence quand, en réalité, il bruissait d'agitation, de rumeurs et d'excitation. Malgré la neige qui encombrait les chemins, les nouvelles circulaient : les parents de Martin Bascoulergue étaient venus chercher leur fils à la ferme de Lendrode, le docteur Papon était allé à

Beauberty et, enfin, l'enterrement de Grégoire avait été fixé au surlendemain, vendredi. Et puis, on commença à entendre parler d'une partie de cartes qui aurait eu lieu à la foire de Rochefort dans le café du Lison et de la Lisette, avec notamment Grégoire et Martin, partie qui aurait mal tourné pour Martin. Comment savoir ?

Le jeudi après-midi, les gendarmes vinrent à La Garde terminer leur enquête de routine. Ils arrivèrent suants d'avoir fait avancer leurs chevaux dans la neige et, assis à la table, un verre de vin chaud dans les mains, ils abandonnèrent l'air officiel qu'ils prenaient habituellement pour mener leurs enquêtes. Ernest avait toujours cette toux qui lui tisonnait la poitrine aussi fort que le Grand tisonnait le feu dans la cheminée, mais ses courbatures avaient disparu. Il raconta encore une fois ce qu'il savait, s'obligeant à être le plus concis possible pour qu'aucun de ses dires n'accroche l'esprit des gendarmes. Il n'y avait guère de risque. L'extraordinaire de l'affaire les habitait et arrêtait toutes les questions. Rendus loquaces par le vin et par la chaleur du feu, ils avouaient sans retenue qu'elle prendrait place dans celles qu'ils évoqueraient dans leurs vieux jours pour impressionner leurs petits-enfants. Ernest ne leur parla pas du foulard. Après tout, comme l'avait suggéré le Grand, peut-être que Grégoire avait trouvé sa belle à la foire et le lui avait donné directement. Il ne leur fit pas non plus part de ses questions sur ce qui s'était passé dans le buron entre Grégoire et Martin ou sur l'absence d'un gourdin près de la jument morte. Moins on en dit aux hommes de loi, mieux c'est. Pour les gendarmes, l'histoire était cohérente : un homme avait accidentellement mis le feu à un buron et avait éviscéré une pauvre bête pour se protéger du froid. Quand ils repartirent pour Laqueuille, le Grand ne put retenir une remarque acerbe sur le bon temps que ceux-là prenaient en fouinant dans les affaires des uns et des autres.

Le vendredi matin, Ernest renonça à aller à l'enterrement de Grégoire Courtandon : l'accueil qu'on lui avait réservé montrait qu'il n'y serait pas bienvenu. Étant donné la réputation de la famille, seuls les proches parents et les curieux y viendraient. Il ne se classait dans aucune de ces deux catégories. Malgré le rhume qui le tenait toujours, il préféra retourner chez les Vazeilles pour leur ramener leur traîneau et chercher son âne. Le temps, à défaut d'être agréable, s'annonçait stable. Prudent, à côté de son écot pour ses hôtes, il mit dans sa musette quelques victuailles : une tranche de pain, une poignée de noix et un petit flacon de gnôle. Il se sentait paré.

Par contraste avec le sol d'un blanc immaculé, le ciel paraissait gris. Le froid venu du ciel n'était pas le compagnon de la bise comme l'autre jour, car il n'y avait pas de vent et les arbres immobiles semblaient soudés au ciel. L'air coupait comme du verre. En contrepartie, le sol dur permettait à Ernest et Lucifer d'avancer aisément. Le traîneau glissait sans encombre. Après La Garde, ils traversèrent le paysage moutonnant vers Bosjean et Feix. Il n'avait pas reneigé et des empreintes de pas traçaient la route. Même par ce temps, les gens bougeaient, allaient d'un village à l'autre, poussés par quelque nécessité.

Alors qu'en été la nature éclatait dans sa diversité, aujourd'hui la neige unifiait le paysage qui apparaissait épuré et allégé. Elle recouvrait tout, supprimait les détails, notamment les œuvres des hommes, et on percevait mieux à quoi ressemblait le pays tel que Dieu l'avait construit. Les confins du Massif central s'inclinaient en une série de longs plis dans une longue et lente retombée vers la proche Corrèze. Entre ces vagues de moins en moins hautes, les hommes avaient construit leurs maisons basses et solides, délimité leurs champs par des haies dont on ne distinguait que les plus hauts arbustes, squelettes noirs et blancs dressés vers le ciel. Des bosquets plus denses s'élevaient ici et là, sans qu'on comprenne l'organisation qui avait présidé à leur implantation. Ernest et Lucifer avançaient dans l'étendue déserte des collines, au cœur du silence de l'hiver, mais un homme n'est jamais aussi bruyant que lorsqu'il marche sur la neige gelée, avec un crissement qui rythme chacun des pas, une régularité qui aide à avancer.

Cette fois-ci, il laissa le hameau de Terrisse à main droite avant de reprendre en sens inverse la même route que le mercredi : la montée vers Laqueuille et la longue traversée des brandes vers La Chabanne.

Il avait décidé de refaire une bonne partie du trajet depuis le col jusqu'au buron, pour comprendre le déroulé des événements du jour de la foire. Si, ce faisant, il rencontrait un des Vazeilles, il se justifierait en expliquant son désir de revoir les lieux du drame. Quoi de plus naturel ? Coupant droit à travers la planèze, il arriva près de la croix aux alentours des 9 heures. Sur ce promontoire, rien n'avait arrêté le vent et la hauteur de la neige était moindre, à peine trois pieds de haut. Ernest pensait jouir d'une vue d'ensemble sur les lieux, mais par ce temps maussade on ne voyait ni le buron ni la ferme de Lendrode, juste la planèze désolée et les quelques arbres qui s'y dressaient. Ici, le vent soufflait faiblement ; le froid polaire faisait tressaillir les flancs de Lucifer.

Il n'avait jusqu'alors jamais porté grande attention à cette croix qui avait montré à Grégoire et Martin la direction à prendre. De fait, le travail rugueux trahissait la sculpture d'un néophyte. Un Vazeilles avait-il occupé ainsi ses mois d'hiver ? Ou bien était-ce l'œuvre d'un parent d'une victime du col, soucieux d'éviter qu'un drame se reproduise ? À sa connaissance, la mémoire collective n'avait pas gardé le souvenir de l'histoire. Quoi qu'il en soit, c'était une croix moussue, haute de quatre-vingts centimètres environ, fichée dans un socle de lave noire d'environ un mètre cinquante de haut. La figure du Christ était rudimentaire : quelques rainures pour les cheveux, un nez camus très peu proéminent, sûrement le plus facile à faire, une bouche réduite à deux traits, des yeux d'un ovale maladroit, le droit légèrement plus grand que le gauche. Le corps était mieux réussi. Le sculpteur d'occasion avait relativement bien respecté les proportions des membres, et sur les mains et les pieds, il avait même poussé l'exactitude jusqu'à figurer des clous. Le bras gauche de la croix pointait la direction de Laqueuille.

Il était là, perdu dans ses pensées, quand ses yeux s'arrêtèrent sur une feuille de chêne coincée entre le pied rond de la croix et le socle de lave dans lequel il était fiché. Comment était-ce possible ? Secoué par une nouvelle quinte de toux, il se pencha : pas de doute, cette feuille arrachée par le vent au chêne voisin se trouvait prise entre les deux blocs de pierre qui n'offraient pourtant pas de faille. Quelqu'un aurait-il bougé la croix ? En y regardant de plus près, il remarqua qu'en fait, tourné très légèrement vers la gauche, d'un rien, à peine de l'épaisseur d'un doigt d'enfant, le bras ne pointait pas exactement la direction de Laqueuille. Un doigt à La Chabanne devenait une coudée dix pas plus loin, puis cinq, puis vingt, puis cent. Celui qui suivrait le bras n'arriverait jamais à bon port. Pas de doute, un homme avait tourné la croix dans sa mortaise pour modifier la direction indiquée, sans prendre garde que dans la tourmente une feuille de chêne s'était coincée entre les deux blocs, trahissant son méfait. Il s'y essaya : elle avait beau être massive, il n'était pas nécessaire de fournir un gros effort. Grégoire et Martin auraient-ils été victimes d'un acte de malveillance ? La croix était sur la propriété des Vazeilles. Ceux-ci donnaient-ils un léger coup de pouce au destin ? Coup de pouce qui n'aurait visé ni Grégoire ni Martin en particulier, mais les voyageurs qui, déroutés ainsi, d'un rien, se retrouvaient errants et donc naturellement contraints de venir se mettre à l'abri chez eux ? Quand il était passé le jour de la foire, il n'avait pas regardé la croix, il y voyait assez clair et c'était volontairement qu'il avait dévié ses pas, mais en était-il de même pour Grégoire Courtandon et

Martin Bascoulergue ? Un très léger décentrage n'éveillait pas le soupçon, on pouvait le faire quand la tempête était déjà suffisamment forte pour qu'il n'y ait pas d'autres repères, donc pas de doute possible. Il aurait cependant été prudent de la remettre en place. Mais en dehors des tempêtes, personne n'y faisait particulièrement attention et puis l'angle était trop petit. Sans la feuille de chêne, lui-même n'aurait rien remarqué. Il repensa à la façon dont le Grand parlait des Vazeilles avec antipathie. Il avait coupé court tant cette acrimonie lui paraissait injustifiée. À présent, il en était moins sûr. Cela dit, il se voyait mal aborder le sujet de front en allant chez eux tout à l'heure. En attendant, il choisit de la repositionner correctement. Tant pis si les Vazeilles se posaient des questions. La croix avait été installée là pour guider les gens, pas pour les égarer.

À l'horizon, aussi loin que portait son regard, la neige avait tout enfoui sous un suaire blanc, faisant paraître le pays plus grand. Les montagnes devenaient des collines, les ravins de simples creux. La terre se déroulait à l'infini. Sous le ciel de nacre, même si le soleil ne se montrait pas, la blancheur et le froid fatiguaient les yeux. Lucifer tira sur ses rênes, histoire de faire comprendre qu'il s'impatientait. Perplexe, Ernest fit demi-tour et se dirigea vers le buron. Si on ne le voyait pas du col, on repérait aisément le bosquet de noisetiers derrière lequel il était construit. Il suffisait de traverser la planèze obliquement comme si on voulait atteindre la ferme de Lendrode, pour, à un moment, remonter légèrement sur la gauche. Par temps calme, sur la neige gelée, un petit quart d'heure suffisait à un bon marcheur.

Au cours des jours précédents, autour du buron, la neige avait estompé les empreintes qui ne se devinaient plus que comme de légères alvéoles, suffisamment nombreuses pour qu'il en déduise que d'autres étaient venus, notamment les gendarmes : les seuls à porter des bottes aux épaisses semelles de caoutchouc, reconnaissables à leurs larges crans. Il y avait aussi des traces d'animaux : la carcasse de la jument était à nu en plusieurs endroits, la curée avait commencé. Par ce temps de disette, la bête offrait un festin aux renards, corbeaux, chiens et chats sauvages. Des plumes, des poils montraient qu'il y avait eu bataille autour de ce festin.

Il installa Lucifer et le traîneau à l'abri derrière le buron. Quand il lui posa une couverture sur le dos, le cheval comprit le message : il allait devoir rester sur place un bon moment. Lui qui n'appréciait guère l'immobilité dans le froid renâcla. Ernest, qui connaissait sa gourmandise, sortit une carotte de sa poche.

Mardi dernier, la surprise l'avait empêché de fixer exactement dans sa mémoire la configuration du lieu. Aujourd'hui, à sa seconde visite, il voyait mieux. Le buron n'avait plus rien d'un refuge. Entouré par des arbres auxquels la violence du vent avait arraché leurs dernières feuilles, vide, ouvert sur le ciel, il s'offrait aux intempéries. Seul le lierre autour des troncs posait une touche verte sur ce tableau où dominaient les blancs, les noirs et les gris, mais un vert terne, recroquevillé par le gel. Au retour des beaux jours il ne faudrait pas tarder à réparer la bâtisse. En ce qui le concernait, il éviterait d'avoir à s'y arrêter. Plus d'un ferait des cauchemars en y séjournant et en se souvenant du triste destin du fils Courtandon.

Sur le sol, les marbrures noires du feu et du sang s'entrelaçaient pour composer un étrange dessin sous le blanc de la légère couche de neige tombée après leur première venue. Il les regarda, comme ces choses qui ne disent rien et qui pourtant parlent à ceux qui savent les entendre. En s'aidant d'une lauze plus fine que les autres, il entreprit d'abord de dégager la neige autour de la carcasse : logiquement, c'est là que se trouvait l'outil qui avait servi à assommer la jument. Son travail achevé, Grégoire l'avait tout simplement laissé tomber. Il s'étonna de trouver deux bouts de bois et une courroie de cuir, mais ce n'est pas avec cela qu'il avait pu tuer la pauvre bête.

Prévu pour stocker du bois ou du fourrage, l'appentis ne faisait pas plus d'un mètre de large. Il n'abritait que quelques pieux qui servaient à fixer les palissades de bois pour arrêter la neige. Cet appentis intact était la preuve qu'une fois le feu fini, Grégoire aurait pu se blottir là plutôt que de choisir la solution absurde de crever la jument.

Revenant sur ses pas, il entra dans l'espace aujourd'hui ouvert sur le ciel, s'accroupit et déplaça les lauzes. Quand il arriva aux planches calcinées, l'odeur tenace du brûlé, bien qu'atténuée par le froid, lui picota les narines. Il exhuma quelques morceaux de bois encore intacts, rien qui vaille. Il s'obstina à fouiller, sans bien savoir pourquoi, peut-être parce qu'il avait en tête ce foutu foulard vert. « Tu ne t'attends quand même pas à retrouver le foulard sous les lauzes », songea-t-il. Il huma les cendres froides, puis les remua de la main : rien, là non plus.

Soucieux de tout explorer, il ressortit, marcha jusqu'au bosquet touffu qui avait empêché le gel de durcir la couche de neige, et là, après avoir difficilement traversé les bruyères et les fougères, il distingua au milieu des branchages le manche d'un outil qu'il tira à lui : un piochon ébréché. Des crins bruns collés par du sang au fer piqueté de nombreux points de rouille confirmaient qu'il avait enfin trouvé l'outil avec lequel Grégoire avait assommé la jument. Mais comment en plein incendie avait-il eu l'idée de venir fourrer le piochon au plus profond du bosquet quand il était si simple de le laisser tomber ? Les incohérences qui l'avaient frappé le jour de la découverte du corps, les doutes qu'il n'avait pas osé se formuler clairement revenaient en force. Il fallait se rendre à l'évidence : ce geste était le détail en trop, celui qui obligeait à envisager une histoire bien plus horrible. Non, Grégoire Courtandon n'avait pas agi de manière absurde. Quelqu'un d'autre était intervenu. L'émotion lui coupa les jambes. Martin et Grégoire s'étaient disputés et bagarrés et, aussi incroyable que cela paraisse, Martin avait tué Grégoire. L'histoire devenait encore plus incompréhensible si l'on considérait le fait que Martin avait tué sa jument qu'il n'arrêtait pas de regretter. À moins qu'il n'ait cherché ainsi à détourner les soupçons. C'était tout aussi absurde : personne n'en avait. Quand le feu avait-il pris ? Avant ou après la bagarre ? Les choses valsaient dans sa tête tandis qu'il sortait du bosquet et revenait dans le buron. Il était hors de question d'emporter l'entier de l'outil, il ne tiendrait pas dans son sac. Le manche ne montrait aucune trace et ne présentait pas d'intérêt. Ernest sépara le fer du bois. Il rejeta le manche dans un coin, enveloppa la tête de l'outil dans son mouchoir pour protéger les crins collés par le sang et le rangea dans son sac. Après quoi, il se baissa pour se nettoyer les mains dans la neige.

Il était accroupi, dissimulé par un mur qui amortissait le bruit des pas, Lucifer était derrière le buron, invisible lui aussi. Ce n'est donc qu'en dernière minute qu'Ernest vit deux bottes devant lui. Il leva les yeux. Un homme le fixait avec étonnement. Ils se retrouvaient nez à nez ou plutôt nez à bottes, dans ce buron brûlé au milieu de l'étendue neigeuse. À voir l'air ahuri de son interlocuteur, Ernest pensa qu'il avait affaire à un curieux venu sur les lieux du drame. Si le mauvais temps a l'inconvénient de rendre les trajets difficiles, il offre l'avantage de limiter le travail et de libérer du temps pour satisfaire sa curiosité.

« Ah ça ! dit platement l'inconnu tout aussi surpris, cherchant ses mots, ah ben, sûr que...

– Vous venez voir où ça s'est passé ? l'interrompit Ernest se remettant debout pour sortir de cette situation embarrassante.

– C'est ça, répondit l'autre précipitamment. Juste ça. J'ai entendu que des on-dit, je voulais voir ce qu'il en était. C'est vous qui l'avez ramené chez lui. »

Comment le savait-il ? se demanda Ernest avant de le regarder attentivement et de reconnaître l'homme avec qui Blé parlait à sa sortie de chez les Vialle. Large et de belle prestance, malgré son épaule déformée que sa houppelande ne réussissait pas à totalement cacher, plus court qu'Ernest, mais un peu plus grand quand même que la plupart des hommes du pays, sa tête brune aux cheveux bouclés était sympathique. Un front haut, un nez mince et busqué, des sourcils bien arqués, un menton affirmé dessinaient un visage intelligent. Le froid lui faisait des joues cramoisies.

Il était compréhensible que l'amoureux de la cousine de Grégoire cherche à en savoir un peu plus sur l'événement qui avait bouleversé la maison de sa belle. Chacun des deux hommes aurait voulu être seul pour examiner les lieux à son aise. C'était impossible, aucun n'avait l'intention de repartir.

« Je suis un voisin de ceux de chez Vialle, se présenta le nouveau venu, confirmant à Ernest que son intuition était juste. Lucas de chez le Bail. Je signe Taravant.

– Vous n'êtes pas à l'enterrement ? demanda Ernest en s'abstenant de dire qu'il l'avait reconnu.

– On ne se parle pas. Si j'y étais allé, ils l'auraient mal pris. »

Partant du principe qu'un voisin sait forcément des choses, Ernest choisit de se montrer loquace pour que l'autre lâche à son tour quelques informations qui l'aideraient à situer les choses.

« La bête n'a pas bougé de place, dit-il en toussant, se glissant tant bien que mal dans le personnage du bavard. On a trouvé l'homme fermé dans son ventre.

– Vous veniez d'où ? demanda Lucas de chez le Bail, en passant une main sur ses joues qui attendaient un rasage.

– De la ferme de Lendrode », répondit Ernest, surpris par cette question.

D'où auraient-ils pu venir au petit matin, après la tempête qui avait traversé le pays ? L'air interrogatif de son interlocuteur lui apprit que cette amorce maladroite avait pour seul but de l'engager à parler plus.

« Il n'y a pas de chemin entre la maison et le buron, enchaîna-t-il, mais le père Vazeilles connaît son terrain, même quand il est recouvert de neige. On a d'abord aperçu de la fumée et on a pensé que le fils Courtandon avait fait un feu dans la cheminée. Quand on est arrivés, on a tout découvert en même temps, le toit brûlé, la jument éventrée devant la porte et le Grégoire fermé dedans. On a tout de suite vu qu'il était mort. La bête était gelée, lui pas encore raide, mais avec le froid qu'il faisait dehors, il l'est vite devenu. On a eu du mal à le dégager et à l'installer sur le traîneau que le père Vazeilles était allé chercher.

– Alors, comme ça, il s'était fermé dans le ventre de la jument. Les charognes sont passées par là, on voit mal à quoi ressemblait la plaie. Parce qu'il a dû faire une sacrée entaille pour arriver à se fourrer dedans. Blé dit qu'il avait toujours ses chaussures. »

En prononçant ce nom, il eut un bref sourire lumineux et il rougit. Ernest fit celui qui ne déduisait rien de cette remarque et de ce sourire, comme s'il était bien normal que la nièce de la famille se confie à un voisin.

« Je l'ai ramené comme on l'a trouvé. L'entaille dans le poitrail de la bête était irrégulière, ça se comprend. Il faisait nuit, très froid, la neige ne tombait plus, il était blessé, le buron devait encore brûler, il a assommé la jument…

– Avec quoi ?

– Je n'en sais rien, mentit Ernest, content d'avoir fourré la tête du piochon dans son sac. Une masse ou un gourdin qu'il aura jeté dans les flammes. »

Ernest sentait que l'amoureux de Blé aurait voulu être seul, mais il n'avait pas l'intention de le laisser. Il lui serait impossible de revenir l'observer discrètement : la neige crisserait, le bois était trop loin, le bosquet pas assez épais. Les lieux n'offraient aucune cachette, alors autant s'incruster, même si, à cause de son rhume, il était parcouru de frissons.

« Le feu est sûrement parti de là, dit Lucas en s'accroupissant à son tour devant ce qui restait de la cheminée.

– C'est sûr », répondit Ernest, étonné par cette nouvelle platitude.

Toujours accroupi, Lucas aperçut le manche du piochon et s'en saisit. Il l'examina longtemps avant de le reposer en remarquant d'un ton acide :

« Y en a qui ont fouiné. Voilà un manche qui avait son fer il n'y a pas longtemps. On voit encore la marque, sûrement un piochon. Il ne devrait pas se trouver là. »

Ernest ne déduisit rien du regard qu'il lui jeta : avait-il un soupçon ?

« Un qui est passé en curieux et qui a estimé qu'il n'y a pas de petit profit », répondit-il comme s'il découvrait le manche.

Ils avaient l'un et l'autre trop de retenue pour que leur conversation prenne un ton de confiance. Il s'en fallait d'un rien, car leur envie de questionner l'autre les poussait à l'échange :

« Vous étiez à la foire ? s'enquit Ernest en tapant ses pieds contre le sol gelé pour se réchauffer.

– J'en suis reparti tôt, répondit Lucas, qui s'était relevé. Le père m'avait demandé de ne pas traîner. Sur le coup, je l'ai regretté parce qu'il m'a fallu faire mon tour de foire un peu vite, mais ça a été une chance. Quand j'ai passé le col, j'ai pas eu de souci, le vent soufflait et il hivernait fort, mais rien n'était encore bloqué. »

S'il était passé guère de temps avant ou après lui, il n'avait pas eu de difficultés.

« Alors le Martin l'a laissé tomber ? poursuivit Lucas, les lèvres serrées par la réflexion. Vous avez une idée de pourquoi le Grégoire n'a pas fini d'arriver jusqu'à la ferme de Lendrode ? demanda-t-il judicieusement. La maison n'est pas loin.

– Il s'était fait mal à une jambe.

– Un dur au mal comme lui était venu jusqu'ici avec sa jambe estropiée et il ne pouvait pas faire cinq cents pas de plus ? Je croirais plutôt qu'il n'avait pas envie de finir d'arriver », conclut Lucas Taravant avec un sourire méprisant.

Ernest le regarda sans comprendre.

« Il y a deux ans de ça, expliqua Lucas, il s'est méchamment accroché avec le père Vazeilles, pour une foire de Rochefort justement. Ils s'intéressaient au même veau. C'est le père Vazeilles qui l'a eu et l'autre a cherché à lui foutre sur la gueule, aidé par son plus jeune frère, Antoine.

Même si ça se passait dans un coin du foirail, les gens se sont interposés, il s'est rien passé de sérieux, mais le père Vazeilles doit s'en souvenir.

– Deux ans, ça remonte.

– Les têtes gardent le souvenir des coups mieux que les dos, dit-il avec un mouvement de sa tête pour désigner le sien. Les Vazeilles ont la mémoire longue. »

Même si l'information était d'importance, le moment n'était pas à la réflexion, plutôt à l'obtention d'informations :

« De toute façon, il n'avait pas besoin d'arriver jusque chez eux, précisa Ernest. Il lui suffisait d'attendre le matin. Une soirée sans soupe affaiblit un homme, ça ne le tue pas.

– Le fils Bascoulergue n'a pas été du même avis.

– Non, lui, la faim l'a poussé à repartir, même s'il était mal en point : il saignait et il s'est évanoui en arrivant. Il nous a dit qu'il s'était cogné au mur en tournant l'angle de la maison dans le noir.

– C'est pas impossible, dit Lucas avec une moue dubitative. Mais quand on croise un de ceux de chez Vialle, on peut toujours penser à une bagarre.

– Ils sont tous les trois pareils ? demanda Ernest, saisissant l'occasion d'en apprendre un peu plus sur la famille.

– Ils ont chacun leur façon. Le Mathieu cogne avant de savoir qu'il voulait le faire. Il ne s'est jamais remis d'avoir eu à reprendre la ferme si jeune. Il en veut à tout le monde et au bon Dieu en particulier, mais celui-là, il peut pas le cogner. Le Grégoire était plus vicelard. Il calculait, il pesait ses coups. C'est à lui que je dois ma bosse, juste parce que j'ai croisé son chemin à un mauvais moment. J'avais quinze ans et lui guère moins. Il m'a cassé l'épaule, ça s'est mal remis. L'Antoine est le moins dangereux. S'il cogne, c'est pour faire comme ses deux frères, mais maintenant qu'il a atteint l'âge d'homme, il devient moins violent. C'est le plus fiable, si tant est qu'on puisse dire ça pour les gars de chez Vialle.

– On les dit très solidaires entre eux, dit Ernest après une quinte de toux particulièrement épuisante.

– S'en prendre à un loup c'est s'en prendre à la meute. Vous leur rendiez service en leur ramenant le corps, et pourtant, ils vous auraient cogné que ça m'aurait à peine étonné.

– Ils ne l'ont pas fait mais ils n'ont pas été gracieux. La seule qui a manifesté quelque chose est la nièce, Blé. Elle, elle a pleuré. Et c'est la seule qui s'est montrée accueillante avec moi. J'imagine pourtant qu'elle a bien des sujets de s'en plaindre. »

Il s'était risqué à parler d'elle en prenant garde à le faire d'un ton neutre, comme s'il n'avait rien remarqué entre eux, comme s'il ne l'avait pas surpris l'autre jour en sortant de la maison, les mains posées sur ses épaules, comme s'il n'avait pas vu son sourire lumineux tout à l'heure quand il avait prononcé son nom.

« Si elle ne leur ressemble pas, c'est qu'elle a connu d'autres façons avant d'arriver chez eux. Elle n'a pas une vie facile, mais aucun ne l'a. Ils sont sauvages, ils vivent comme des sauvages. Et puis, ajouta Lucas en regardant ailleurs, merci : elle m'a dit que vous seriez discret. Je vois que c'est vrai. »

Quand on parlait de Blé, il se montrait plus vulnérable, mais il gardait ses défenses.

« C'est normal, répondit Ernest. J'ai eu besoin de discrétion moi aussi[1]. Vous pensez que ça leur a échappé ?

– On connaît leurs habitudes, on ne prend pas de risques. Ils ne sont pas aimés alors les gens se taisent. Beauberty n'avait pas besoin d'eux et nous pas besoin de voisins comme ça, hargneux, jamais de bons services.

– Est-ce que vous ne leur en voulez pas de vous avoir amoché comme ça ? se risqua-t-il à demander en constatant la bonne volonté que Lucas montrait à répondre à ses questions.

1. *Voir* Le Moulin des retrouvailles.

– C'est si loin maintenant, répondit Lucas sur le même ton que pour leurs précédents échanges. Mon épaule est de travers, mais elle ne m'empêche pas de travailler. Je leur en veux de la vie qu'ils font mener à Blé, même si elle s'en débrouille mieux qu'on pourrait croire. Il faudra bien qu'elle sorte de là. Ils ne peuvent pas l'attacher. Et puis, il y a des moyens de s'en défendre, ajouta-t-il d'une voix sombre, sans préciser ceux auxquels il pensait.

– Et eux, il n'y en a pas un qui fréquente ? » poursuivit Ernest, à qui il paraissait normal de pouvoir faire cette allusion au stade de la conversation où ils en étaient arrivés.

Si cela était, Blé était forcément au courant et donc lui aussi. Il est déjà difficile de cacher une liaison ou une fréquentation dans un pays où tout le monde surveille tout le monde, cela devient quasi impossible dans une maison.

« Va savoir, répondit Lucas en haussant son épaule déformée. Ces derniers temps, Blé trouvait le Grégoire bizarre. Il n'entendait pas ce qu'on lui disait, il oubliait d'être hargneux quand il aurait pu l'être ou il l'était sans raison… Bref, il valait mieux pas s'y frotter. »

Ernest se souvenait du sourire épanoui de Grégoire après l'achat du foulard. Chez un homme enserré dans les tourments de l'amour, les sentiments extrêmes et contradictoires se mêlent et les bizarreries de comportement qu'avait notées Blé correspondaient à celles d'un homme épris.

Lucas n'en dit pas plus. Ernest hésitait à aller plus loin dans ses confidences. Il y a des lièvres qu'on ne peut pas lancer sans savoir où ils vont courir et ceux qu'il levait étaient dangereux.

« Bon, je vais rentrer, dit Lucas avec un dernier regard circulaire, en comprenant qu'Ernest ne partirait pas avant lui. Parler sans fin ni cesse n'avance guère. Portez-vous bien !

– Vous de même ! »

Le froid était tel que le traîneau collait à la neige et Ernest tira sur les cordes pour aider Lucifer à le remettre en mouvement. Il gagna la sente entre les palissades. Quand il se retourna, Lucas, sa bosse dissimulée par sa large houppelande, marchait d'un pas décidé sur l'étendue blanche qui descendait vers Laqueuille.

VIII

Chez les Vazeilles

Entre le buron et la ferme de Lendrode, le trajet était trop court pour laisser à Ernest le temps de faire le tri dans ce qu'il venait d'apprendre. Depuis qu'il avait découvert le piochon, toute l'histoire lui apparaissait sous un autre jour. Ils étaient plusieurs à en vouloir à Grégoire. Il ne devait pas seulement s'arrêter sur Martin, mais aussi sur les Vazeilles après ce que lui avait appris Lucas. Malgré tout, les choses restaient invraisemblables : de la même façon qu'il s'étonnait, il y a peu, que Martin sacrifie sa jument, il s'étonnait aussi que les Vazeilles sacrifient leur buron. Une chose était sûre : il devait se comporter chez eux comme si de rien n'était.

Sur ce côté de la planèze, la ferme de Lendrode était la seule qui s'offrait aux regards. En cas de tempête, on se dirigeait vers elle avec hâte et on la quittait plein de reconnaissance. Bénis soient ceux qui avaient eu l'idée de construire un havre dans cet endroit hostile entouré d'un méchant silence. Ernest fit halte pour observer plus précisément la configuration des lieux. Isolée, en pierres blondes, couverte de lauzes, ses fenêtres tournées vers l'ouest, la maison semblait anachronique dans ce paysage de brandes. Au flanc du coteau est, un sentier allait se perdre au loin dans un bois de sapins. Il devait être difficile d'accéder à la maison directement depuis la crête qui se profilait au loin, blanche sur le ciel gris.

À ses côtés, les naseaux fumants, Lucifer frissonna, signe de son impatience de tous ces arrêts dans le froid. Ernest entra par la barrière donnant sur un minuscule verger derrière la maison. Ici, la hauteur de la neige était telle que la plupart des arbustes ressemblaient à d'énormes taupinières blanches qui bosselaient le sol. Les abords étaient déserts : à cette heure, les Vazeilles s'occupaient comme tous les autres paysans de la région à des travaux de vannerie et de bricolage. Il fut suffisamment bruyant en contournant la bâtisse pour que les chiens enfermés dans l'étable donnent l'alerte :

« Merci de nous ramener le traîneau si vite, dit le père Vazeilles en sortant sur le pas de la porte. Vous avez bravement fait : de ce temps, on est plus tranquilles de l'avoir disponible. Je vais ouvrir la porte de l'étable qu'on le rentre avec votre cheval. Vous viendrez boire du chaud avant de repartir avec votre âne. Le temps des courbatures est revenu. »

Quand il pénétra dans la pièce à vivre après être passé par l'étable, Ernest avait en tête les paroles acides du Grand et il examina la pièce mieux que la première fois. Ce qui pouvait passer pour du luxe, il y a quarante ans, était devenu banal : on trouvait une belle horloge et un buffet sculpté dans d'autres fermes. Il suffisait d'ailleurs qu'un Vazeilles ait eu du talent : les journées d'hiver étaient assez longues, d'autant que les dessins rudimentaires, des spirales d'entailles faites avec un poinçon ou une gouge, parlaient d'un travail d'amateur. Moins fréquents étaient les jolis bibelots qui s'accumulaient sur les étagères et le haut du buffet, trois crucifix ouvragés, des vases de porcelaine, vraisemblablement des marques de reconnaissance de voyageurs plus fortunés que les autres.

Ernest sortit de sa musette l'obole pour son hébergement de l'autre jour : un bocal de pâté que la mère Vazeilles accepta avec la simplicité de ce qui est dû, sans aucune des longues manières qui caractérisent les cadeaux entre Auvergnats : les « allons donc », « il ne fallait pas », « vous exagérez » et autres « c'est beaucoup trop » qui ponctuent habituellement l'échange. Là, tout juste un « merci bien », avant d'ouvrir le placard et de ranger le bocal à côté des victuailles qui leur faisait un garde-manger garni. Signe qu'il avait fait juste et parce qu'il avait ramené le traîneau sans tarder comme il s'y était engagé, elle lui offrit un bol de soupe chaude qui poupoutait dans la marmite suspendue à la crémaillère, comme lors de sa première visite. Le père y versa une rasade de vin. Il le lui offrait d'autant plus volontiers qu'ils avaient partagé un moment mémorable et écrit ensemble une page légendaire dans l'histoire de la ferme. Si l'imprévu faisait partie de leurs hivers, y compris la recherche des hommes égarés dans le col les jours de tempête, ils n'avaient encore jamais découvert de cadavre gelé dans le ventre d'une jument. Cette pâture n'était pas près de refroidir.

« Votre âne vous attend, il est encore plus gras que l'autre jour, précisa le père Vazeilles pour souligner que lui aussi avait fait sa part. Sinon, on a eu la visite des gendarmes. On n'a rien pu leur dire de plus que ce que vous savez.

– Pareil pour moi, précisa Ernest. Ils sont allés jusqu'au buron ? Avant de finir d'arriver chez vous, j'y suis passé.

– Comme tant d'autres. On ne peut pas s'empêcher même s'il n'y a plus rien à y voir. Les gendarmes aussi voulaient se rendre compte. Ils font leur métier, un beau métier qui les amène à se promener, à rentrer partout sans être invités, à poser les questions qui leur chantent et puis à s'asseoir au chaud dans un bureau à gribouiller leur jargon. Enfin, on dit qu'il en faut ! Mais la première visite qu'on a eue, ça a été dans l'après-midi du mercredi, celle des parents du Martin.

– Je ne suis pas allé jusque chez eux, précisa Ernest. À Laqueuille, en demandant mon chemin, il y en a un qui s'est proposé, un certain Léon Valleix. J'ai accepté parce qu'il connaissait les Baguay et que ça me faisait gagner du temps. Aller jusque-là avec le corps de Grégoire Courtandon sur le traîneau, je me suis dit que ça n'irait pas. D'autant que le rhume commençait à me prendre.

– Ça s'entend, remarqua la mère. Est-ce que vous prenez du miel ?

– Depuis deux jours, j'ai bien fini la moitié d'un pot ! Il faut le temps que ça passe.

– Léon Valleix a fait vite pour aller aux Baguay et les Bascoulergue de chez Font sont partis aussitôt, reprit le père. Le fils était mal, mais pas au point de ne pouvoir bouger une fois bien emmitouflé. Vu ce qu'il tenait, il doit toujours être dans son lit avec les poumons pris. Les parents ont fait de leur mieux, ajouta-t-il pour montrer qu'eux aussi avaient su évaluer correctement le service rendu. Enfin la mère a bien lancé quelques piques qu'on ait laissé dormir le Martin dans l'étable plutôt que dans une chambre. Il y a pourtant eu plus chaud.

– Le père n'a pas osé lui chanter matines chez nous, mais ça n'a pas dû tarder ! intervint la mère Vazeilles.

– Il ne va pas lui reprocher de s'être retrouvé bloqué par la tempête de neige, remarqua Ernest. Comment prévoir que l'autre lui crèverait sa jument ?

– C'est bien là toute l'affaire, dit le père en hochant la tête. La jument appartenait au Grégoire. Pas depuis longtemps, mais elle lui appartenait, ou tout comme. Le jour de la foire, il y a eu une partie de cartes endiablée à Rochefort, au café du Lison et de la Lisette.

– Il lui a gagné sa bête aux cartes ? s'étonna Ernest, content d'en apprendre plus sur cette partie dont il avait seulement entendu parler vaguement, alors que le père Vazeilles, toute isolée que soit sa ferme, confirmait qu'il en savait plus long que tout le monde sur ce qui se passait dans le pays.

– Il lui a d'abord gagné le peu d'argent qu'il avait sur lui et puis ils ont joué de plus en plus gros, jusqu'à peu près le prix de la jument. Il y avait des témoins, Arsène de chez la Barette qui sort d'Orbevialle et Fernand de chez Troussy qui sort de Verminisse : ils y ont eux aussi laissé quelques plumes avant de sagement s'arrêter, même s'ils étaient furieux de ce qu'ils avaient perdu, paraît-il. Jusqu'à son service militaire, le fils Courtandon n'était pas connu pour être joueur, mais il en était revenu drôlement habile aux cartes. On dit qu'il suffisait de le voir manipuler un jeu pour comprendre qu'il s'était entraîné longtemps : gagneur ? tricheur ? Va savoir ! Quand les autres se sont arrêtés, le Martin a continué et il s'est fait traire de belle manière ! Le Grégoire lui a fait signer un papier comme quoi il reconnaissait sa dette qu'il devait lui payer avant le printemps, faute de quoi, il lui donnerait la jument. Deux autres aussi ont signé comme témoins.

– Les gendarmes ne m'ont rien dit là-dessus quand ils sont venus à La Garde.

– À nous non plus. Et je ne pense pas que c'est ceux de chez Font qui iront le leur chanter, ni ceux de chez Vialle. Tout le monde sait qu'on fait tripot chez le Lison et la Lisette, les gendarmes doivent le savoir aussi. M'est avis que cette partie leur arrivera tôt ou tard aux oreilles : l'occasion est trop belle pour ceux qui réprouvent ces pratiques de leur faire mettre le nez dedans, sans se mettre le pays à dos, vu qu'on ne saura jamais qui aura parlé. Le Martin nous causait de la jument comme si c'était toujours la sienne, mais il avait signé une reconnaissance au Grégoire.

– Faut dire qu'il était mal et qu'il n'avait plus toute sa tête », précisa la mère.

Ernest se dit, à part lui, qu'il lui avait été plus facile de tuer une bête qui n'était plus à lui. Vues ainsi, les choses se mettaient en place. Il restait cependant un obstacle de taille : la disproportion des forces entre les deux hommes. Ou alors, la blessure du fils Courtandon était plus grave qu'ils ne l'avaient supposé et l'affaiblissait au point de lui donner le dessous.

Pendant qu'il se restaurait, Ernest éprouvait une impression de gêne qu'il s'expliquait mal car les Vazeilles avaient toujours leur ton accueillant. En fait, on arrivait généralement dans cette maison au cœur des tempêtes, épuisé et fatigué. Quand tout était calme, elle dégageait une autre atmosphère, celle d'une auberge qui ne dit pas son nom. Même les chiens faisaient le service minimum. Les Vazeilles adoptaient plus une attitude de tenanciers que de voisins hospitaliers, habitués qu'ils étaient à voir surgir de la brume le voyageur égaré et transi. Leur service était au point : le banc devant la cheminée, la soupe chaude, la brique et le foin qu'on payait en nature, bien plus grassement qu'en argent. En été, quand ils ne pouvaient profiter de la détresse des autres, ils vivaient isolés et devaient attendre avec une certaine impatience l'animation des jours d'hiver. Au point de la susciter en bougeant la croix ? Quand ils voyaient le ciel décharger sa colère, ils se réjouissaient, allongeaient la soupe, mettaient des briques dans l'âtre. Ernest comprenait mieux les réticences du Grand à leur égard. Dans le même temps, il s'en voulait. L'autre jour, il n'était pas si critique ! S'il se laissait coincer une autre fois, ce qu'à Dieu ne plaise, il reviendrait sans hésiter et ne rechignerait pas plus à marquer sa reconnaissance. En fait, ce qui le gênait, c'était la croix du col : prenaient-ils le risque de tuer les égarés qui n'arriveraient pas à trouver leur maison ? Il n'osait attaquer directement sur ce point, alors il biaisa en leur racontant son arrivée à Beauberty avec le corps de Grégoire, histoire d'entretenir le plaisir de la conversation du père Vazeilles :

« C'est une grande perte pour eux », se contenta de dire le père, sans plus montrer la moindre acrimonie à leur égard.

Se laissait-il prendre par le tragique de l'histoire ou jouait-il un rôle de composition ? Dans ce cas, voulait-il éloigner l'attention de ses raisons d'en vouloir à Grégoire Courtandon qui avait un jour cherché à le cogner ?

« L'Henri est allé à l'enterrement, poursuivit-il. Il fallait bien puisqu'il est mort chez nous. Avec ce temps, la route est difficile. Il s'est proposé de m'éviter la fatigue. C'est un brave garçon. »

Ernest expliqua que lui y avait renoncé. Il était celui qui leur avait ramené le corps et craignait de n'y être pas le bienvenu. Puis il amena enfin la conversation sur la croix du col de La Chabanne :

« Ils ont suivi la bonne direction pendant quelques pas, expliqua-t-il, mais dans la tourmente, ils n'ont pas su la garder. La croix sauve des vies, mais elle ne les sauve pas toutes. Depuis quand elle est là ? »

Le père Vazeilles se lança dans une longue histoire qui tenait plus de la légende que du souvenir. Lors d'une forte tempête, le Christ serait apparu en personne à un paysan de Laqueuille pour lui indiquer la direction de sa maison et il lui aurait demandé en remerciement d'installer à cet endroit un repère qui guiderait les autres :

« Le gars a estimé que rien ne conviendrait mieux qu'une croix. Le Vazeilles de l'époque a donné son accord, mais comme ça remonte au temps d'un des rois Louis, je ne sais pas de quelle famille de Laqueuille sortait celui qui l'a faite. Ce qui est sûr, c'est que c'était son premier travail sur la pierre, car on peut ne pas dire que c'est une réussite, mais enfin, elle joue son rôle.

– Il l'a faite en deux morceaux, c'était peut-être pour qu'on puisse les faire pivoter l'un sur l'autre et indiquer la direction qu'on voulait ?

– Et pourquoi donc ? s'étonna le père Vazeilles d'un ton qui disait clairement qu'il trouvait l'idée loufoque. Elle doit indiquer la direction de Laqueuille, pas une autre. Elle est en deux morceaux, parce que c'était trop compliqué pour lui de la faire en un seul. Le socle est en lave noire, la croix est en granit, guère plus facile à travailler. Personne, pas même un gamin facétieux, n'a jamais eu l'idée de la tourner. »

Ernest choisit de taire ses observations sur la feuille de chêne coincée entre les deux blocs de pierre. Peut-être était-ce là l'œuvre du fils et le père en ignorait tout. Restait un dernier sujet, le plus délicat, l'inimitié entre eux et Grégoire, qu'il aborda aussi par un détour :

« J'ai écouté dire que le Grégoire était un bagarreur, il avait beaucoup d'ennemis.

– Sûr qu'il ne laissera pas que des regrets.

– On m'a parlé d'un de leurs voisins, Lucas de chez le Bail, à qui il a abîmé une épaule.

– Je le connais. Il signe Taravant. Cela dit, ça ne lui a pas abîmé les mains. Il n'a pas son pareil pour greffer les arbres. L'an dernier, on lui a demandé de venir et il a fait merveille. Il a le don et il paraît qu'il se débrouille aussi pour travailler le bois. C'est pas de chance qu'il ait le dos amoché. Dans le pays, si vous voulez compter ceux qui ont à se plaindre des trois garçons de chez Vialle, les doigts de vos mains et ceux de vos pieds n'y suffiront pas. Il vous faut compter les poils de votre moustache. Des comme ça, il vaut mieux qu'une maison en soit embarrassée que deux ! »

Là non plus, Ernest, irrité, n'était guère avancé. Les Vazeilles le faisaient penser à des pommes de pin rondes et bien fermées qui roulent dans la main sans qu'on arrive à leur arracher une seule écaille. Ils faisaient parler et ne se livraient guère. Mais alors, pourquoi le père n'avait-il pas fait preuve de la même prudence, l'autre jour, en parlant avec acrimonie de Grégoire Courtandon ? Parce qu'il ne le savait pas mort ? Son impression de malaise grandit. Leur terre n'était pas riche, composée de brandes livrées aux vents d'ouest et aux nuages qui venaient crever contre la montagne. Quand le mauvais temps enfermait les gens dans leur maison, la leur s'ouvrait. Ils en avaient besoin, mais ils vivaient à l'envers des autres.

« C'est quand même dommage que personne n'ait mis le nez dehors au moment où le buron a brûlé, poursuivit-il sans grand espoir. On y serait allés et on l'aurait sauvé.

– Peut-être même qu'on aurait pu limiter les dégâts pour le buron, vu qu'il est tout près, parce que là, il nous faudra regarder si ça vaut le coup de refaire toute la charpente et de reposer les lauzes ; ça ne sera pas un mince travail, mais voilà, personne n'a rien vu. »

Ernest sortit sa dernière amorce :

« Il y a quelque chose qui m'est revenu l'autre jour en partant d'ici. J'ai cru voir le Grégoire acheter un foulard à la foire de Rochefort. Si je ne me suis pas trompé, c'est qu'il fréquentait. Vous savez qui ?

– Ah non, alors, je n'en ai jamais entendu parler ! s'exclama le père Vazeilles qui ne pouvait concevoir d'ignorer une pareille nouvelle. Qui ça serait donc ?

– Quelle est la bécasse qui pouvait aller bru dans cette maison, pour y devenir le souffre-douleur de la mère Courtandon et des trois rustauds ? » ajouta la mère, sarcastique et curieuse.

S'il n'avait pas été certain d'avoir vu Grégoire acheter le foulard vert à la foire, Ernest aurait douté de lui.

« Ils sont faits comme les autres, expliqua-t-il après une quinte de toux, et ils sont à des âges où on y pense. D'ailleurs un de leurs anciens voisins, qui habite maintenant La Garde, m'a raconté qu'il y a quelques années déjà, le Grégoire avait regardé du côté d'une fille Mazières dont le père est resté fermier à Courtevialle avant de repartir pour Orcival et… »

La mère Vazeilles ne lui laissa pas finir sa phrase :

« Qu'est-ce que vous racontez ! s'exclama-t-elle d'un ton outré.

– Des bêtises ! renchérit son mari. C'est pas parce qu'il s'est permis de la reluquer qu'elle l'a trouvé intéressant ! Depuis que la famille s'est installée à Orcival, cette Françoise Mazières travaille comme serveuse dans un hôtel. Son patron est le frère de celui qui tient le café de chez Marret sur la route de Clermont, à Rochefort. Il vient lui donner un coup de main pour les foires et ça lui arrive d'amener l'une ou l'autre de ses employées avec lui.

– Justement, insista Ernest, ils se sont peut-être retrouvés.

– Comment ça, retrouvés, alors qu'ils se sont jamais fréquentés ? C'est une brave petite, sérieuse et vaillante, pas le genre à s'amouracher d'un Courtandon. »

Le père Vazeilles s'énervait. Ernest pensa qu'il avait eu tort de lancer ce lièvre. Il fallait l'arrêter avant qu'il fasse du dégât dans le pays :

« En y réfléchissant, je me suis trompé. Le gars qui a acheté le foulard ne portait pas de houppelande. Ça ne pouvait pas être le Grégoire.

– Vous voyez, dit le père Vazeilles en se levant. Ça m'étonnait trop ! Allons sortir votre âne. Il est jeune encore et il va forcir. C'est un gourmand, mais pas un difficile, tout rentre, même les chardons. Je ne sais pas si je vous ai dit la dernière fois que, du coup, on l'appelle Chardon, mais vous pouvez bien le débaptiser si ça vous chante. »

Le nom plaisait à Ernest. Chardon, pas très haut sur des pattes solides, avait une belle robe d'un brun clair, et de grands yeux ourlés d'un trait noir qui lui faisait le regard tendre.

Après les dernières palabres qui montrent à l'hôte que l'on n'est pas pressé et donc qu'on a apprécié son accueil, Ernest repartit, tenant chacune de ses bêtes par un licol. Dans les passages plus difficiles, il faudrait se mettre à la queue leu leu.

Il avait quitté La Garde en cherchant à comprendre comment l'accident avait pu se passer. Il revenait, certain que c'était un meurtre, tout aussi difficile à expliquer. Grégoire Courtandon avait eu beaucoup d'ennemis : le père Vazeilles qu'il avait humilié lors d'une foire, Martin à qui il venait de faire perdre une belle somme d'argent. Sans compter Lucas et son épaule abîmée et tous ceux qui, une fois ou l'autre, avaient reçu ses coups ou ceux de ses frères, autrement dit, une bonne partie du pays ! En tout cas, tout ça lui paraissait un peu moins aberrant : mille possibilités s'offraient à l'esprit pour expliquer cette incroyable histoire, mais mille ça faisait trop, il avait besoin du Grand. Seul, il tournerait les choses sans fin dans sa tête.

Quand, enfin, épuisé par sa marche et sa mauvaise toux, il revint à La Garde, il rêvait non seulement de miel mais d'un rhum brûlant pris devant le feu de la cheminée. Même s'il n'était pas enrhumé, ce programme devrait plaire au Grand.

IX

Une répétition sinistre

BLÉ ÉTAIT GELÉE. Depuis son réveil elle agissait comme une automate. Ce vendredi, comme tous les autres matins, il avait fallu se lever, s'habiller, relancer le feu, mettre la soupe, soigner les vaches. Sans les manifestations de joie de Tchino qui, contrairement à son habitude, n'avait pas montré le bout de son museau. Il arrivait qu'il courût le pays pour suivre une chienne en chaleur. La saison ne s'y prêtait guère, mais après les coups de l'autre jour, il avait dû éprouver le besoin d'un ailleurs réconfortant. Elle, son ailleurs était dans la maison voisine ; elle y pensait sans cesse, même si ce n'était pas le moment. Ce matin, il s'agissait de faire l'essentiel avant de partir pour l'église de Saint-Sauves. Les frères et la mère s'activaient aussi.

Sur les 8 heures, ils avaient avalé la soupe en silence, gauches dans leurs habits du dimanche qu'ils venaient d'enfiler. Quand le corbillard était arrivé, les frères avaient sorti le cercueil de Grégoire et ils avaient pris la route. Blé ne pouvait pas regarder le cheval qui tirait le corbillard sans penser à la jument dont Grégoire avait ouvert le ventre trois jours plus tôt à La Chabanne. Quelques rares voisins s'étaient joints à eux et l'église était presque vide. Les Courtandon de Beauberty n'avaient comme parents proches que les Courtandon de Saint-Julien, ils étaient fâchés avec beaucoup de gens du pays qui ne se souciaient guère de venir partager leur peine. Seuls les curieux que le froid n'arrêtait pas occupaient les bancs de l'église. Lucas avait prévenu Blé qu'il ne se déplacerait pas, sa présence serait mal interprétée. Elle en était d'accord. En sortant, pour se rendre au cimetière, ils avaient aperçu derrière les vitres du café d'en face quelques hommes, dont certains avaient goûté à leurs poings, les observer se ranger derrière le corbillard en faisant des commentaires qu'ils imaginaient acides. Devant la tombe, sous le ciel gris, ils n'étaient pas plus d'une douzaine à regarder descendre le cercueil dans la terre. La mère était livide de voir disparaître un de ses garçons. En revenant à Beauberty, alors qu'ils marchaient vite pour ne pas trop sentir le froid et ne pas se mettre en retard dans leur travail, Mathieu avait laissé monter sa rancœur de se voir ainsi rejeté par les gens du pays et commencé une longue tirade de récriminations.

« Tu le savais pas qu'ils aimeraient mieux nous assommer que nous dire bonjour ? » avait répliqué ironiquement Antoine pour l'arrêter.

La mère avait répété ce qu'elle leur avait toujours dit : il ne fallait rien attendre de personne. Quant à Blé, elle ressentait aussi un profond sentiment d'injustice de les voir ainsi tenus à l'écart. Les frères étaient des bagarreurs, pas des brigands.

En rentrant, elle avait relancé le feu et ils s'étaient tous changés pour remettre des habits de travail et reprendre le cours des jours. La mère ne pouvait rien contre cet imprévu qu'était la mort de son fils, mais on la sentait profondément déstabilisée, au bord de l'explosion. Raide, silencieuse, elle avait refait son lit et posé les draps mortuaires de Grégoire sur le tas de linge qui attendait un meilleur temps pour la lessive dans un recoin à côté du pourtané. Puis, toujours sans gémir, après avoir pris un bol de soupe chaude, elle avait entrepris de réchauffer la pâtée des cochons. Quels que soient les coups que la vie envoie, il faut se taire et avancer. Antoine et Mathieu étaient déjà dans l'étable pour refaire les litières des vaches, et Blé s'était préparée pour aller donner à manger aux lapins. Elle avait mis dans un panier les épluchures de la veille, s'était serrée dans son châle violet qu'elle n'avait pas encore eu le temps de teindre en noir, avant de sortir et de contourner la maison pour rejoindre les clapiers.

Elle s'arrêta net devant eux, la respiration coupée par l'horreur : le corps de Tchino gisait là avec, dans son ventre ouvert, bien en évidence, un lapin assommé. Elle sentit la glace monter le long de son dos et lui bloquer le cou et les épaules. Paralysée, incrédule, elle fixait la bête, sur laquelle un fou s'était acharné. Tchino, le corps lardé de coups de couteau, avait les yeux crevés. C'était horrible. Son soutien de toujours, ce chien qui lui avait témoigné de l'amitié, son réconfort, avait connu un sort pire encore que la jument de La Chabanne. Qui donc avait osé ?

Quand, dans son corps, le feu succéda à la glace, elle hurla, un tel hurlement que les frères et la mère accoururent. En découvrant le spectacle, Antoine se mit à cogner sur un pommier voisin, faisant, sans qu'il s'en rende compte, tomber la neige qui le recouvrait, prononçant des mots incohérents :

« Salopard, *dégus*[1], celui qui a fait ça, je vais le tuer. »

1. *Dégus : crevure, ordure.*

La colère qu'ils avaient retenue devant leur frère mort explosait. Mathieu, blême, les mâchoires serrées, se pencha :

« Il est déjà raide à cause du froid, mais ça s'est fait pendant l'enterrement. Pendant la nuit, on aurait entendu du bruit, le chien aurait aboyé. Il a été tué sur place, parce qu'il n'y a pas de traînée de sang. Le peu de neige qui est tombé a effacé les traces. Il faut trouver le salaud qui a osé et lui faire payer cher. Les gendarmes ne sauront rien. On va régler ça nous-mêmes. Que le bon Dieu nous aide ! »

Sur ce point, ils étaient tous d'accord. La loi n'autoriserait jamais la vengeance à laquelle ils aspiraient.

Le spectacle était insoutenable et ils éprouvèrent le besoin de s'en détourner. Ce fut la mère, jusque-là raide, blême et silencieuse, qui donna le signal du mouvement en ordonnant à Blé de nourrir les lapins, ce qu'elle fit en tremblant.

« On va le *souterrer*[1] ici », dit Antoine en allant chercher une pelle, après avoir mis le lapin de côté. Même s'il était encore petit, il était mangeable.

Le jour où ils enterraient un des leurs, ils apprenaient que leur perte avait excité et renforcé le désir de vengeance d'un de leurs ennemis.

---

1. Souterrer : enterrer un animal.

Pendant le déjeuner, Antoine rompit le silence d'un souffle si court qu'on pouvait craindre qu'il s'étrangle :

« Faut qu'on retrouve tous ceux à qui on a eu affaire et qu'on voie lequel a pu s'y risquer.

– Qu'est-ce que tu crois que je fais depuis tantôt ? répondit Mathieu, agressif. Je tourne et retourne les choses, j'arrive à rien. Pourquoi celui-ci plutôt que celui-là ? Cette fois, ça fait trop de misère, trop de...

– Tais-toi ! » le coupa la mère, qui n'avait jamais supporté ses longues plaintes.

Le silence retomba et l'après-midi s'écoula sinistrement. Les frères s'enfermèrent dans la fourniale, où ils évoquèrent les noms de tous ceux qui leur en voulaient sans arriver à rien de précis. La mère et Blé restèrent près de l'âtre, écalant des noix. Blé pleurait silencieusement, avec de temps à autre un reniflement qui lui attirait les foudres de sa tante :

« Arrête de *miarler*[1]. Tu fais rien pendant ce temps. *Sours-toi*[2] et va chercher du bois, on va en manquer. »

La mort d'un de ses fils lui désintégrait le cœur et la barbarie de l'attaque contre leurs animaux

1. *Miarler : gémir.*
2. *Sours-toi : dépêche-toi.*

exacerbait son ulcération. Si elle ne mordait pas, elle s'effondrerait et ce serait pire. Que la jeune fille verse les larmes amollissantes qu'elle-même s'interdisait lui était insupportable. Blé se leva, prit le gros panier posé à côté de la cheminée, s'enveloppa dans son châle et sortit. De petits flocons voletaient, donnant à l'air l'aspect d'un léger tulle. Elle traversait la cour comme Antoine se dirigeait vers la maison. Était-ce la fatigue de la journée, était-ce une pierre sous la neige qu'heurta son sabot ? Toujours est-il qu'elle trébucha, le panier lui échappa et elle allait s'étaler quand, machinalement, Antoine, qui arrivait à sa hauteur, tendit un bras pour la retenir. Elle butta contre la grosse main carrée qui se posa sur sa poitrine. Elle sentit une secousse le traverser et comprit instantanément que son poids n'y était pour rien. Il l'avait touchée. Il venait de réaliser que sous les chiffons informes, il y avait le corps chaud d'une femme, une femme qui avait une peau douce, un ventre, des seins. Il resta là, figé, incapable de parler. Il vivait ce qu'elle avait vécu deux mois plus tôt quand, avec Lucas, leurs mains s'étaient rencontrées alors qu'ils sortaient la brebis de son cloaque de boue. Seulement elle, aujourd'hui, elle ne ressentait aucun émoi, juste la terreur d'avoir réveillé dans Antoine un désir dont elle n'imaginait pas comment elle pourrait s'en débrouiller. Elle saisit le panier et courut vers le tas de bois. Tremblante, elle le remplit de bûches et, alors qu'elle le soulevait, elle vit la main d'Antoine s'en saisir, tandis qu'il lui disait d'une voix altérée :

« Laisse-moi faire. »

Elle le suivit épouvantée.

« Qu'est-ce que tu as à porter ce panier ? s'étonna la mère comme ils entraient dans la pièce.

– Et pourquoi je le porterais pas ? répondit-il, bourru. Il est lourd.

– Elle n'avait qu'à en mettre moins, rétorqua-t-elle d'une voix acerbe, mais elle a voulu s'éviter d'avoir à y refaire un tour ! »

Blé, qui accrochait son châle au clou, se garda bien de répondre. Elle revint s'asseoir près de la cheminée et attrapa une noix. Après s'être approché de la table, puis de la cheminée, puis de l'horloge, comme s'il cherchait quelque chose, Antoine ressortit juste avant que la mère lui demande d'arrêter de virer comme une toupie.

Dans la tête de Blé, les pensées valsaient. Tout allait encore se compliquer. Elle ressentait le besoin de voir Lucas, mais comment lui dire ce qui venait de se passer ? D'ailleurs, si elle était sûre de ne pas se tromper, il n'y avait aucun geste clair qui lui permette de parler. Comment oser expliquer qu'un homme avait tressailli en posant une main sur sa poitrine ? De cela, elle aurait trop honte, mais quand Lucas la serrerait contre lui, elle lui raconterait ce qui était arrivé à Tchino ; il ne saurait pas qu'il calmait sa peine, mais aussi son angoisse. Le voir serait dorénavant plus difficile : Antoine allait la suivre, la guetter. Comment allait-elle s'en défendre ? Vers les 4 heures, ne le voyant pas revenir, elle supposa qu'il s'était de nouveau enfermé dans la fourniale avec Mathieu. Elle se leva, passa le pourtané comme si elle allait se soulager dans l'étable qu'elle se contenta de traverser et, prenant garde d'inscrire ses pas dans les traces existantes, bifurqua et gagna le cabanon qui touchait à la propriété de chez le Bail, espérant y trouver Lucas. Les flocons continuaient à voltiger, atténuant peu à peu les empreintes des jours précédents. Elle avait vu juste. Le bâton qu'il dressait devant la haie pour l'avertir chaque fois qu'il s'y rendait était en place. Il l'attendait :

« Par ce froid, tu n'as pas pris ton châle ?

– Je pouvais pas, j'ai dit que j'allais à l'étable. »

Alors qu'elle commençait à lui expliquer ce qui s'était passé le matin, il l'interrompit :

« Je le sais. Félix de chez Mortefroid, qui passait pas loin, t'a entendu hurler et il vous a vus devant les clapiers. Tout le pays ne parle que de ça. »

Elle eut un long soupir qui la vida entièrement. Les Courtandon s'étaient promis de ne rien dire et le bruit s'était pourtant répandu. Même si la maison était au bout du pays, tout se savait quand même et les voisins continuaient à quêter les ragots. Elle nicha son front contre son épaule. Parcouru d'un profond frisson, il lui caressa les cheveux en silence. Le temps s'arrêta, pour elle comme pour lui. Quand, la mettant à distance, il lui prit le menton, les yeux emplis d'une puissante demande, elle hésita avant de se serrer de nouveau contre sa poitrine. Alors, doucement, il glissa sa main sous son corsage. En elle, une voix lui disait de se ressaisir, unc autre de s'abandonner. Lucas ne frissonnait plus, son souffle se raccourcissait, ses gestes se précisaient. Hypnotisée, Blé suivait la progression de ses mains jusqu'à ce qu'elle sente couler en elle un désir qui répondait au sien. Ils s'allongèrent, à même le sol de terre battue. Derrière le minuscule fenestrou du cabanon, les flocons, indifférents, poursuivaient leur danse.

Quand il se détacha d'elle, quand elle revint au présent après ce qui lui avait paru un court et long voyage, elle prit conscience de l'heure qui avait tourné. Paniquée, elle se releva, remettant rapidement en place ses vêtements :

« Il faut que je retourne, dit-elle d'une voix courte.

– Tu ne peux pas partir si vite, répondit Lucas, atterré en se remettant lui aussi debout, après…

– Il le faut bien, l'interrompit-elle. La mère va me chercher. »

Bouger, se dépêcher était encore le meilleur moyen de ne pas réaliser ce qui venait de se passer. Quant aux réactions des Courtandon à son absence, ce n'était pas de la mère dont elle avait peur. Celui qui la terrorisait, celui qu'elle ne pouvait nommer, c'était Antoine. Lui ne crierait pas, il voudrait juste savoir où elle était. Et s'il se doutait…

« Attends, insista Lucas en se rajustant, je… j'ai quelque chose pour toi. »

Il se hâta dans le fond du cabanon et sortit de derrière un tas de planches un tissu qu'il avait roulé :

« Un foulard pour toi, expliqua-t-il avec un regard plein d'une gaucherie tendre. Je le gardais pour quand tu serais mienne. Après le mariage je pensais, bafouilla-t-il, mais puisque… Prends-le », dit-il en le lui fourrant dans les mains.

Elle déplia le beau carré de laine vert foncé où se dessinaient des arabesques d'un vert plus pâle.

« Il est beau, murmura-t-elle, émue, incapable maintenant de se sauver. Jamais je pourrai le mettre. D'abord, on est en deuil et la mère et les frères me demanderaient des comptes.

– Je m'en doute. Cache-le sous ton matelas. Tu sauras qu'il est là, tu penseras à nous, ça t'aidera, dit-il maladroitement.

– D'où tu le tiens ?

– T'occupe pas de ça, sourit-il. Dans les foires, les marchands ont de la belle marchandise ! Je vais parler au père : il faut qu'on sorte de là.

– Une servante, il ne voudra jamais !

– Il faudra bien ! Je lui ferai comprendre que si c'est pas toi, ça sera personne et que sa maison s'arrêtera. Avec mon épaule abîmée, crois-tu qu'il ne soit pas obligé d'en rabattre ? Maintenant que le Grégoire est mort, ça sera plus facile, tu verras. Le chien, c'en est un qui en a profité pour se venger. C'est fini maintenant. Demain chassera aujourd'hui. Il sera meilleur. Pense à ce que je t'ai promis : au printemps... »

Il croyait toujours qu'au printemps leur vie à deux pourrait commencer ! « Mon Dieu, si tu savais, ça n'a jamais été aussi difficile », pensa-t-elle en glissant le foulard sous son gilet :

« Cette fois, il faut vraiment que j'y aille. »

Alors qu'elle débouchait du chemin pour regagner l'étable, elle vit de dos un des frères qui grattait la neige et la glace devant l'étable. Elle se figea quand il se retourna : c'était Mathieu. Sa présence qui la veille encore l'aurait affolée la rassurait presque. Rien de pire pour le moment que d'alerter Antoine.

« D'où tu sors ? lui demanda-t-il d'une voix dure en se redressant.

– Je regardais si je trouvais des traces, répondit-elle du ton le plus ferme qu'elle put. Il a bien fallu qu'il vienne de quelque part.

– T'occupe pas de ça, répondit-il en reprenant son travail. Laisse-nous faire et ramasse tes cheveux que t'as l'air d'une folle. »

Sans répondre, paniquée par cette dernière remarque, elle rentra dans l'étable et cacha le foulard dans un recoin. Elle le reprendrait ce soir quand ils seraient tous couchés. S'étant recoiffée, elle revint dans la pièce. À sa tante qui s'étonnait qu'elle soit restée si longtemps absente, elle expliqua qu'elle avait mal au ventre.

Pendant la soirée, elle essaya de ne pas prêter attention au regard qu'Antoine posait à tout instant sur elle, même s'il pesait plus lourd qu'une meule. Serait-il possible qu'il ait des soupçons ? Est-ce que ces choses-là se devinaient ? À plusieurs reprises, la mère rabroua son fils, mais heureusement, elle mettait sa distraction sur le drame du chien éventré :

« C'est comme si le salaud qui a fait ça t'avait assommé toi aussi ! »

Mathieu aussi regardait son frère d'un air intrigué. Antoine grognait plus qu'il ne répondait, plus absent que jamais, incapable de nommer ce qu'il n'avait encore jamais ressenti, un mélange de désir, de volonté de possession, de vénération. Autant de douceur que de violence, d'envie de respecter et d'abîmer qui le faisait hésiter entre s'approcher et fuir. Sa tête lui faisait mal, son cœur aussi.

Ce soir-là, Blé ne posa pas de bûches dans le feu avant d'aller se coucher. Elle se déshabilla dans le noir et, quand elle se glissa sous sa couverture, elle éclata en sanglots. Comment raconter à sa mère ce qui s'était passé ? Par où commencer le récit de cette journée, la pire et la meilleure qu'elle ait vécue depuis le jour où elle s'était retrouvée orpheline ? Qu'en aurait-elle pensé, sa mère ? L'aurait-elle comprise ou condamnée ?

Sa médaille serrée dans son poing droit, elle pleura longtemps. En plus de son chagrin, une peur douloureusement insoutenable rôdait en elle, une peur qui avait nom Antoine. Quand elle les pensa tous endormis, même si l'absence de ronflement à l'étage lui laissait un doute, elle se leva, ouvrit le pourtané et, glissant sa main dans le recoin où elle l'avait caché, récupéra le foulard vert qu'elle revint glisser sous son oreiller. Pour Lucas, dont les parents étaient très regardants, cela représentait des semaines d'économies sur son tabac, sou après sou. Sa médaille, le foulard, elle possédait un objet de chacun de ceux qu'elle aimait, sa mère et son amoureux. Non, sa mère ne pouvait pas la condamner. Bien sûr, elle aurait préféré un décor autre qu'une cabane et un sol de terre battue pour vivre cette première rencontre des corps. Elle aurait voulu justement pouvoir le toucher, ce corps, cette peau, cette épaule abîmée, plutôt que de sentir sous ses mains le tissu rêche de la veste et de la chemise, mais il aurait fallu un peu plus de temps, un peu plus de caresses. Qu'importe ! Il lui fallait affirmer que c'était à lui qu'elle appartenait et qu'elle ne serait jamais à un autre. Lucas n'était pas un séducteur, il l'aimait, il l'épouserait, elle en était certaine, c'était ça qui comptait. Et peut-être que demain Antoine ne prêterait plus attention à elle, peut-être qu'elle serait redevenue pour lui une machine à travailler. Elle finit par sombrer dans le sommeil sans rêve qui suit les longues crises de larmes.

Dès le matin, elle sut qu'il n'y avait rien à espérer. Quand il descendit l'escalier, Antoine la fixa d'une façon telle qu'elle comprit qu'elle avait habité sa nuit.

« Ça va ? se risqua-t-il même à lui demander pour la première fois de sa vie avec un ton où il mit toute la douceur qui lui était possible. Ne te mets pas trop dans la peine, je vengerai ton chien. »

Il s'approcha et ébaucha un geste pour lui toucher la main, elle se détourna comme si c'était effectivement son chagrin qui l'accablait. Il recula. Mathieu et la mère vaquaient, apparemment inconscients de ce qui se jouait.

Dans le milieu de la matinée, contrairement au souhait de ceux de chez Vialle, les gendarmes, qui avaient eux aussi fini par apprendre l'histoire, revinrent à Beauberty. Il s'agissait des deux qui étaient déjà venus après la mort de Grégoire. La réputation de la famille leur faisait craindre une réaction violente et ils préféraient prendre les devants.

« Laissez-nous faire notre travail, expliquèrent-ils, debout au milieu de la pièce. Ce n'est pas à vous de punir le coupable. Cela se retournerait contre vous. »

Furieux de voir débarquer les pandores, Mathieu n'avait qu'un souci, les voir partir au plus vite en renonçant à se mêler de ce qui ne les regardait pas. Campé devant la cheminée, il cachait ses poings fermés derrière son dos pour s'obliger au calme.

« C'est qu'un chien et un lapin, répondit-il d'une voix plate en haussant les épaules. On va pas perdre notre temps à chercher celui qui a fait ça ! Le chien était vieux, on le remplacera, et le lapin nous fera notre civet de dimanche. »

Blé, qui, assise à la table, découpait un chou-rave pour la soupe, retint un sanglot en entendant Mathieu parler d'un autre chien. Bien sûr que pour garder les vaches et les moutons, il faudrait remplacer Tchino, mais pour l'heure, l'idée lui était insupportable. Antoine, assis de l'autre côté de la table, lui adressa un regard plein d'une tendresse malhabile. Elle baissa les yeux pour découper son chou-rave avec tant d'énergie qu'elle se blessa à la main gauche, heureusement sans gravité.

« Si les gendarmes se mettent à courir après ceux qui tuent les chiens et les lapins, déclara la mère débout devant la souillarde, d'un ton qui se voulait goguenard mais qui n'était qu'aigre, les braconniers vont avoir la vie belle ! On n'a pas porté plainte que je sache !

– Nous savons ce que nous avons à faire, répondit un des gendarmes d'un ton sec. Nous voulons nous assurer que vous ne vous ferez pas justice vous-mêmes, ce qui constituerait une grave infraction dont vous auriez à répondre devant la loi.

– Ça ferait plaisir à trop de monde, répondit Mathieu d'un ton qu'il aurait voulu neutre mais qui tremblait d'une colère mal contenue. Pas de risque qu'on bouge.

– Nous l'espérons. En tout cas, vous voilà prévenus, conclurent les gendarmes. Pouvez-vous nous montrer le lieu du délit ?

– Y a plus rien, expliqua Antoine en se levant. Que de la neige sale. Mais si ça vous fait plaisir de voir des clapiers et des lapins, je vous y emmène. »

Quand ils furent sortis, Mathieu explosa :

« Ils peuvent pas laisser le pauvre monde tranquille ? Qui c'est le crapaud qui est allé baver ? Ça finira donc jamais ?

– Que des mots ! l'interrompit sa mère. Ça ne nous avance guère.

– T'as raison, répondit-il les mâchoires serrées, blanc de haine. Faut rester calmes. »

X

L'histoire d'une famille

Une histoire aussi exceptionnelle demandait un traitement particulier. Tout le pays se mettait au travail pour l'enrichir, la compléter. Il y avait non seulement les événements eux-mêmes auxquels on pouvait toujours rajouter des détails et les détails des détails. Le caractère des protagonistes entrait en ligne de compte, ainsi que l'histoire des familles, les suites données à l'affaire… Jusqu'à ce que plus tard, d'aucuns brodent des épisodes fictifs : un sort, un loup-garou… C'est ainsi que se constituaient les légendes qui traversaient les générations.

« Si Mornac n'était pas mort, on lui mettrait l'affaire du chien sur le dos ! remarqua le Grand. D'autant que lui aussi on l'avait accusé d'avoir tué un cheval et un chien. Y en a qui s'en sont souvenus. »

Mornac, cet habitant de Laqueuille qui, autour de 1850, avait terrorisé la région par des agressions, mais encore plus par celles qu'on lui avait prêtées. Aujourd'hui, tous les vieux se rappelaient l'avoir croisé dans un bois, dans les brandes, sur un chemin désert et avoir eu avec lui un échange inquiétant dont ils s'étaient sortis de justesse. Si on se risquait à faire des recoupements entre toutes leurs histoires, Mornac avait aussi le talent de se trouver dans deux ou trois endroits différents en même temps.

Pour l'heure, ceux de chez Vialle faisaient oublier le bandit de Laqueuille. Pendant des années, il suffirait que quelqu'un au coin d'un feu dise « Et la jument de La Chabanne ?... » « Et le chien devant les clapiers ? » pour qu'aussitôt l'histoire soit reprise avec le même plaisir que si on l'entendait pour la première fois. Cet hiver en tout cas, pas une maison à La Garde n'aurait préparé sa veillée sans convier ceux de chez Chantarane. Il leur venait des invitations de tous les environs : Fougères, Ribières, Bosjean... alors que, par ce temps, ce serait folie de s'y rendre.

Ernest aurait voulu du temps pour discuter calmement seul à seul avec le Grand au coin du feu. Depuis son retour la veille de la ferme de Lendrode, cela avait été impossible : la maison était toujours pleine. En ce qui concernait Grégoire Courtandon, tout le monde, sauf lui et l'auteur du crime, croyait à l'accident. Il avait caché le piochon dans la fourniale au milieu de ses propres outils. S'il ajoutait l'histoire du chien, le puzzle devenait très compliqué.

« Rappelle-toi, lui dit Amélie en enfilant son manteau dans leur chambre, l'hiver dernier, notre premier hiver ici, on a été invités deux ou trois fois au plus de toute la mauvaise saison. Là, pour discuter de ceux de chez Vialle, chacun veut nous avoir. Même les Prunevieille qui ont refusé de nous prêter leur bélier. La prochaine fois, ils n'oseront pas dire non.

– Il n'y aura pas de prochaine fois. Dès le printemps, je compte en acheter un. Mais je sais bien que, même si c'est triste à dire, cette histoire va nous aider à nous faire accepter dans le pays. Encore qu'on ne sera jamais des leurs. J'en ai pourtant plus qu'assez de répéter sans arrêt la même chose et avec mon rhume, je préférerais aller me coucher.

– Ne fais pas ton sauvage ! Il y a juste le chemin à traverser. Tu te mettras devant le feu où tu auras chaud. Pense au plaisir du Grand. Voilà des années qu'il n'avait plus bougé comme ça, chez les uns et chez les autres. Je le trouve plus gaillard qu'à son arrivée. Ma mère aussi est contente, pour ne rien dire du Barnabé. Puisqu'on n'a guère le choix, autant le vivre bien. Passe-moi la couverture, que j'emmitoufle Rose. »

Elle n'avait pas parlé d'elle, mais après une jeunesse sans joie, sous la coupe d'un père avare et malgracieux, elle souhaitait ardemment profiter de la vie de voisinage et avoir enfin ce sentiment d'appartenance à une communauté qui lui permette de s'ancrer plus solidement dans son être en fixant fermement les contours de son monde extérieur. Ernest aussi tenait à forger ces liens, sa raison lui disait qu'ils étaient indispensables pour mener à bien son projet d'une propriété viable, mais ce soir, où la fatigue le tenait, son goût profond pour la solitude reprenait le dessus. Il aurait voulu rester au coin du feu, chez lui, et ouvrir enfin le livre qu'il s'était offert pour l'hiver, un herbier sur les plantes et les fleurs d'Auvergne, car il en avait assez de les admirer sans pouvoir nommer la plupart d'entre elles. « À quoi ça te servira de connaître le nom de ce que mangent tes vaches et tes moutons, du moment que ça les rend pas malades ? » avait demandé le Grand quand il lui avait montré le gros livre à couverture orange. « À me faire plaisir », avait-il répondu. Le Grand avait ricané.

Ayant fini de s'habiller, ils rejoignirent le reste de la maisonnée dans la pièce à vivre. Ils étaient tous prêts, manteau, cache-nez, mitaines, et dans un sac, un tricot pour Amélie et sa mère. Pour garder sa réputation de bonne travailleuse, une femme ne devait jamais rester inactive. Les hommes pouvaient se le permettre qui parleraient, boiraient un verre…

Dehors, la lune, tel un bloc de glace, luisait dans un ciel dégagé, piqué par les milliers de têtes d'épingles des étoiles. Ils n'avaient que quelques pas à faire pour aller chez les Thomas. Deux autres familles étaient déjà là : ceux de chez le Brun et des cousins de Vialatte qui, poussés par leur curiosité, avaient bravé les mauvais chemins. On avait réservé à Ernest une place de choix juste à gauche de la cheminée, de façon que chacun puisse le voir pendant qu'il raconterait. En tant que doyen de l'assemblée, le Grand, même s'il venait d'un autre village, eut droit au seul fauteuil de la maison, un fauteuil en bois sur lequel on avait mis des petassous et qu'on avait installé de l'autre côté de la cheminée, au plus près du feu. Les femmes de chez Chantarane n'avaient pas droit à tant d'égards, elles prirent place à côté des autres, au deuxième rang, près de la lampe à pétrole qui leur permettrait de voir leur ouvrage. Sur un tabouret de paille, un énorme chat tigré regardait avec dédain le brouhaha ambiant, le vague mouvement de sa queue indiquant seul son agacement. Dans toutes les maisons de La Garde, il était le seul chat à avoir ainsi droit de cité près d'un bon feu, mais la mère Thomas en était entichée, elle le nourrissait et le caressait mieux que certaines mères ne caressaient leurs enfants et le surnom de « mère Michel » que cela lui valait dans le pays la laissait indifférente.

Malgré l'impatience, ils firent le détour par les préliminaires d'usage, ceux qui mettent en bouche, permettent à chacun de dire son mot dans une présentation rituelle et de s'inscrire dans le cercle. Le Grand, à qui on demandait des nouvelles de sa santé, grogna qu'un vieux avait plus vite fait de parler des douleurs qu'il n'avait pas que de celles qu'il avait. La mère Michel sortit les verres, le père Thomas un sac de châtaignes… Un frémissement général avertit chacun qu'on allait enfin aborder le morceau principal. Tous le connaissaient déjà. Il ne s'agissait plus de l'apprendre, mais de le reprendre, le commenter, le décortiquer, moment après moment, depuis la partie de cartes au café de Rochefort, dont l'histoire s'était répandue jusqu'à la découverte du chien éventré devant les clapiers, en passant par la mort de Grégoire dans un buron de La Chabanne. Il y avait de multiples épisodes, chacun prêtant à moult digressions, commentaires, questions… Ernest sentait qu'il ne résisterait pas longtemps au sommeil. Son voyage la veille chez les Vazeilles lui restait dans les jambes et son rhume l'épuisait.

Le seul qui n'était pas content était le fils Thomas qu'un bras cassé ramenait de Paris où il était parti à l'arrière-saison rejoindre un oncle maçon. Il revenait avec des nouvelles qui, en d'autres circonstances, auraient tenu les gens en haleine mais qui, pour l'heure, passaient au second et même au troisième plan. La capitale se passionnait pour des affaires d'espionnage avec l'Allemagne, le monde entier allait affluer pour une exposition universelle qui ferait date ; lui-même avait participé à un chantier qui construisait des tunnels pour un train qui circulerait sous la ville et même sous le fleuve, et ici, dans ce coin reculé d'Auvergne, ils se passionnaient pour une jument et un chien crevés !

Avant de parler de cette jument et de ce chien, il fallait s'intéresser au coup de froid inattendu, à l'eau qui avait pris sur une main de profondeur, aux arbres qui éclataient, saisis par le gel trop brusque :

« Dans les bois, ça craque, c'est rien de le dire ! expliqua Raymond de chez le Brun en hochant la tête. On aura de mauvaises surprises au dégel. D'autant qu'il n'y a pas que les arbres que le vent a *darouchés*[1] ! Les Tardif de La Vezolle avaient laissé des moutons à pacager, ils en

1. Darroucher : tomber.

auraient plusieurs de gelés, et pas les plus maigres !

– C'est toujours la vache perdue qui donnait le meilleur lait », commenta le Grand.

Quelques raclements de gorge indiquèrent que les préliminaires avaient assez duré :

« À propos de bêtes... attaqua leur hôte, même si la transition n'était pas évidente, pour faire ça à ceux de chez Vialle le jour de l'enterrement du Grégoire, il ne faut avoir ni religion ni conscience ! »

C'était maintenant à qui parlerait le plus vite, le plus fort. Cela arrangeait Ernest, qui pouvait rester silencieux.

« Mon cousin, le Victor de chez Bouchel, a croisé les gendarmes qui retournaient à Beauberty, poursuivit le père Thomas. Ceux de chez Vialle ont beau être des malgracieux, celui qui leur a fait ça est un sacré salaud ! Surtout ce jour-là !

– Un *bagage*[1] pareil demande réflexion, renchérit Raymond en tendant la main pour attraper son verre. C'en est un qui a voulu répéter ce qui était arrivé au Grégoire. Un qui a goûté un jour ou l'autre aux poings des trois frères et qui a trouvé le moyen de se venger, sauf que la

1. *Bagage : affaire.*

vengeance est sans mesure avec l'affront. Tuer un chien, passe encore si c'est fait proprement, ça s'est déjà vu. Mais refaire la même chose qu'à La Chabanne, et puis en rajouter avec un lapin, faut être un enragé, une *guenille*[1] aussi tenace dans ses rancunes qu'entêtée dans ses idées. »

Ernest se dit que la guenille ne serait pas facile à trouver.

L'histoire avait un effet délétère sur le climat qui régnait dans le pays, car la gamme de ceux qu'on pouvait soupçonner, à savoir les victimes des fils Courtandon, était large : celui-ci ? celui-là ? Quand les gens se rencontraient, même s'ils parlaient d'autre chose, ils se demandaient : « Et lui, est-ce qu'il n'aurait pas pu ? » Du coup, avec cet arrière-plan suspicieux, les conversations avaient un ton faux ; les gens se quittaient mécontents, sans même savoir pourquoi. Si la veillée ce soir-là se déroulait de manière normale, c'était que, autant que l'on sache, personne n'entrait dans le champ des victimes des trois frères et donc des coupables possibles.

« Le chien n'a pas aboyé ? s'étonna la mère Michel avec force caresses pour son chat venu s'étaler sur ses genoux.

---

1. Guenille : moins-que-rien.

– Si le chien connaissait l'homme, il n'a pas aboyé bien fort, dit son mari, et dans ce cas-là, c'en est un qui habitait près. »

Ernest, qui avait vu la complicité de Blé avec ce chien, eut une pensée pour elle, pauvre petite !

« C'est pas forcément un voisin, intervint le cousin de Vialatte. Même si on ne connaît pas les lieux, c'est pas difficile de trouver les clapiers. Le chien a peut-être aboyé, mais un chien aboie toujours une fois ou l'autre pendant la nuit. On n'y prête pas attention. Il suffit que le salaud soit venu avec un morceau de viande pour le calmer. Il l'a assommé avant de le traîner ou de le porter devant les clapiers, il a attrapé un lapin et il l'a assommé aussi. Saigner un chien ! La quantité de sang que ça fait, vous imaginez à quoi ressemblait la neige !

– Vous vous rappelez l'autre jour, quand on a appris la mort du Grégoire, intervint Raymond, j'ai raconté comment le Simon, un jour où il était fin saoul, avait emmené les lapins à l'abreuvoir à la place des vaches. Sûr que c'en est un qui connaissait l'histoire !

– Peut-être que oui, peut-être que non. C'était peut-être juste pour dire à ceux de chez Vialle que le Grégoire ne valait pas mieux qu'un lapin.

– Un lapin, une poule, un mulot... le salaud s'en foutait ! En tout cas, il a fait ça bien, la porte de l'étable était refermée à ce qu'il paraît. En allant traire le matin, avant de partir pour l'enterrement, ils n'ont pas fait attention. Ils ont pensé que les lapins attendraient leur retour. C'est pour ça qu'ils l'ont trouvé si tard. »

C'est pendant la veillée que les histoires deviennent réelles, parce qu'à force de les décortiquer, d'y ajouter – ou d'inventer – des détails, on finit par les voir comme si on y avait assisté, elles prennent toute leur dimension et elles entrent dans la vie de chacun. Celle-ci était d'une complexité inépuisable.

« D'après ce que j'ai écouté dire, reprit le père Thomas, il n'y avait guère de monde pour assister à la levée de la bière. Les clapiers sont cachés par la fourniale, personne n'a fait le tour. En allant à l'abreuvoir, les bêtes ont piétiné la neige. Comment reconnaître des pas ? En tout cas, ça va finir de les rendre sauvages et on ne pourra pas leur en vouloir. Une histoire pareille, ça rendrait fou n'importe qui. »

L'histoire de la jument était choquante, mais elle s'expliquait. Alors que celle du chien était une vilenie. Bien sûr, tous plaignaient les Courtandon, mais de telles histoires finissaient de les mettre à l'écart du pays : trop, c'est trop. Entre les altercations, les menaces et les bagarres, comment recenser tous ceux qui avaient eu affaire aux trois frères ?

« Y a qu'eux qui peuvent faire la liste, dit Raymond. Qui ils ont cogné, quand et pourquoi. Ils vont chercher. Comme on les connaît, ils ne se vengeront pas forcément sur le vrai coupable. Comment le trouver ? Ils taperont sur plusieurs, histoire de pas passer à côté. Ça risque de durer et d'enflammer le pays un sacré bout de temps. La vengeance, c'est une poussière dans l'œil. Au début, ça ne fait qu'irriter, et puis ça s'infecte et ça aveugle.

– Chez un qui a du cœur, la vengeance ne reste pas, remarqua Léonce, l'épouse de Raymond qui jusqu'alors s'était tue. Elle glisse comme l'eau sur la feuille. Mais ceux-là sont rares.

– Qu'est-ce que t'en sais ? » lui dit son mari d'un ton rogue.

Elle baissa les yeux sur son ouvrage et seulement alors, Amélie remarqua le bleu sur sa tempe gauche qu'elle cherchait à dissimuler derrière une mèche de cheveux. Raymond de chez le Brun était connu pour avoir la main leste, surtout sur sa femme qu'il n'appréciait guère. Quand il vivait, le père d'Amélie se comportait ainsi, jusqu'à ce qu'elle ose enfin s'opposer. Bien sûr, la vie est dure, pensa-t-elle, mais ça n'est pas une raison de se soulager en cognant ses proches faute de pouvoir cogner Dieu. Jamais elle n'aurait pu vivre avec un homme violent et c'était aussi pour cela qu'elle avait choisi Ernest, alors qu'il n'était qu'un commis de ferme sans le sou : il possédait cette rare qualité de respecter les femmes, et cette qualité valait tout l'or du monde. Léonce de chez le Brun, comme sa propre mère, considérait que les coups des hommes étaient aussi inévitables que la grêle. Amélie serra fort sa petite Rosette endormie sur ses genoux : sa fille n'aurait pas à mener ce combat.

Le mystère de La Chabanne s'épaississait, tellement épais qu'Ernest doutait qu'il puisse être éclairci. Puisque personne ne le questionnait, il essayait d'y voir plus clair, malgré le mal de tête dû à son rhume. Pour chacun des deux forfaits, on avait sûrement affaire à une vengeance, comme le supposait leur hôte, mais elle n'était pas du même ordre.

La colère explose, son orage saisit et disparaît. Quelques bouffées de rage ressurgissent de-ci, delà, avant que l'oubli fasse son œuvre. Dans certains cas, un dépôt reste au fond du cœur. Si le terreau est fertile, la graine du ressentiment pousse, grandit, envahit le cerveau telle une vivace, un lierre, un chiendent impossible à extirper. La colère n'est plus de mise car elle trouble l'esprit. Non, il faut du détachement, se focaliser sur l'objet en oubliant la cause, garder l'esprit calme pendant que le dard enfoncé au profond de la chair suppure. Le rongement intérieur insoutenable, demande pour disparaître le passage à l'acte. Il faut juste y revenir de temps en temps pour raviver la volonté de la guérir. Il y a des vengeances brouillonnes, faites sur le coup de la colère qui trahissent leur auteur : on brûle une cabane, on saccage une haie… Elles ne satisfont qu'à moitié. La vraie vengeance implique de connaître son adversaire, ses points faibles, pour viser là où ça va faire mal. Elle s'accompagne alors d'une jouissance du même ordre que celle que procure la cruauté ou la torture. Tout le monde n'en est pas capable, il y faut une mémoire longue, une capacité à se refermer sur soi-même et surtout un talent de rumination pour cuire et recuire la même pâte. La folie est là. Il y a des vilenies dont on a besoin de se vanter pour faire savoir à tous que l'on est fort, intelligent. Mais dans le cas de la vengeance longue, celle des introvertis, pas besoin de faire connaître son exploit. L'éventration du chien était de cette sorte-là. Il ne fallait pas attendre que l'auteur, un jour d'ivresse ou d'exaltation, lâche le morceau. Un de ceux que les frères avaient humiliés avait vu se présenter l'occasion et il l'avait saisie. En ce moment, il jouissait.

Il n'était pas sûr que le meurtre de Grégoire soit du même ordre. S'il était l'œuvre de Martin

Bascoulergue, il s'agissait juste d'une bagarre qui avait mal tourné. S'il s'agissait du père Vazeilles, c'était encore différent. Cette nuit-là, il avait poussé jusqu'au buron pour vérifier que tout allait bien, et y trouvant Grégoire affaibli, il avait foncé. À la différence de Martin, il était de taille à le vaincre. Il avait ensuite mis le feu pour être sûr qu'on ne le soupçonnerait pas : qui irait brûler son propre buron ? Le désir de vengeance avait atteint un point où le sacrifice d'un de ses biens était une broutille par rapport au bénéfice attendu : l'apaisement du sentiment noir. Et si c'était un voyageur égaré qui s'était aussi mis à l'abri dans le buron et avait saisi l'opportunité qui s'offrait ? Ce n'était pas impossible, mais alors la liste des suspects était quasi impossible à établir et, pour le coup, il s'agissait d'un hasard extraordinaire.

Pendant qu'Ernest réfléchissait, la discussion continuait. Les commentaires sur le chien étant épuisés, la dette de jeu s'offrait en pâture :

« Le Fernand de chez Troussy était chez le Lison et la Lisette, reprit Raymond. Il est un de ceux qui a signé. J'ai su par son cousin qui lui a rendu visite que ça s'était passé difficilement et qu'il était sacrément mécontent de ce qu'il avait perdu. C'est pas sûr que le Grégoire ait gagné à la loyale. Vous avez regardé ses mains quand on l'a trouvé ? demanda-t-il à Ernest.

– Elles étaient recroquevillées tellement il avait serré les poings.

– Il paraît qu'il avait les doigts les plus longs qu'on ait jamais vus. Pour les cartes, ça aide à les tourner, les glisser, sans que les autres y voient rien. Le Martin ne faisait pas le poids. Seulement, il avait bu et il s'obstinait à vouloir regagner. Il a perdu encore plus.

– Ils se connaissaient, le Martin et le Grégoire ? demanda le Grand.

– Les villages ne sont pas si éloignés. S'ils se fréquentaient pas, ils se connaissaient forcément.

– Le Martin savait que le Grégoire était redoutable aux cartes et il s'est quand même lancé ?

– Il n'est redoutable que depuis qu'il est revenu du service militaire », intervint le cousin de Vialatte.

Au fur et à mesure de la conversation, sa présence s'expliquait : sa sœur était mariée au seul voisin des Bascoulergue des Baguay. Le père Thomas savait ce qu'il faisait en prenant la peine de traverser les brandes gelées pour l'inviter à venir veiller. Il se révéla intelligent, posé et surtout bien informé :

« Le Martin est un enfant gâté. Il suffit de regarder son visage qui n'a pas de constance à cause d'une éducation bancale : une mère qui le *coucoune*[1] et un père qui tire de l'autre côté en ayant trop d'exigences. Le gamin est passé de l'un à l'autre sans s'y retrouver. Des coups aux caresses, et des injures aux douceurs. Le père a essayé de le dresser, ne lui a rien laissé passer ; derrière, la mère l'excusait pour tout. Il n'arrêtait pas de chouiner. À cause des coups du père qui lui faisaient mal, à cause des caresses de la mère qui l'amollissaient. Un jour chien, un jour chaton. Il n'aurait eu que des coups, il se serait endurci ; avec les caresses, il aurait eu la légèreté de l'insouciance. Avec les deux, il est devenu un irrésolu, jamais content.

– Le fruit qui ne mûrit pas finit par se gâter », commenta le Grand.

Lui, qui chez ses enfants se taisait, reprenait spontanément sa place dans le cercle des discussions. La parole des vieux est toujours écoutée dans les veillées.

Ernest repensa à ce visage fade, sans cesse traversé d'élans contrariés. Il avait connu de tels personnages, formés effectivement par une mauvaise éducation. Colères vagues, envies longues, insatisfaction permanente : un profil de lâche. On peut devenir meurtrier avec de telles dispositions.

---

1. Coucouner : dorloter.

Les veillées avaient du bon. Que celui qui aurait pu monopoliser la parole se contente d'écouter les autres était apprécié. Ernest y gagnait en amitié. Lui, qui aimait surtout se taire, se reposait et réfléchissait. C'était tout bénéfice. Il échangea un regard avec Amélie qui, tenant sa fille endormie sur ses genoux, avait rangé son tricot. Depuis leur arrivée, elle se taisait, enchantée d'un tel moment de convivialité qui lui avait tant manqué dans sa jeunesse. Malgré sa volonté de rester éveillée, Rose s'était écroulée. Barnabé, tout brelaud qu'il était, avait conscience que c'était un privilège rare d'être accepté là et il se tenait tranquille, assis à côté de sa mère, avec seulement de temps à autre un geste brusque ou un soupir rauque.

L'épisode du buron ayant été déjà maintes fois débattu, on passa à un autre gros morceau : y avait-il matière à procès entre ceux de chez Font et ceux de chez Vialle ? Tout dépendait de la réponse à la question : à qui appartenait la jument ? Aux Bascoulergue ou à Grégoire ?

« Vous avez vu la reconnaissance ? demanda Raymond à Ernest.

– Non, je ne lui ai pas fait les poches. La jument était une vieille rosse à bout de course. La reconnaissance ne dépasse pas les quatre ou cinq cents francs.

– Quelquefois, ces vieilles rosses font plus de boulot qu'un fringant poulain. Elles sont placides et ont leur expérience.

– Elles sont quand même évaluées d'après leur apparence et celle-là avait pauvre allure.

– Admettons qu'il n'y en ait pas pour plus cher, intervint Raymond, encore que quatre cents francs, c'est déjà une somme ! Le Martin a signé. Ceux de chez Font sont enchevêtrés. S'ils vont réclamer ou porter plainte, ceux de chez Vialle sortiront le papier.

– Dans ce genre de procès, dit le Grand, en voulant gagner la poule on risque de perdre la truie. Personne ne bougera. Ça renforcera l'inimitié entre les familles et elle durera. Les Vialle sont coriaces. Il vaut mieux éviter d'avoir affaire à eux.

– Il ne se passera rien, c'est vache close et veau trié, affirma le père Thomas. Le Grégoire a gagné les sous, mais il est mort. Le Martin est toujours vivant qui devra raconter pourquoi il a accepté de jouer. Le Lison et la Lisette auront à expliquer pourquoi et comment ils font tripot. Il n'y a pas de quoi les réjouir, même si ça se passe dans leur arrière-salle et qu'ils pourront toujours dire qu'ils n'en savaient rien.

– Vous croyez que les grandes robes goberont ce bobard ?

– Tant qu'on y est, est-ce que les Vazeilles porteront plainte pour le buron brûlé ? Il y a moins matière à discussion que pour la jument. C'est le Grégoire qui a foutu le feu. Même s'il est mort, si on veut chicaner, on peut. »

D'autres détails sur les Courtandon ressurgirent, car chacun avait recherché dans sa mémoire les vieilles histoires les concernant :

« Ils ont chacun leur caractère et chacun leur talent, expliqua Raymond. Le Grégoire, c'était la ruse. À lui la vente et l'achat des bêtes, des semences, un acharné des foires. Y en a qui refusaient de traiter avec lui.

– À commencer par vous depuis qu'il vous avait grugé de cinq francs sur un mouton pour une foire d'Herment, intervint la mère Michel.

– C'est vrai, reconnut-il contrarié. Alors, il allait toujours plus loin, jusque dans la Limagne. Quand il voyait son homme, il savait d'instinct à qui il avait affaire, comment l'attaquer. Il était déjà très doué, va savoir ce qu'il serait devenu avec l'âge ! Et puis, depuis son retour du service militaire, le démon du jeu. Ça va souvent avec.

– L'autre jour, intervint Ernest, vous disiez qu'il avait regardé un temps du côté d'une fille Mazières. Le père Vazeilles m'a dit qu'elle travaillait comme serveuse à Orcival et qu'il lui arrivait d'accompagner son patron quand il venait à

Rochefort pour donner un coup de main à son frère.

– Comme on en avait reparlé, je me suis renseigné sur cette histoire. C'est pas étonnant que le père Vazeilles soit bien au courant. D'après ce que j'ai écouté dire, c'est son Henri qui la reluque, maintenant, la fille Mazières, même que l'affaire serait bien avancée.

– Tiens, s'amusa le Grand, il n'ira pas en chercher une dans la Limagne comme son père et tous ses aïeux ? »

Il échangea un coup d'œil avec Ernest pour qui les vigoureuses protestations du couple Vazeilles s'expliquaient.

« L'aîné, Mathieu, est le plus costaud, reprit le Raymond. Sa mère ne lui a pas laissé le choix. Le père est mort au moment des labours. Il n'était pas enterré de trois heures que le Mathieu était déjà derrière la charrue, et je peux vous dire que si les premiers sillons tremblaient un peu, les derniers étaient droits. C'est le plus fort, mais pas le plus intelligent.

– Détrompez-vous, dit le cousin de Vialatte. Il a accompli un travail surhumain depuis qu'il est gamin et il ne l'aurait pas fait sans jugeote. Seulement, ça l'a rendu hargneux.

– Le plus jeune est le moins foutraque. Il a suivi ses frères. S'ils avaient été des moutons, il serait devenu mouton, mais puisqu'ils étaient loups... Il réfléchit, il observe. C'est un volontaire ; il le fallait bien pour s'aligner sur ses frères. Il essaye de refaire les choses à sa façon. Si un arbre pousse dans un sens alors qu'il le voudrait dans un autre, il le tord ; le chemin fait un tournant alors qu'il le veut droit, il passe à travers champs, quitte à tailler la haie ; son chien n'a pas la queue qui lui convient, il la lui coupe.

– D'accord pour l'arbre, le chemin ou le chien, mais il ne peut pas avoir le soleil à la place de la pluie et une truie pleine à la place d'une chèvre maigre, remarqua le Grand.

– C'est juste pour dire que c'est un obstiné. »

La ruse, la force et la volonté, trois qualités complémentaires pour mener une propriété, pensa Ernest, surtout quand elles sont soutenues par une mère vigilante. La ruse venait de disparaître. Restaient la force et la volonté. Cela pouvait encore suffire.

« Faut voir ce que ça devient, maintenant qu'il y en a un de mort, reprit Raymond comme s'il continuait les réflexions d'Ernest. Ils étaient tellement liés ! Quand un tabouret perd une patte, on ne peut plus s'asseoir dessus. Là, ça risque de faire pareil. Ils étaient habitués à se compléter, à vivre les uns par rapport aux autres ; ça va forcément changer. »

On approchait les 11 heures, l’alanguissement de la fatigue se faisait sentir par des bâillements de plus en plus rapprochés. Le chat de la maison avait regagné son tabouret et commencé sa nuit. Barnabé s’agitait sans que sa mère ne parvienne plus à le calmer. Ernest, que sa toux épuisait, avait envie d’aller se coucher, mais ça n’était pas à lui de prendre l’initiative de mettre fin à la soirée.

« Je crois qu’il est temps d’aller donner à manger aux puces, dit le Grand en jouant encore une fois son rôle de vieux. Ce soir, on n’aura pas épargné ceux de chez Vialle ! Enfin, pendant qu’on parle d’eux, on en épargne d’autres.

– C’est vrai que mon rhume me tombe, renchérit Ernest en se levant.

– Si j’avais une femme comme l’Amélie, j’irais me gésir tôt moi aussi », remarqua Raymond sans que sa femme s’en formalise, mais Amélie n’apprécia guère ce compliment grivois.

Il fallait encore compter avec les salutations et les remerciements d’usage qui doivent durer un temps convenable, sinon l’invitant se sent insulté. Chaque famille finit par partir. Pour ceux de Vialatte, la route à la lanterne serait longue sur les chemins où la lumière de la lune faisait scintiller le givre, mais aucun ne regrettait son effort, la veillée avait tenu ses promesses. Chez les Chantarane, la pièce à vivre avait été gardée chaude par un reste de feu, et pour donner à chacun le courage de se glisser entre les draps glacés dans les chambres froides, pendant qu'Amélie couchait Rose, sa mère enveloppa dans des petassous des briques posées sur les braises, comme tous les soirs d'hiver.

XI

Une visite inattendue

DIMANCHE MATIN, les femmes étaient parties pour la messe à Lastic avec un voisin qui avait proposé son traîneau. Amélie, qui, dans sa jeunesse, n'accordait guère d'importance à la religion, était devenue pieuse à la mort de son père. Les circonstances de cette mort lui avaient fait croire à l'existence d'un ange gardien, et c'est la foi, et non plus l'habitude, qui lui faisait fréquenter l'église[1]. Avant de mettre son manteau, elle avait entouré ses épaules de son nouveau foulard gris qu'Ernest ne pouvait pas regarder sans penser au vert. Barnabé donnait du fourrage aux bêtes.

L'absence des femmes offrait enfin l'opportunité de la discussion qu'Ernest attendait depuis son retour du col de La Chabanne, le vendredi. Bien qu'il soit devant un autre feu que le sien, le

1. *Voir* Le Moulin des retrouvailles.

Grand se sentait gaillard. Bien sûr, ses habitudes étaient bousculées, bien sûr, il regrettait parfois de n'être jamais seul, alors que dans son antre la solitude lui pesait. Mais l'un dans l'autre, il se réjouissait de passer l'hiver dans une maison florissante alors que la sienne déclinait. Ernest lui avait coupé les cheveux et la moustache, il le rasait régulièrement. Amélie et sa mère lui remplissaient son assiette sans être regardantes comme l'était sa fille. Les draps de son lit étaient propres, ses vêtements aussi. Autant de plaisirs dont il oubliait le goût dans sa maison délaissée. Ces jours denses ramenaient à sa mémoire ceux d'autrefois, comme autant de papillons qui se pressaient autour de lui, chaque battement suscitant de nouvelles images. Images apaisées qui lui faisaient penser que la vieillesse a aussi ses émotions et que le temps qui, d'habitude, vous est un ennemi vous devient un allié. Il se sentait riche de jours, d'émotions, presque impatient de ce qui était à venir.

« Il y a des choses qui me tracassent, attaqua Ernest. Je voudrais reprendre l'affaire avec vous.

– On ne fait que ça depuis trois jours ! répondit le Grand en attrapant sa chique dans le rebord de son bonnet. Tu ne fumes pas ?

– Le mal à la gorge m'a enlevé le goût du tabac. Depuis trois jours, on reprend ce que tout le monde connaît. Mais il y a d'autres points qui ne sont pas clairs. À commencer... »

Un coup à la porte les interrompit. Ils se retournèrent. Comme la porte restait close, Ernest cria :

« Entrez ! »

Quand elle s'ouvrit, de surprise il faillit laisser échapper le tisonnier qu'il venait d'attraper : Antoine Courtandon se tenait sur le seuil.

Costaud de nature, mais plus large encore d'être emmitouflé dans une pelisse d'une couleur indécise tirant sur le marron, il restait planté là, ne sachant visiblement pas comment expliquer sa venue, ni comment entamer la conversation. Embarras et contrariété se succédaient dans ses yeux enfoncés sous d'épais sourcils noirs. Curieuse, la petite Rose se précipita vers lui, mettant fin à la gêne.

« Reste un peu tranquille, Rosette, réagit Ernest en se levant pour l'accueillir et refermer la porte derrière lui. C'est l'Antoine de chez Vialle, dit-il au Grand pour qu'il comprenne sa surprise. Finissez d'entrer. Le Grand de chez Robyeu est venu passer les mauvais jours chez nous, expliqua-t-il à Antoine. J'ai été commis chez eux.

– Je l'ai écouté dire, répondit Antoine Courtandon d'un ton bourru, en faisant un pas avec cette démarche de taureau qui les caractérisait, lui et ses frères. Tenez, ajouta-t-il en sortant un flacon de gnôle de sa besace, je vous ai amené ça. »

Le geste était brusque, la parole embarrassée :

« L'autre jour, sûr qu'on ne vous a pas beaucoup remercié, ajouta-t-il en desserrant les lèvres avec peine. Faut pas nous en vouloir, on était choqués.

– Il ne fallait rien apporter, protesta Ernest en posant le flacon sur la table. C'était bien normal que je fasse le détour. C'est pas des moments faciles. Enlevez donc votre pelisse, sinon vous prendrez froid en repartant. »

Les idées galopaient dans sa tête. La visite était totalement inattendue. Grégoire était enterré de l'avant-veille. Malgré les chocs de ces derniers jours, un des frères prenait la peine de venir remercier, ils n'étaient donc pas si malgracieux. Antoine ôta son lourd manteau, sous lequel il portait une veste grise dont la manche gauche était entourée d'un brassard noir pour marquer son deuil.

« Restez un peu au chaud, proposa Ernest. Les femmes sont à la messe à Lastic. Vous allez prendre quelque chose. De la gnôle ? »

En disant cela, il se souvint de la sobriété des Courtandon.

« Il reste du café, intervint le Grand. Fais-le réchauffer.

– Avec ce froid, un café, sûr que c'est ce qu'il me faut », affirma Antoine en se posant sur une chaise tout en se raclant la gorge.

L'atmosphère restait pesante tant la visite était insolite.

« Je n'ai jamais connu de bons hivers, déclara le Grand, mais celui-ci attaque fort. Vous n'avez pas eu trop de dégâts ? »

Ernest faillit cette fois laisser échapper la casserole où il versait le café. En commençant par les thèmes d'usage, le Grand avait, peut-être sans le vouloir, lâché quelque chose qui allait indisposer Antoine Courtandon. Ce n'était pas le jour de parler de dégâts.

« Ça attaque fort, répéta Antoine, comme s'il n'y voyait pas malice. Ça nous a surpris et l'ouvrage nous a dévalisés, mais faut s'y faire, sûr qu'on peut pas avoir deux étés dans l'année. »

On le sentait soucieux de se lancer. Ernest, oubliant qu'il leur devait un sacré rhume, fut sensible à ses efforts. Faisait-il cette démarche à son initiative ou la mère l'avait-elle envoyé ?

Rosette, qui ne renonçait pas à attirer l'attention du nouveau venu, lui montra sa poupée de bois.

« T'en as une jolie *menyique*[1] ! » lui dit-il avec un vrai sourire et une voix plus douce.

---

1. Menyique : poupée.

Illico, elle grimpa sur ses genoux. Surpris, il toussa en lui passant maladroitement la main dans les cheveux.

« Allons, descends, dit Ernest à la fillette, en posant les bols pour y verser le café.

– Laissez-la, protesta Antoine. Elle est pas bien lourde. »

Et spontanément, il se mit à faire sauter son genou au plus grand plaisir de Rose, qui se cala confortablement pour profiter du jeu.

Pour avoir un geste tendre que peu d'hommes auraient eu, il n'était pas si brute que sa réputation le voulait. Sans être vraiment détendue, l'ambiance devint moins lourde. Tout en sortant le pain de la tourtière, Ernest s'excusa de ne pas être venu à l'enterrement de Grégoire.

« Avec ce temps, sûr que ça se comprend, répondit Antoine, conciliant. C'est pas comme ceux qui se sont installés ce jour-là dans les cafés à Saint-Sauves, juste pour nous montrer qu'ils se foutaient de nous. »

Il parlait par à-coups, tel un mal habitué qui se méfie des mots et les crache comme des noyaux qui menaceraient de l'étrangler.

« À qui vous pensez ? demanda Ernest, surpris, en lui tendant le fromage.

– À beaucoup ! répondit Antoine en ouvrant son couteau. Au Ferdinand de chez Piagne, au Pierre

Fabre qui sort de Saint-Sulpice, à l'Henri Vazeilles... Celui-là, il aurait quand même pu entrer dans l'église au lieu d'aller boire avec les autres, vu que le Grégoire est mort chez lui ! Mais on attend rien du monde, juste qu'on nous foute la paix. »

Antoine n'avait fait jusqu'alors aucune allusion au chien trouvé en revenant à la maison après l'enterrement.

« Votre frère est mort bien tristement, intervint de nouveau le Grand pour donner de la normalité à sa venue. C'est du malheur de partir si jeune et en pleine santé. Et il faut être un sacré salaud pour faire ce qu'on a osé faire chez vous le jour où vous le portiez en terre ! Ou alors, c'est un fada. »

Ernest retint un nouveau sursaut. Si cela l'arrangeait que le Grand mène la conversation, il y allait encore une fois trop hardiment ! L'autre allait se braquer. Mais il parut, au contraire, soulagé d'entrer dans le vif du sujet :

« Si c'est un fada ça change rien, dit-il d'une voix habitée par la colère. La guenille qui l'a fait ne mérite pas de vivre. »

C'était dit : si jamais les frères Courtandon mettaient la main sur le coupable, il y laisserait la vie.

« Les gendarmes sont venus, poursuivit-il.

– Les temps changent. De mon temps, personne n'aurait eu l'idée d'aller trouver les gendarmes.

– Les temps changent comme vous dites. En tout cas, celui qui les aiderait à mettre leur nez là-dedans encore plus profond aurait du souci à se faire. Plutôt crever. Ou alors, les crever eux.

– Ça ne vaut pas le coup de faire le voyage à Cayenne pour un gendarme ! protesta le Grand. Ça ressemble à une vengeance. Pour trouver le coupable, il faudra chercher loin.

– Il est peut-être plus près qu'on le croit, répondit Antoine d'une voix sombre en mâchant son pain. Y en a plusieurs dans le pays que j'ai cognés, mais j'ai jamais tué les bêtes de personne. Sûr que d'avoir depuis toujours le monde contre soi, ça aigrit le caractère. »

Ceux de chez Vialle n'avaient donc pas le sentiment d'attaquer, mais celui de se défendre. Personne n'avait envisagé les choses sous cet angle. Le résultat restait cependant le même, une spirale infernale qui pouvait mettre le pays à sang.

« Pareil, pourquoi qu'on nous vole ? Martin de chez Font a signé un papier le jour de la foire. Sûr que le Grégoire aurait dû l'avoir sur lui. On l'a pas retrouvé. »

« Voilà la vraie raison de sa venue », pensa Ernest. Ils le soupçonnaient.

« Mais moi non plus ! protesta-t-il. Quand on l'a sorti du ventre de la jument avec le père Vazeilles, vous nous imaginez en train de lui faire les poches ? »

Antoine avait arrêté son mouvement du genou au grand déplaisir de Rose qui descendit.

« Le prenez pas mal. Je pensais pas à vous. Seulement, est-ce que le Martin l'aurait pas fait ? Il est bien venu avec vous ? Vous l'avez toujours eu à l'œil ? Il aurait pas pu fouiner ? Sûr, j'arrête pas d'y *carculer*[1]. »

Cette salve de questions, Antoine l'avait longuement retournée dans sa tête. Personne n'aime avoir à demander. Celui-là moins que les autres. Pensait-il qu'un fait expliquerait l'autre ?

« Ce qui nous tenait l'œil, c'était le corps de votre frère dans la jument. Pendant qu'on le dégageait avec le père Vazeilles, le Martin était dans ce qui restait du buron. C'est lui qui a trouvé son sac.

– Vous voyez bien. Il aura regardé dedans. »

Le Grand reprit la main avec toujours la même audace :

« Il paraît que, pendant son service militaire, votre frère avait appris à bien jouer aux cartes.

– Il se débrouillait déjà pas mal avant, répondit Antoine avec la même bonne volonté, mais sûr qu'il jouait encore mieux en revenant. Jouer c'est

1. *Carculer : calculer.*

pas voler et ça lui permettait de gagner des sous. »

Évidemment ! Grégoire ne pouvait pas acheter le foulard en puisant dans l'argent que la mère avait donné pour la foire. Elle tenait les cordons de la bourse trop serrés. Une fois l'achat fait, il lui fallait trouver un pigeon et le plumer. Emporté par son succès, il avait gagné de quoi offrir des cadeaux à sa belle pendant des années.

« Sûr que le Martin a fouillé, reprit Antoine en refermant son couteau après avoir avalé sa dernière bouchée.

– On lui tournait le dos et on ne faisait pas spécialement attention, réfléchit Ernest à voix haute. Il était mal en point. La fièvre le faisait trembler, sans compter le choc de trouver sa jument morte.

– Sûr que j'ai des idées qui vont pas ensemble et j'arrive pas à l'imaginer. C'était vers quelle heure le matin que vous êtes sortis ? Le Grégoire était comment quand vous l'avez trouvé ? »

Il y avait dans cette question une sourde douleur. Le mercredi, lorsque Ernest leur avait ramené le corps, Antoine avait été trop sonné pour bien écouter et il avait besoin de réentendre l'histoire pour admettre ce qui s'était passé. Depuis, tout le pays en parlait, mais étant donné l'isolement de la famille, eux n'en avaient pas discuté avec d'autres ; ils ne savaient que ce qu'il leur avait dit et, étant donné leur accueil, c'était un récit succinct. Depuis la mort de leur chien, ils repartaient eux aussi du point de départ.

Ernest raconta donc avec tous les détails qui lui revenaient en mémoire. C'était presque une punition. Il y avait un seul point qu'il n'aborderait pas, celui du piochon. Cela reviendrait à lui mettre un fusil dans les mains sans savoir sur qui il le braquerait. Tous, même les gendarmes, avaient conclu à l'accident, il devait faire pareil.

« Pourquoi il s'est pas fermé dans l'appentis ? » s'étonna Antoine quand Ernest aborda ce point.

Il reposait les mêmes questions que tout le monde, mais avec une obscure rancune. Sans s'y arrêter, Ernest prit les devants :

« Il aurait pu faire un feu avec les planches qui restaient, aller à la ferme de Lendrode même avec sa jambe malade… Il n'a rien fait de tout ça. En pleine nuit, même si le gros de la tempête était passé, il était isolé, blessé, choqué. On ne raisonne pas pareil qu'en plein jour, quand tout va bien et qu'on a toute sa raison. Qu'a dit le docteur ?

– Pas grand-chose. Quand le corps a dégelé, il s'est mis à pourrir vite, même s'il faisait pas chaud dans la chambre. Sûr, il aurait fallu couper les vêtements, ils commençaient à coller, alors c'était pas la peine. Il s'était déboîté la pierre du genou[1]. Pas étonnant qu'il ait traîné la patte. Quand vous l'avez trouvé, il avait tout le corps dans la jument ?

– Il avait sorti les viscères qui ont gelé avant d'être recouvertes par la neige.

– Vous avez retrouvé l'outil qui lui a servi à assommer la bête ?

– La neige recouvrait tout, on n'a pas creusé tant que ça », mentit Ernest, embarrassé, en lui tendant sa blague à tabac.

Antoine refusa en expliquant qu'il avait la sienne. Il la sortit, mais ses mains tremblaient et il déchira son premier papier.

« Ah… Il avait gardé ses souliers ? »

Maintenant qu'on était au cœur du sujet qui l'intéressait, les questions fusaient sur un ton bourru ; s'il cherchait à être courtois, il n'arrivait pas à être aimable.

« Forcément qu'il avait gardé ses souliers, répondit Ernest, c'est pas dans son lit qu'il se glissait, mais il n'avait pas remis sa houppelande qui aura brûlé.

– Une si belle houppelande ! La laisser brûler… »

Habitué à affronter le mépris des autres qu'avec la force de ses poings, il transformait en peur, il

1. *Pierre du genou : rotule.*

était difficile à Antoine Courtandon de tenir une conversation normale. Il avait des échappées de violence qu'il rattrapait comme il pouvait. Ernest veillait à garder le ton le plus plat possible :

« Son sac était resté contre le mur, juste à l'entrée du buron.

– Et le Martin, comment ça se fait qu'il ait rien dit ? À quelle heure il est arrivé à la ferme de Lendrode ?

– Je n'ai pas regardé la pendule : après les 7 heures, je croirais.

– Pour un qui est parti de la foire vers les 4 heures, ça fait long.

– Pas tant que ça. La sortie de Rochefort n'a pas pris bien longtemps. Mais le temps de descendre la côte, de remonter, de passer le col, d'arriver au buron, de s'y reposer et d'en repartir, il faut bien compter trois heures dans une pleine tempête.

– Quand c'est que le Grégoire s'est fait mal au genou ?

– Quand exactement, je n'ai pas pensé à le demander. Ces réponses, c'est Martin de chez Font qui les a. Pourquoi n'allez-vous pas le voir aux Baguay ?

– Sûr que j'y suis allé. Pas plus tard qu'hier. Le père voulait pas me laisser entrer. Quand j'ai insisté et qu'il s'est décidé, la mère a expliqué que le Martin était trop mal pour me voir. Je leur ai parlé de l'argent perdu au jeu, ils ont parlé de la jument tuée par le Grégoire. Je suis reparti comme ça. »

Il n'était pas difficile d'imaginer comment il avait insisté. Il ne pouvait cependant pas les cogner. Chaque famille avait une dette. Elles s'annuleraient. Il ne resterait que la rancœur.

« En tout cas, dit le Grand en revenant dans la conversation, pour le chien, vous ne pouvez pas soupçonner le Martin. Il était trop mal en point.

– Va savoir... Moi, je me souviens pas d'un jour où je me sois pas levé. Si c'était lui, ça serait facile.

– Facile pour lui régler son compte ? poursuivit le Grand. C'est un travail de brigand, mais c'est jamais bon de mettre un pays à sang.

– Les saints pardonnent les offenses, j'en suis pas un. Ce qui s'est passé, ça nous a posé une pierre sur le cœur, mais la mère se donne au chagrin, et sûr, elle s'égare. Elle va, elle vient, elle s'arrête au milieu de ce qu'elle fait, ça la ronge comme le fer ronge la rouille. À ruminer les mêmes choses, on en arrive à croire à d'autres qui n'ont pas existé. Ça peut aller loin... La nuit, on l'entend crier. Un grand cri qui donne la chair de poule, comme si c'est elle qu'on éventrait. »

La douleur et la méfiance de la mère Courtandon tournaient donc au cauchemar et au délire de persécution. La vie quotidienne leur était pesante.

« Heureusement que Blé est là. »

Antoine s'arrêta surpris par ce qu'il venait de dire. Trois jours plus tôt, jamais une telle idée ne lui serait venue à l'esprit. Aujourd'hui qu'il sentait encore dans sa paume la douceur de son corps, une joie sauvage montait dans sa poitrine quand il prononçait son nom.

« Elle nous aide, ajouta-t-il précipitamment pour expliquer sa remarque, après avoir aspiré bruyamment une gorgée de café chaud. Sûr, elle nous aide beaucoup ; elle est vaillante. »

Il aurait voulu se taire, il ne le pouvait pas, il avait trop de bonheur à parler d'elle à voix haute. Ernest et le Grand échangèrent un regard.

« C'est vrai qu'elle m'a fait bonne impression, dit Ernest, comprenant encore mieux la crainte de la jeune fille de voir son amour pour Lucas être connu de la famille Courtandon, tout en se demandant comment elle se débrouillait des avances d'Antoine.

– Elle a du mérite, c'est pas toujours facile chez nous, poursuivit Antoine.

– Une réputation de bagarreur, ça ne rend pas service, remarqua le Grand, soucieux de ne pas s'attarder sur ce terrain qui pouvait déraper sans qu'ils y prennent garde. Quand on est mordu par un chien qui a la rage, ça n'arrange rien de le mordre à son tour.

– De le mordre, non, mais de l'assommer, oui. Notre Tchino n'avait pas la rage. C'était le plus brave des chiens. Il se serait fait tuer pour Blé. Qui c'est qui a commencé ? J'étais guère plus haut que la petite, dit-il en désignant Rose du menton, que déjà je me faisais cogner par d'autres gamins du pays, deux fois plus haut que moi. Si on veut vivre, faut savoir se battre. Pareil pour les bêtes : leurs cornes, leurs crocs, sûr c'est pas pour rien. Mais faut se battre face à face, force à force, honnêtement, comme font les chiens. »

D'avoir parlé de Blé sa langue se déliait, les mots venaient, plus faciles. Chez les Vialle, les discussions étaient limitées. On s'accordait à le trouver différent de ses frères, plus fiable avait dit le cousin des Thomas. Seulement, il avait peu d'interlocuteurs possibles.

« J'ai des idées qui vont pas ensemble et j'arrive pas à l'imaginer, poursuivit-il d'une voix plus ferme, à la fois contrarié et soulagé de s'éloigner du sujet de Blé. Y a d'autres choses qui ont été volées dans le sac du Grégoire… Son jeu de cartes, on l'a pas retrouvé.

– Comme je vous l'ai dit, je n'ai pas touché à son sac. Mais quand vous l'avez ouvert, il y a quelque chose qui m'a surpris. Il avait acheté un foulard à la foire. On s'est trouvés en même temps, sur le *banc*[1]. J'ai pris un gris, il a pris un vert. Quand vous avez ouvert la besace, je ne l'ai pas vu. »

Antoine le regarda éberlué, et resta un moment silencieux, tournant sa tasse de café vide dans ses mains.

« Je pensais pas à un foulard, dit-il d'une voix sourde, mais quelqu'un l'aura pris aussi. Un foulard, ça se met dans une poche et ça se voit pas.

– Il fréquentait, votre frère ? demanda le Grand.

– Faut croire, répondit Antoine, évasif.

– On l'a trouvé comme je vous l'ai ramené. Il y a juste son couteau qu'il serrait dans sa main qu'on lui a enlevé pour le mettre dans sa poche.

– Son couteau ? Bon Dieu de bon Dieu ! Vous êtes sûr qu'il le tenait ?

– Oui, après avoir tailladé la bête, il l'a gardé. Ses doigts n'étaient pas encore raides, j'ai pu le lui enlever sans difficulté. »

Barnabé rentra, amenant une bouffée d'air froid, tapant ses sabots sur la pierre de l'entrée avec le sourire heureux du travail accompli. Ernest lui fit signe de s'asseoir près de la cheminée. Sa présence, pourtant peu dérangeante, rendit Antoine Courtandon muet. On le sentait maintenant pressé

---

1. Banc : étal.

de partir mais, comme ceux qui ne rendent jamais de visite, il ne savait comment s'y prendre. Il se leva gauche, tournant son chapeau, remerciant encore et encore. Ernest lui proposa de le raccompagner jusqu'à la sortie du pays.

« Vous dérangez pas ! protesta-t-il en gagnant la porte. Je suis arrivé en passant par les brandes, sûr je vais repartir pareil.

– Les brandes quand il y a de la neige, c'est pas le plus facile.

– J'ai l'habitude ! C'est pas parti pour *maubourrer*[1] de nouveau. Allez, ménagez-vous ! »

Dès qu'il fut parti, le Grand se lança :

« Venir jusqu'ici lui a coûté.

– Quand je leur ai ramené le corps, ils n'ont pas été accueillants ! On peut le comprendre, mais quand même, je faisais presque figure d'assassin. Il a voulu remercier.

– C'est pas le genre. Le flacon de gnôle, c'est un prétexte. Il voulait te faire causer.

– Ça aussi, c'est normal. Il voulait entendre ce qui s'était passé en ayant la tête plus au calme.

– Ou c'est autre chose… Il attendait un détail que tu dirais sans y penser.

– Je n'ai rien dit de plus que ce que je leur ai expliqué l'autre jour. Vous avez attaqué fort.

---

1. *Maubourrer : faire mauvais temps.*

– Ils cognent facilement, mais que je sache, ils ne s'en sont encore jamais pris à un vieux sans défense. Si je ne l'avais pas aidé, il ne serait jamais arrivé à cracher ce qu'il voulait. Et c'est pas toi, avec ta façon d'aller chercher les choses à l'autre bout du pays, qui serait arrivé à le faire parler. Il serait reparti furieux contre lui et contre nous. Pour couper un arbre, il faut qu'un commence à tirer la scie. Pauvres gars, quand ils sont chez eux, ils ont affaire à leur épouvantail de mère et à sa voix qui couperait le beurre. Quand ils sortent, ils tombent sur d'autres qui les regardent de travers. Y a de quoi tout prendre mal. Tu m'as bien dit que la petite était amoureuse du voisin ? Tu as entendu comment il parle d'elle : lui aussi s'y intéresse. Comment veux-tu qu'elle s'en défende ?

– L'autre jour, je ne me suis rendu compte de rien.

– Tu avais d'autres choses à regarder. Elle est dans de sales draps. »

Un bruit de sabots tapés contre le mur pour en faire tomber la neige les avertit qu'Amélie et sa mère revenaient de Lastic. Ils ne pouvaient pas reprendre la conversation interrompue par Antoine Courtandon. Ernest décida d'aller voir si le gel n'avait pas éclaté un jeune chêne auquel il tenait particulièrement. Le Grand resta près du feu. Assise à ses pieds, Rose s'énervait de ne pouvoir plier correctement sa poupée dans un petassou. Pour la distraire, il lui proposa une devinette que lui avait inspirée la dernière veillée :

« Quatre pattes sur quatre pattes attend quatre pattes. Quatre pattes ne vient pas. Quatre pattes s'en va, quatre pattes reste. Tu devines ? »

Elle resta bouche bée, oubliant sa poupée.

« Le chat de la mère Michel qui attend sur son tabouret qu'une souris passe ! »

Elle éclata de rire et revint à son jeu avec bonne humeur.

Les sabots glissaient sur les plaques de glace. Tout à l'heure, il faudrait être prudent pour amener les vaches à l'abreuvoir. À l'orée du pré, Ernest se rassura, tout allait bien. Le chêne, qui gardait une bonne partie de ses feuilles jaunies, n'avait pâti ni du vent ni du froid. Il avait l'intention de devenir vieux ! Il le libéra quand même de la neige qui alourdissait ses plus basses branches et vérifia qu'aucune n'était cassée. Sur un hêtre voisin, trois corbeaux croassaient, soulignant, plus encore que le silence, l'absence du chant d'autres oiseaux. Il repensa à la visite d'Antoine de chez Vialle : en voilà un à qui la vie était trop rude. Pour lui, quelle importance que les mauvais jours n'en soient qu'à leur début ? Il menait la vie dont il avait toujours rêvé, près d'une femme impulsive certes, mais courageuse et aimante, maître chez lui, libre de construire sa propriété comme il l'entendait, et si l'hiver s'annonçait long, il lui offrirait de longues discussions avec le Grand.

De retour à la maison dans le brouillard piquant, il demanda à Barnabé de l'aider à casser les glaçons qui s'étaient formés pendant la nuit et qui alourdissaient le toit de l'étable. Au sol, sous l'auvent de l'étable, des petites stalagmites pointaient, là où les gouttes étaient tombées. Les moineaux se terraient dans le chaume tant le froid était vif. Barnabé aimait ce genre de travail répétitif, où chaque glaçon brisé lui donnait le sentiment d'une victoire. Il avançait vite en ahanant sa joie. De temps à autre, il s'arrêtait, fasciné par les couleurs changeantes des glaçons et de leurs reflets. La tête ailleurs, Ernest passait derrière pour fignoler quand il fut interrompu par Raymond de chez le Brun :

« Ça serait pas le plus jeune des Courtandon qui serait venu vous voir ?

– C'était bien lui, répondit Ernest, qui se voyait mal garder une telle nouvelle secrète. Il voulait me remercier de leur avoir ramené leur frère.

– Ça leur ressemble guère aux Courtandon, de remercier », s'étonna Raymond d'un ton ironique avant de continuer son chemin.

XII

Des questions

LE DIMANCHE APRÈS-MIDI, alors que les femmes attaquaient la vaisselle, Ernest proposa au Grand de lui tenir compagnie dans la fourniale. Dans ce lieu où les hommes aimaient à se tenir pendant les mois d'hiver, en dehors des jours de cuisson du pain les femmes ne venaient pas. Il n'y avait pas d'interdit, mais un fait établi, comme celui qui retenait les hommes devant l'entrée des souillardes. Au partage des lieux correspondait le partage des tâches. Si la fourniale était le lieu attitré du bricolage, elle était d'abord un lieu de rencontre. La porte restait le plus souvent ouverte, invitant les voisins à y entrer sans façon. Ce jour-là, Ernest la ferma derrière eux. Il demanda à Barnabé qui les avait suivis de mettre en pile un tas de bois.

« Va doucement », lui expliqua-t-il avec un geste de la main qui signifiait lenteur.

Mais le jeune homme ne savait pas prendre son temps. Il se jetait dans le travail avec une frénésie qui ne cédait que devant l'épuisement.

La fourniale était assez grande pour contenir une partie du bois de chauffage déjà sec, un établi et des étagères pour les outils. Le lieu était rangé et propre, Ernest ne pouvait travailler que dans un univers ordonné. Une échelle de bois conduisait à la soupente où il entreposait ses bâches, ficelles, cordes et boges.

Après avoir allumé un brasero pour réchauffer l'atmosphère, il s'installa devant l'unique fenêtre à côté de l'établi où il avait entrepris de remplacer les dents des râteaux qui s'étaient cassées pendant les foins et les regains. Il les taillait dans des baguettes de bouleau et les épointait avant de les laisser sécher pour les ajuster au printemps. Il proposa au Grand de s'asseoir sur le billot qui lui servait à couper les bûches.

« Il est juste assez usé pour que je m'y sente à l'aise, commenta le vieil homme. Bon, alors, qu'est-ce que tu as à me dire que tu tournes comme une mouche dans un verre de vinaigre ? Tu n'as pas plus de patience qu'une belle devant un banc de dentelle à la foire !

– J'ai beaucoup à vous dire, à commencer par ça, dit Ernest en sortant le piochon de derrière l'établi où il l'avait dissimulé. C'est avec ce piochon qu'on a assommé la jument, poursuivit-il en enlevant précautionneusement le mouchoir qui l'enveloppait. Ses crins y sont encore collés. Je l'ai trouvé au plus profond du bosquet de noisetiers. Vous imaginez le Grégoire le foutre là-dedans après avoir assommé la jument ?

– Mes yeux ne sont plus assez bons pour que je voie les crins, mais je te fais confiance, dit le Grand en relevant son visage. Quelqu'un d'autre l'y aurait mis ? C'est ça que tu as en tête ? Quelqu'un qui aurait aussi assommé le Grégoire ? Un en plus à qui ça n'aurait pas suffi et qui leur aurait fait ensuite un sinistre rappel avec le chien.

– Pas forcément, dit Ernest en reposant le piochon à côté des piques des râteaux. Plus j'y pense, plus je crois qu'il ne faut pas tout mélanger. Celui qui a tué le Grégoire a assouvi une vengeance, il n'avait pas besoin d'en rajouter. C'en est peut-être un autre qui a tué le chien, un qui croit que le Grégoire a eu la folie de se mettre dans le ventre de la jument.

– Un bâton a deux bouts et cette affaire peut avoir deux côtés, dit le Grand après un temps de réflexion. Les gendarmes vont s'occuper du chien. Ils ne trouveront rien, comme d'habitude.

– Les gendarmes, il va me falloir aller leur raconter sans tarder qu'au col de La Chabanne, c'est un meurtre qui a eu lieu, pas un accident.

– Tu déparles ! Tu vas laisser les gendarmes tranquilles ! Ils sont allés dans le buron, ils n'avaient qu'à fouiller, ils ne l'ont pas fait. Tu veux leur montrer le piochon, expliquer que tu es retourné fouiner, que tu as séparé le fer du manche et que tu l'as emmené chez toi ? Tu vas te retrouver enfermé en moins de deux !

– Quand le Grégoire a été tué, j'étais à la ferme de Lendrode chez les Vazeilles, expliqua Ernest en posant la pique qu'il venait de terminer.

– Justement ! Qui leur dira que tu ne t'es pas relevé la nuit pour aller lui régler son compte ? C'est pas l'ivrogne qui était malade à côté de toi qui aurait pu t'en empêcher.

– Je n'avais aucune raison d'en vouloir à Grégoire Courtandon.

– Comment tu le prouveras ? En mettant les gendarmes dans une affaire où ils vont tourner chez tous ceux que les frères ont cognés, les soupçonner, en enfermer quelques-uns, tu vas te mettre le pays à dos. Autant vendre ta ferme et aller courir les chemins. Tu as entendu ce que l'Antoine pense des gendarmes ? Le bruit que ça va faire s'ils s'en mêlent ! Les lois c'est de la cire pour eux, ils en font ce qu'ils veulent. Ils ne sont pas du pays, ça ne les regarde pas. On va faire comme d'habitude, on va chercher et on va trouver », dit le Grand, déterminé.

À l'excitation qui le saisissait, le vieil homme comprenait qu'il était moins détaché de la vie qu'il ne le pensait parfois. Il s'intéressait encore trop au monde, à ses semblables, à ce qui leur arrivait.

« Et qu'est-ce qu'on fera ? demanda Ernest qui savait qu'il avait raison.

– On avisera, il sera toujours temps. Occupons-nous d'abord de ce qui s'est passé à La Chabanne maintenant que tu as trouvé ce piochon. »

En allant chercher un bâton de bouleau dans le fond de la fourniale pour tailler d'autres piques, Ernest remarqua des crottes de souris. Il dégagea le coin et sortit cinq souriceaux roses, sans poils, encore aveugles. Il les prit, ouvrit la porte et les jeta sur la neige.

« Mon chat n'est pas loin, ils auront vite disparu, lui dit la mère Michel qui passait sur le chemin.

– Vu ce que vous lui donnez à manger, je ne suis pas sûr qu'il aime manger les souris !

– Les souris, non, mais des petits souriceaux lui feront une vraie gourmandise, dit-elle en s'éloignant.

– Arrête de bouger, grommela le Grand quand il referma la porte de la fourniale. Tu me donnes le tournis.

– D'accord, dit Ernest en souriant, mais moi ça m'aide à penser. Depuis que je suis revenu de chez les Vazeilles, je retourne les choses dans ma tête, mais il y en a tellement à emboîter qu'à un moment ou à un autre, je finis par me perdre.

– Il faut t'*apatienter*[1] : reste assis et vide ton sac, dit le Grand en calant son dos contre le mur.

– D'après ce qu'on sait, dit Ernest en obtempérant, le Grégoire et le Martin ont quitté la foire de Rochefort à peu près en même temps, vers les 4 heures de l'après-midi. Le Grégoire d'abord, le Martin ensuite avec sa jument. Ils venaient de jouer aux cartes, le Martin avait perdu gros, dans les quatre cents francs, le prix d'une vieille rosse fatiguée. Sur le chemin, ils se retrouvent et décident de faire route ensemble. On en a déjà parlé, c'était plus sage de faire route à deux. Le col est mauvais. La fierté et l'humeur ne pèsent pas lourd dans ce cas-là. Ils avancent. Ils arrivent au col et là, au lieu de piquer sur Laqueuille comme ils en avaient l'intention d'après le Martin, ils bifurquent à gauche.

---

1. *S'apatienter : prendre patience.*

– T'as fait pareil, le coupa le Grand. La planèze est trompeuse. Quand on est dans le brouillard ou la neige, il n'y a rien de plus difficile que d'aller droit.

– Moi, c'est volontairement que je suis allé chez les Vazeilles pour chercher mon âne.

– À propos de ton âne, il faudrait que tu l'installes ailleurs que près de Lucifer. Il serait mieux dans le coin des moutons.

– Il sera toujours temps dans le profond de l'hiver, répondit Ernest. Si je me pose la question pour la direction qu'ils ont prise, c'est qu'en retournant chez eux avant-hier, j'ai voulu refaire tout le trajet et je suis remonté au col. Est-ce que vous saviez qu'on pouvait faire tourner la croix sur son socle ?

– Fichtre non, je ne le savais pas, répondit le Grand après un silence. Quoique, puisque le socle n'est pas fait avec la même pierre, autant que je me souvienne, on peut toujours les faire bouger l'un par rapport à l'autre. Tu es sûr de toi ?

– La tempête est venue tôt dans la saison, elle a arraché les feuilles des arbres qui en avaient encore beaucoup. Il y en a une qui s'est coincée entre les deux blocs, une belle feuille jaune d'un chêne voisin. La chance a voulu que je m'en rende compte. J'ai regardé de plus près et j'ai vu qu'on pouvait faire pivoter la croix qui est ronde dans sa mortaise. Assez facilement d'ailleurs, car elle n'est pas bien grande. Donc elle tourne, et on l'a fait tourner. Quand je suis passé le jour de la foire, ça ne soufflait pas encore trop fort, j'y voyais bien. Je n'ai pas fait attention et je ne peux pas dire qu'elle n'était pas déjà décentrée. D'un rien, mais assez pour qu'en se fiant à elle, on aille un peu à gauche au lieu d'aller droit.

– Un peu à gauche, c'est-à-dire chez les Vazeilles, qui trompent ainsi le monde pour les aider à venir leur tenir compagnie par mauvais temps. Et que je te la tourne quand ça m'arrange et que je te la redresse ensuite. Je vais te dire une question : qui d'autre pouvait profiter de la misère du monde ?

– Si c'est ça, ils ne font pas qu'en profiter, ils l'aident aussi.

– Mais non, je n'y crois pas ! Celui qui oserait toucher une croix pour faire le mal, le bon Dieu le punirait tout de suite. Les Vazeilles ne seraient plus de ce monde.

– Le bon Dieu est distrait parce que je vous garantis qu'ils sont en bonne santé ! Il leur faut calculer juste : ne pas la tourner trop tôt, la remettre en place ensuite, ce qu'ils n'avaient d'ailleurs pas fait. Même sans redouter la colère de Dieu, c'est du tracas pour pas grand-chose.

– Qui te dit qu'ils le font souvent ? Une fois ou l'autre suffit quand ils ont besoin de regarnir leur garde-manger. Quand même, je croyais pas qu'il pouvait exister de pareils mécréants, prêts à défier le Ciel ! Leur terre est pauvre. L'autre jour, l'occasion était trop belle.

– Si c'est ça, il faut en tenir compte pour la suite et c'est pas évident.

– C'est quoi la suite ?

– Le Grégoire et le Martin vont dans la mauvaise direction. Le soir tombe, la tempête fait rage, ils sont gelés, Grégoire traîne la jambe à cause de son genou. La jument, qui est vieille, tire elle aussi. Ils voient le buron et décident de s'arrêter. Quand on les a trouvés, je me suis demandé pourquoi ils n'avaient pas fini d'arriver. Aujourd'hui que je sais que les Vazeilles en voulaient au Grégoire, je comprends mieux, il n'aurait pas été le bienvenu.

– Les Vazeilles en voulaient au Grégoire parce qu'il aurait regardé la fille Mazières deux ou trois ans avant l'Henri ? C'est pas bien solide ! Si ça se trouve, ils ne le savaient même pas.

– Ça serait étonnant que personne le leur ait dit, mais il y a autre chose de plus sérieux : quand je fouinais dans le buron, juste après avoir trouvé le piochon, un des voisins des Courtandon est arrivé, celui à qui le Grégoire a cassé une épaule quand ils étaient gamins, Lucas de chez le Bail. Il m'a appris que le père Vazeilles avait eu affaire au Grégoire et à son plus jeune frère pour une foire de Rochefort, il y a deux ans. Ils ont voulu le cogner et il a fallu que d'autres les en empêchent.

– Mais si tu vas par là, le Lucas aussi avait une raison ! Si on retient tous ceux qui avaient tâté ou failli tâter des poings du Grégoire, c'est pas deux ou trois suspects qu'on a, c'est une charretée ! Tout ça, c'est que des dires !

– Le Lucas avait d'autres occasions que celle-là s'il voulait se venger. Il le fait de manière plus futée en leur enlevant Blé. Dans le buron, quand je lui ai demandé s'il savait le Grégoire amoureux, il m'a répondu que peut-être il y pensait parce que Blé le trouvait bizarre ces derniers temps. S'il ne s'était pas encore déclaré, c'est normal que personne ne soit au courant. S'il était allé lui donner le foulard pour se manifester de nouveau et que l'Henri l'ait vu ?

– Pourquoi pas, dit le Grand, dubitatif, en repoussant son bonnet sur l'arrière de sa tête. Pour le moment, j'ai du mal à penser parce que je viens de voir quelque chose qui me tracasse : c'est pas une baïonnette que tu as au milieu de tes bouts de ferraille, à côté de ton établi ?

– Si, répondit Ernest en se retournant. Il paraît qu'elle est allemande. Un des Védrine qui habitait la maison était à la bataille de Sedan et l'a ramenée.

– Sûr qu'elle est allemande, les baïonnettes françaises étaient plus longues. Tu trouveras jamais plus solide, ces salauds savent travailler le fer et l'acier. Quand on devra y retourner, on s'en rendra compte. Tu sais qu'il n'y a pas mieux pour faire des tournevis ? Il suffit que tu coupes la pointe et que tu émousses les côtés.

– C'est une idée, ça fait un moment que je me demande ce que je pourrais en faire. Bon, j'en reviens au Martin, reprit Ernest impatient. On peut se dire que pour une raison ou une autre, sûrement à cause de la partie de cartes, les deux hommes se sont engueulés d'importance, ils se sont battus, le Martin a assommé le Grégoire, il l'a fourré dans le ventre de la jument et il s'est sauvé en oubliant d'éteindre le feu qui a ravagé le buron.

– Il a fait autre chose avant de partir : il a cherché le couteau du Grégoire pour le lui mettre dans la main. Pour un homme ivre, il a fait preuve de beaucoup de jugeote.

– C'est vrai qu'il était ivre. Un homme ivre qui se bat s'effondre au premier coup. Le Grégoire était peut-être affaibli à cause de son genou, mais c'est pas avec les jambes qu'on tape, c'est avec les poings, et le Martin ressemble à une mauviette. Quand il est arrivé chez les Vazeilles, il était couvert de sang sur la figure et sur le devant de son manteau. Il prétend s'être cogné contre un mur en tombant sur la maison.

– Si le sang venait de sa bagarre avec le Grégoire et surtout de la jument, il ne pouvait pas s'en débarrasser en se lavant avec la neige, ça ne serait pas parti. Le meilleur moyen c'était de s'écorcher pour expliquer le sang.

– Quand on a trouvé le Grégoire, on a supposé qu'il avait ouvert le ventre de la bête après l'avoir assommée, alors qu'elle était affaiblie par le froid. Si c'est le Martin qui l'a fait, la jument devait être encore vaillante, plus qu'eux en tout cas. Une bête résiste mieux. Il n'est pas haut le Martin. Il a fallu plusieurs coups de piochon. Pourquoi l'a-t-il tuée ?

– De colère, pour pas que l'autre l'ait. Si ça se trouve, c'est la bête qu'il a tuée en premier. "Ah tu crois qu'elle est la tienne ?" qu'il lui a dit. "Eh bien ! non, je l'ai perdue, mais tu ne l'auras pas non plus." Et il l'assomme. Après, ils se foutent sur la gueule et le Martin assomme le Grégoire.

– Comment il a eu le dessus ? demanda Ernest d'un ton de doute. Il ne l'a pas blessé, on l'aurait vu.

– En s'y prenant bien, un petit caillou peut casser une grande jarre. Le Grégoire était rouge du sang de la jument. Le docteur de Saint-Sauves a une bonne réputation, mais il a vu le genou enflé, la mort par le froid. Il n'avait pas de raison de l'examiner plus. La famille était choquée, il a été discret. C'est une faute, mais les fautes du médecin, la terre les recouvre : le Grégoire est enterré, on ne saura jamais. Et les gendarmes de même. Ils avaient tous les témoignages qui concordaient. Même toi, tu as confirmé les dires.

– Je n'avais pas de raison de faire autrement à ce moment. Mais non, le Grégoire n'avait pas de blessure, je l'aurais remarquée. Et le docteur l'aurait vue aussi. Il est mort assommé ou étouffé.

– Sans outil, il faut beaucoup de force pour tuer un homme. Ou alors, il faut s'y mettre à plusieurs, mais ici, c'est absurde. Est-ce que son corps portait des traces de brûlure ?

– Maintenant que vous me le demandez, je me souviens que ça m'a étonné. Ses vêtements ne dégageaient pas une odeur de brûlé. Mais on peut penser que le froid l'avait effacée et que le sang de la jument avait nettoyé les traces du feu sur les vêtements. Le Martin non plus ne sentait rien, mais il avait marché dans la neige et l'odeur avait pu partir.

– Et son sac ?

– Celui du Grégoire ? Le Martin l'a trouvé contre le mur, près de la porte. C'est pour ça qu'il n'a pas brûlé. Lui non plus n'avait presque aucune trace, juste le cuir un peu roussi, enfin, je crois, parce que sur le moment je n'ai pas fait attention, je n'avais aucun soupçon. »

Le Grand fit écho à ses pensées :

« Pour l'heure, on joue aux devinettes. Le Martin aurait assommé le Grégoire pour récupérer la reconnaissance de dette de jeu et il a eu l'idée de le fermer dans le corps de sa jument pour cacher son forfait. D'avoir fait ça, ça l'a rendu malade et ça explique son état quand il ouvre la porte des Vazeilles et aussi qu'il attende le lendemain matin pour en parler.

– Pourquoi est-il venu chez les Vazeilles après avoir tué le Grégoire ? Il pouvait rester tranquillement au chaud dans le buron, entretenir le feu doucement et rentrer chez lui au petit matin, sans que personne ne se doute de rien.

– Allons, on aurait tout de suite reconnu sa jument et pour le coup on l'aurait soupçonné. Non, il a joué plus fin.

– Suivant ce qui nous arrange, on se dit qu'il est plus intelligent qu'on pourrait le supposer ou plus bête. Il faut choisir l'un ou l'autre.

– Quand on est affolé ou malade comme il l'était, on peut avoir dans le même temps une idée fine et une idée bête.

– En tout cas, il était vraiment malade. On peut trembler sur commande, mais on ne devient pas blafard. Il n'a pas trouvé de sac de farine sur sa route pour se badigeonner. »

Ils furent interrompus par le bruit d'un troupeau sur le chemin.

« Y en a un qui ramène ses vaches, remarqua le Grand.

– C'est le Raymond, répondit Ernest, agacé de cette nouvelle distraction du vieil homme. Y a que son chien qui aboie comme ça. Pourquoi mettre le Grégoire mort dans le corps de la jument ? reprit-il. Pourquoi ne pas le laisser dans la neige, assommé, pour faire croire qu'il est mort de froid ?

– Tu oublies la reconnaissance de dette, dit le Grand, revenant sans peine à leur principal sujet de discussion. Si on ne la trouvait pas dans les poches ou dans le sac du Grégoire, on soupçonnerait forcément le Martin. La jument était une vieille rosse, tu l'as dit toi-même. Le Martin a peur de son père. La mère a beau se mettre devant, pour une bêtise de cette taille, elle aura du mal à le défendre. Un papier signé attache mieux qu'un licou. »

Ernest réfléchit un moment avant de remarquer :

« On colle au Martin depuis le début, mais si c'était le fils Vazeilles qui avait fait le coup ? Qui d'autre pouvait déplacer la croix ? Vous avez entendu l'Antoine ce matin : il n'est pas allé à l'enterrement, comme son père le croyait. Il n'aura pas osé se montrer.

– Qu'il ait déplacé la croix, ça paraît le plus vraisemblable, concéda le Grand. Il lui arrivera malheur, retiens ce que je te dis ! Mais pour l'enterrement, on peut comprendre. Quand il a vu que personne n'y allait, il a compris qu'il valait mieux pas se distinguer. Et puis, même s'il s'arrange pour que le mondc vicnne chez eux, ça n'a pas forcément un lien avec ce qui s'est passé ensuite. Les Vazeilles ne pouvaient pas savoir qui ça allait tromper. En faisant son tour après la tempête pour vérifier que tout allait bien, l'Henri a pu pousser jusqu'au buron, trouver le Grégoire affaibli et en profiter pour se venger de l'humiliation infligée à son père il y a deux ans.

– Et aller éventrer le chien pendant l'enterrement pour revenir se montrer juste à la fin ? Il a du culot alors !

– En tout cas, conclut le Grand en se levant parce qu'il avait envie de retrouver la chaleur du feu dans la cheminée, trouve un moment pour aller aux Baguay causer avec le Martin. Depuis tout à l'heure, on dit une chose et son contraire, on *rebuse*[1] ! En mariant les "si" et les "mais", on ne fait pas d'enfant ! Quelle misère que je n'aie plus mes jambes d'il y a vingt ans ! Je viendrais avec toi ! »

---

1. *Rebuser : dire des bêtises.*

XIII

Les confidences de Martin

Le lundi, Ernest, dont le rhume allait enfin mieux, décida d'aller aux Baguay comme le lui conseillait le Grand. Rien de plus normal que de rendre visite à ceux de chez Font pour prendre des nouvelles de Martin. Il partit alors que la matinée était bien avancée, après avoir soigné les bêtes. Le temps étant incertain, il renonça à emmener Lucifer. Le chemin mal connu présenterait des passages où la bête aurait du mal à passer. Il se prépara une musette garnie, chaussa ses bottes et s'entoura de sa houppelande. Amélie avait utilisé tous les prétextes pour le dissuader de partir : le mauvais temps, le travail à faire, l'inutilité de la démarche. Elle n'aimait pas le voir quitter la maison. Cachant mal sa contrariété, elle lui fit une longue liste de recommandations :

« Si ton rhume repart, il te prendra la poitrine. En cas de trop mauvais temps, arrête-toi chez les

Conti du Fraisse. On est parents. Tu pourras y passer la nuit. Quand même, tu crois que ça ne peut pas attendre ?

– Les Baguay ne sont pas si loin que je ne puisse faire mon tour dans la journée. Il y a un redoux, le temps ne va pas virer à la tempête avant ce soir. »

Il se mit en marche sous une pluie fine continue à laquelle se mêlaient de la neige fondue et des grosses gouttes tombant des arbres. La terre ramassait sa longue patience pour un hiver qui ne faisait que commencer. Il suffirait que le vent d'ouest tourne au nord pour que la neige retombe à gros flocons, mais la bise ne soufflait pas. La brume masquait les cimes des arbres, collant les nuages à la terre. Près d'un talus, une belette blanche, se croyant invisible, le regarda passer sans bouger de sa place.

La route fut aussi mal aisée qu'il s'y attendait : congères, chalades gelées dans les coins abrités, neige molle sur les espaces découverts, chaque pas fatiguait car il ne pouvait adopter un rythme régulier. Il progressait lentement sous le ciel bas et l'humidité froide s'insinuait le long de son dos. Le temps déteignait sur lui, il avait le cœur gris.

Sur le coup de midi, une colonne de fumée qui montait droit quand le vent le lui permettait lui apprit qu'il s'approchait des Baguay. Le hameau, tourné vers l'est et les monts Dore, était à moins d'une heure du bourg de Saint-Sauves. Le père Vazeilles lui avait dit qu'il n'y avait que deux maisons. Devant la première, des enfants jouaient à se lancer des boules de neige ; le Martin étant fils unique et célibataire, il en déduisit que la maison des Bascoulergue de chez Font était la suivante.

À l'entrée du chemin de leur propriété, un énorme houx aux boules rouges posait la seule touche de couleur dans ce paysage de neige. La maison de granit noir, couverte de chaume, s'adossait au coteau. Ses fenêtres étroites, presque des fentes, offraient peu de prise au vent. Malgré la neige, on voyait que le sol de la cour était bosselé. Ce détail suffisait pour comprendre l'absence de soin des hommes de la famille : les chars et les tombereaux roulent mieux sur un sol nivelé. Ernest remarqua aussi les murs moussus de-ci de-là, un pan de chaume un peu trop affaissé, un volet de guingois, des riens qui, mis ensemble, donnaient à l'ensemble une allure négligée. Le père, auquel une énorme moustache aux pointes relevées donnait un air affable, s'occupait à casser du bois. Ses yeux bleus tranchaient sur la peau parcheminée par l'âge, le soleil et le vent. Pourtant, ce fut un regard sévère qui jaugea Ernest qui s'approchait avec une certaine appréhension : encore une nouvelle maison, encore une nouvelle entrée en matière. Quand il donna son nom, le père Bascoulergue se détendit et posa sa hache :

« Finissez d'entrer. Le fils vous doit une fière chandelle. En ce moment, on voit trop de curieux. Les bonnes nouvelles marchent, mais les mauvaises volent et celle-ci a fait le tour du pays plus vite qu'un chien courant. »

La mère aussi lui fit bon accueil, insistant sur le fait que cela aurait été à eux de se déplacer, qu'ils attendaient simplement que Martin aille mieux. Ses rondeurs gommaient les rides de son visage et de son cou. Si ses cheveux gris disaient son âge mûr, elle bougeait avec la vivacité qui caractérise les femmes décidées.

« Après ce qui s'est passé, c'était la moindre des choses que je vienne, répondit Ernest. J'ai un peu tardé, mais on hésite à prendre la route par ce temps à tuer les loups.

– La mort des loups, c'est la santé des brebis ! remarqua le père. Mais on n'en a pas vu depuis quatre ou cinq ans. C'est les sangliers qui se font plus nombreux. On dit que la guerre de 70 les a chassés de l'Est et qu'ils arrivent maintenant par chez nous. Va savoir... Vous boirez bien quelque chose ? »

La mère sortit le pain. Le père ouvrit une trappe à même le sol de la pièce à vivre et descendit l'échelle qui conduisait à la cave, creusée juste au-dessous, une disposition semblable à celle de leur maison de La Garde. Ces caves sont bonnes pour le fromage, car les *artichous*[1] y prospèrent. D'ailleurs, quand il remonta un morceau de fourme, le père Bascoulergue le secoua au-dessus de la cheminée pour en faire tomber les bestioles. Il avait aussi remonté un saucisson et une bouteille de cidre.

« On a eu aussi une bonne récolte de pommes, dit-il en l'ouvrant. Quel temps ! Heureusement qu'on avait fini avec le seigle ! À se demander quand on reverra les beaux jours.

– Pas demain, puisque ça ne fait que commencer, mais le plus dur des hivers a peur du printemps », répondit Ernest, sachant qu'il fallait respecter la litanie des préliminaires sur le temps, les récoltes et la santé des bêtes.

Les quintes de toux venues de la chambre au-dessus de la pièce à vivre ponctuaient les considérations d'usage :

« Vous l'entendez ? dit la mère. Il a les poumons pris, mais le docteur est sûr qu'il s'en sortira. Il recommence à manger et même à sortir en s'emmitouflant bien. »

Active, elle ouvrit un sac de farine, saupoudra la table et entreprit de battre d'une main ferme et

1. Artichous : vers dans le fromage.

rapide qui travaillait machinalement, la boule de pâte qu'elle avait sortie d'un *paillisson*[1]. Ernest s'excusa d'être arrivé à l'heure de la soupe.

– Vous la mangerez avec nous, répondit-elle avec empressement. Avec le chemin qui vous attend, vous n'allez pas faire le repas de l'âne, vous tomberiez ! Les voisins ont fait leur pain. Ils cuiront ma tarte tant que leur four est encore chaud. Les prunes se sont bien conservées. »

Ils tenaient à lui marquer leur reconnaissance. Un fils unique, c'est la tranquillité qu'il n'y aura pas de partage, mais c'est aussi l'inquiétude que la maison s'arrête s'il disparaît. Même si le père avait chanté pour la mort de la jument, la perte d'une jument ne signifie pas la fin d'une maison, alors que celle d'un fils unique, si.

Quand la mère eut fini de disposer la pâte et les prunes, elle lui proposa d'aller le voir. Il grimpa derrière elle un escalier de bois raide, sans rampe, coincé entre deux cloisons passées à une chaux devenue grise. Si Martin arrivait à le descendre, c'est qu'il se remettait. Sur le palier, deux portes s'ouvraient. La mère souleva le loquet de celle de gauche.

Dans sa chambre, le malade avait entendu qu'il avait de la visite. Depuis cinq jours, elles étaient

---

1. Paillisson : corbeille de paille.

fréquentes. Malgré le froid, le père s'arrangeait pour travailler à l'extérieur, histoire d'arrêter celles qu'il pouvait, mais faute à se brouiller avec tout le pays, il était bien obligé d'en laisser passer certaines, les parents, les voisins… À l'intérieur, la mère faisait un second barrage, bien plus efficace, si on en croyait Antoine Courtandon, et personne, à part le médecin et les gendarmes, n'était monté jusqu'à sa chambre. Aussi est-ce avec inquiétude qu'il entendit les pas dans l'escalier : qui avait réussi à passer ?

En pénétrant dans la chambre aux murs couverts d'un plâtre sale qui s'effritait, où une petite croisée, sans rideau, laissait filtrer une improbable lumière car les branches d'un sapin la masquaient à demi, Ernest lutta contre l'écœurement provoqué par l'odeur rance de la literie qui avait absorbé trop de sueur.

« Tu as de la visite », dit la mère d'une voix faussement enjouée, en posant la main sur la barre de fer du lit où reposait son fils.

Martin tourna vers eux un visage gris, pas rasé, voilé par le contre-jour. Les cheveux noirs collés en plaque sur le front le disaient encore mal en point, mais moins qu'Ernest ne s'y attendait.

« Je me demandais qui ça pouvait être », dit-il de sa voix frêle, en poussant un soupir de soulagement.

Le lit, une armoire, une table de nuit et une chaise occupaient tout l'espace de la chambre exiguë. Pour qu'Ernest puisse s'asseoir, la mère posa par terre une cuvette emplie d'eau sale qui se trouvait sur la chaise. Elle resta là, mouche agaçante et pour le coup son hospitalité devint pesante.

« Regardez-le : il passe presque tous ses jours au lit !

– Par ce temps, il vaut mieux user ses draps que ses souliers », répondit Ernest qui, ne pouvant pas aborder les sujets importants, se replia sur des banalités.

Martin le remercia d'une voix terne, Ernest protesta que ce n'était rien, qu'il lui trouvait une excellente mine. Ce n'était pas tout à fait vrai, mais puisque d'après le docteur cela devait le devenir bientôt, il avait plus le sentiment d'anticiper que de mentir. Il n'avait pas fait tout ce chemin pour une telle conversation, comme pensaient le croire la mère et même Martin. En le regardant, il avait des doutes sur ses doutes : comment ce chétif, car même avant d'être malade, il n'était pas vigoureux, aurait-il pu assommer une jument, et surtout un homme beaucoup plus fort que lui ?

« Parler ne fait pas chauffer la soupe ! » dit enfin la mère, se décidant à les laisser.

Quand l'escalier craqua sous ses pas, Ernest poussa la porte et revint s'asseoir. Il toussa. Comment aborder l'objet de sa visite ? Il eut à peine le temps de s'interroger :

« Pourquoi il a tué ma jument ? attaqua Martin avec impatience en le fixant de ses grands yeux pleurards, cernés par des ombres bistres. Pourquoi il s'est pas fermé sous l'appentis, comme n'importe qui d'autre l'aurait fait ? »

Ce « il » signifiait que, depuis des jours et des jours, il ne pensait qu'à lui. Son prénom devenait inutile. Malgré sa fièvre, ou peut-être à cause d'elle, il avait passé son temps à plier, déplier, replier sa rancœur. L'arrivée d'Ernest lui permettait de poser à voix haute, sans précaution, sans préambule, les questions qu'il ruminait. On pouvait en déduire, soit qu'il était innocent, soit qu'il était diablement habile.

« On s'est déjà étonné de tout ça quand on l'a trouvé, répondit Ernest, estomaqué de la rapide entrée en matière de Martin. Mais moi, poursuivit-il en s'engouffrant dans la brèche grande ouverte, il me manquait une donnée : la jument était la sienne, il pouvait en faire ce qu'il voulait.

– Les nouvelles vont vite, constata Martin avec un rire forcé. Mais elles ne sont pas toujours vraies. Non, la jument n'était pas la sienne, même si son frère est venu réclamer. Elle était redevenue la mienne. »

Ernest le regarda, interloqué.

« Il ne l'avait pas gagné à la régulière, reprit Martin d'une voix brisée par un souffle court. Chaque fois que j'avais une bonne carte, il en avait une meilleure. Depuis son retour du service militaire, c'était un habitué de ces jeux. Il a triché, cet estafier ! »

S'appuyant sur son coude, il se tourna sur sa droite pour ouvrir de la main gauche le tiroir de la table de nuit, il sortit un paquet de cartes et aussi des lunettes qu'il chaussa, une paire de vieilles binocles rondes aux branches molles.

« J'y vois plus aussi bien qu'avant, alors je me sers des lunettes qui appartenaient à mon grand. Vous voyez les minuscules entailles, les éraflures, les petites taches comme des chiures de mouche ? Des *bresous*[1], mais pour un qui a de bons yeux, ça permet de connaître la distribution des cartes. C'est impossible à prouver, mais c'est comme ça qu'il a gagné. Quand on l'a trouvé mort l'autre matin, j'ai mis la main dans son sac et j'ai pris le jeu. Ça me tracassait trop. »

1. Bresous : des riens, des miettes (un bresou de temps : un tout petit moment).

Antoine Courtandon avait raison. Martin avait fouillé et dérobé des affaires. Le jeu de cartes, et peut-être aussi le foulard ?

« Gagné ou triché, reprit Ernest, vous aviez signé un papier reconnaissant que vous lui deviez de l'argent. À peu près le prix de la jument. Il aurait pu dès ce jour-là repartir avec. »

Allongé, son corps maigre aux épaules étroites était presque celui d'un enfant. Un Courtadon pouvait le soulever d'une seule main et le secouer comme un prunier. Comment s'était passée la bagarre ?

« Il se foutait de la jument, répondit Martin crânement, après avoir avalé sa salive. Il voulait les sous. Quand j'ai signé le papier, j'ai bien précisé qu'il me fallait du temps pour préparer le père... D'ailleurs, le papier, il me l'a redonné. »

Ernest resta coi. On arrivait à un moment crucial où il s'agissait de ne pas effaroucher Martin. Pour l'heure, il ne donnait pas l'impression de raconter des histoires pour se dédouaner, mais plutôt celle de se soulager l'esprit en racontant ce qui s'était passé. Le regard fuyant, ambivalent, il tremblait rétrospectivement en se souvenant de ce qu'il avait vécu :

« Sur le foirail, reprit-il, j'avais trouvé Pierre de chez Mège. Il avait fini d'acheter les outils qu'il lui fallait. Moi aussi. Il tombait quelques flocons, mais le froid pinçait fort et on se disait que ça allait les arrêter. Alors, on est entrés chez le Lison et la Lisette. Avec ce temps, le café était plein et on a eu du mal à trouver une place. On a atterri dans le fond, à l'opposé de la cheminée. Cela dit, avec le monde qui s'y pressait, on n'avait pas froid. On a bu une chopine, et pour notre malheur, le Grégoire est venu s'asseoir à la table voisine. Je crois bien que c'est lui qui le premier a parlé d'une partie de cartes pour passer le temps. Le Pierre a décliné l'offre, il préférait rentrer chez lui. J'ai dit oui. J'avais bien entendu dire que le Grégoire était devenu un sacré joueur, mais je le supposais franc. Il fallait en trouver deux autres, ça a été Firmin de chez Troussy, qui sort de Verminisse, et Arsène de chez la Barette, qui sort d'Orbevialle. Celui-là, je le connaissais pas. J'ai voulu demander un jeu de cartes au patron. Le Grégoire a dit que c'était pas la peine, qu'il en avait toujours un sur lui. J'aurais dû me méfier. On a commencé quelques parties, en jouant à celui qui paierait la prochaine tournée. Je les gagnais toutes, un jeu pas possible ! Les chopines défilaient, l'Arsène s'énervait. Il prétendait que s'il perdait, c'est qu'il y avait trop de bruit. Il est allé trouver le patron et on a atterri dans la petite salle derrière, je savais même pas qu'elle existait. Le Lison et la Lisette veulent bien gagner des sous en faisant tripot, ils ne veulent pas que ça soit trop voyant. Sûr qu'on y a été tranquilles, y en a quelques-uns qui sont rentrés pour regarder, je saurais plus dire lesquels, je crois que j'avais déjà trop bu. On a parié plus gros. Plus ça allait, plus je perdais. Des fois, ça changeait et je pensais me refaire.

En l'écoutant, Ernest se souvint d'un chien qu'il avait récupéré d'un voisin qui ne l'avait habitué qu'aux coups. Il avait gardé dans les yeux des traces de misère qu'aucune caresse n'avait jamais effacées. Mais il avait aussi des moments d'exaltation qui ne s'expliquaient pas. Martin aussi changeait d'expression à chaque phrase. Il se souvint de son manque de constance dont avait parlé le gars de Vialatte à la veillée chez les Thomas.

« Jouer c'est pas difficile, mais s'arrêter… poursuivit-il. Quand j'ai plus eu de sous, je me suis affolé, il fallait que je me refasse, j'ai fini par perdre gros. Sur le coup, j'ai même pas réalisé, j'étais plein comme une outre. Le Grégoire a sorti le papier, j'ai signé comme j'ai pu et il est parti. Mieux vaudrait se faire téter par un coq ! Il y en a encore eu un ou deux pour me payer un verre, histoire de m'aider à me remettre. J'ai été un des derniers à quitter le café. Je m'étais pas rendu compte que ça hivernait aussi fort. Je l'ai réalisé en haut de la côte de Rochefort, quand j'ai attaqué le grand tournant.

Sur la route du col, j'ai compris qu'un tout seul risquait trop. Alors, quand j'ai rattrapé le Grégoire, même si ça me plaisait pas, je suis resté avec lui. Arrivés au col, la bise nous a fouettés de face, comme on croirait pas qu'elle puisse le faire. Heureusement, on avait grimpé droit et on est tombés sur la croix. Y avait plus qu'à suivre la direction pour redescendre sur Laqueuille. On serait passés s'il n'avait pas fait l'imbécile. Quand il est revenu de voir la croix, il boitait.

– Quand il est revenu de voir la croix ? s'étonna Ernest.

– En passant La Chabanne, on l'a bien regardée. Tous les deux. On a suivi le bras. On avait pas fait cinquante pas que le Grégoire a dit qu'on s'était trompés et il est retourné voir. Je râlais, j'étais sûr qu'on avait bien regardé. Rien à faire, il est remonté. J'ai commencé à attraper mal. Quand on attend en pleine tourmente, le temps paraît long. Quand il s'est enfin pointé, j'ai compris pourquoi il avait tardé. Il s'était tordu la jambe et il traînait. On n'avançait plus. Du coup, il avait besoin de moi. Si je l'avais laissé là… Quand on a vu le buron, il a choisi d'y rester.

– Il pensait que vous vous étiez trompés de direction ? Alors que vous aviez été deux à regarder ?

– Mais oui ! Ce *tabana*[1] a voulu remonter voir, mais il n'est pas arrivé jusqu'en haut. Il a quand même reconnu qu'on était sur le bon chemin. »

Ainsi Grégoire Courtandon avait eu des soupçons suffisants pour revenir sur ses pas. Cela confirmait que quelqu'un – et qui, sinon un des Vazeilles ? – avait tourné la croix, juste avant le plus fort de la tempête. La feuille de chêne avait dit juste.

« Pour la reconnaissance de dette, poursuivit-il lentement, hésitant entre mentir et dire une demi-vérité, je lui ai expliqué qu'il fallait qu'il me la rende, qu'il l'avait pas gagnée à la régulière et que j'allais prévenir les gendarmes. Alors, il me l'a rendue. »

C'était peu vraisemblable. Gagnée à la régulière ou pas, Grégoire avait une reconnaissance de plusieurs centaines de francs. Quels que soient les moyens utilisés pour l'avoir, c'était du bon argent. Martin avait dû la prendre en même temps que les cartes pendant qu'avec le père Vazeilles ils dégageaient le corps de Grégoire de la jument. Il était de plus en plus vraisemblable qu'il ait aussi pris le foulard. Son rire forcé et son air bravache du début avaient laissé la place à un air plus naturel, il parlait calmement. En fait, ce mou calquait

1. *Tabana : imbécile.*

son attitude sur celle de son interlocuteur. Ernest s'adressant à lui posément, il répondait de même.

« Discuter avait pris du temps, reprit-il d'une voix fausse en battant nerveusement des paupières. Quand je suis parti pour chez Vazeilles, j'avais déjà la fièvre. Mon sang charriait de la glace. Je me suis perdu, je suis tombé plusieurs fois, je me suis cogné. Une fois que j'ai eu ouvert la porte, je me souviens plus de rien. »

Ernest le revoyait appuyé au mur, livide, tremblant d'une fièvre impossible à simuler. Oui, mais une fièvre due à quoi ? Et il y avait ce sang sur le visage et la veste.

« Contre quoi vous vous êtes cogné ? On se fatigue en tombant dans la neige, on ne se blesse pas.

– Si, on se blesse, la preuve, s'obstina Martin avec un regard de biais.

– Vous voulez me faire prendre mardi pour mercredi, insista Ernest, qui avait appris à décrypter ses expressions. Vous vous êtes bagarrés.

– Vous rigolez ? se vexa Martin en serrant nerveusement l'édredon écarlate de ses mains aux ongles rongés. Le vairon ne va pas provoquer la carpe, même quand elle a une nageoire de travers !

– Quand on connaît la réputation des Courtandon, on ne peut pas vous croire. Vous pouvez bien me le dire, j'ai pas l'intention d'aller le chanter dans le pays.

– D'accord, reconnut Martin d'une voix faible. Quand je lui ai réclamé le papier, il n'a même pas gueulé, il a cogné. Le sang a giclé. C'est pas la faim qui m'a fait partir… Vu sa colère, j'étais pas sûr d'être encore vivant le lendemain matin. J'aurais préféré me retrouver dans le buron avec un loup. »

Le vent s'était levé, plaquant un volet mal accroché contre le mur avec un bruit sec qui scandait leur conversation.

« Et le papier ? »

Martin laissa passer un peu de temps avant de reconnaître :

« Le papier, c'est le lendemain que je l'ai pris dans son sac en même temps que le jeu de cartes. »

Il ouvrit de nouveau le tiroir de la table de nuit pour, cette fois-ci, en sortir entre deux pages d'un missel le feuillet à demi effacé par l'eau mais encore lisible.

« Je lui ai laissé l'argent dans ses poches. Il n'y en avait pas tant que ça. J'avais pris des sous pour les achats de la foire et je les avais presque finis. Le père a eu trop peur de me voir passer de l'autre côté pour m'engueuler beaucoup. Il est bien d'accord qu'on peut plus rien réclamer aux Courtandon et qu'ils peuvent rien réclamer non plus. »

Il faisait preuve d'une réflexion qui montrait que, sous sa couardise mignardée, il était intelligent. Comme l'avait compris le Grand, aucune des deux parties ne bougerait. Cette affaire trouble, aux torts suffisamment partagés, n'entraînerait pas de procès. Les familles s'en tiendraient à un ressentiment durable.

« Dans son sac, il y avait un foulard vert qu'il avait acheté pour sa bonne amie, poursuivit Ernest d'un ton monocorde pour ne pas l'effaroucher.

– Ah bon ? À part les cartes et le papier, je me souviens de rien de ce qu'il y avait dans son sac. Des outils, je crois, mais du tissu, ça me dit rien. Il me semble que j'aurais dû le remarquer, surtout s'il était coloré. Je savais pas qu'il fréquentait. Celle-là, si vous voulez mon avis, elle l'a échappé belle, parce que le Grégoire, comme violent, il se posait là. En entrant dans la maison, elle aurait dû se faire faire une oreille de charrue pour se couvrir !

– Vous aviez déjà eu affaire à eux ?

– Jusqu'à cette fois-là, je m'en suis bien gardé ! Il m'a suffi de voir les autres. »

Ernest l'imaginait sans peine, gamin chouineur, observant de loin les bagarres, s'en réjouissant sûrement, en se gardant bien de s'en approcher.

« Ceux de chez Vialle, c'est les plus mauvaises bêtes que le soleil puisse ensoleiller ! Dieu voulait en faire des loups, c'est par erreur qu'ils se sont retrouvés des hommes. Leur plus proche voisin, celui qui est bossu, a goûté à leur sauvagerie plus fort que les autres. Ils s'évitent. Quand il est passé dans le café, il avait beau n'y avoir guère de place, il s'est installé à côté de la cheminée pour pas s'approcher. Il a bu son coup et il est parti aussi sec. »

Ernest nota que même si Lucas disait être parti tôt, il avait quand même fait un tour chez le Lison et la Lisette.

« Quand les gendarmes sont venus, j'allais mal, ils sont pas restés longtemps. Je leur ai dit tout ce que je savais, sauf pour les cartes et le papier des sous. C'est peut-être pas la peine que ça arrive à leurs grandes oreilles.

– Bien sûr, répondit Ernest en s'apprêtant à prendre congé. Au fait, demanda-t-il en se retournant sur le pas de la porte, la nuit de la tempête vous avez dormi tout le temps ? Vous n'avez rien entendu ?

– J'ai dormi comme un homme ivre, d'une traite. Pourquoi vous me demandez ça ?

– Pour rien, moi aussi j'ai dormi profondément. Allez, portez-vous bien ! »

Dans la pièce à vivre, l'horloge indiquait qu'il était déjà 13 heures. Une vieille femme, qui marchait en s'appuyant sur une canne à laquelle sa main communiquait un tremblement si fort qu'on se demandait comment elle pouvait lui servir d'appui, le salua. La peau bise, les tendons saillants d'un cou maigre disaient qu'elle avait dépassé les quatre-vingts ans. Le père Bascoulergue la lui présenta comme sa mère.

« Si on avait soigné le Martin comme on le faisait dans les temps, il serait déjà vaillant, dit-elle, avec un claquement de langue contre son palais à chaque phrase, comme ils attaquaient le repas.

– Il serait mort ! s'énerva sa belle-fille en se tournant vers Ernest : elle voulait qu'on lui mette des poux dans les cheveux pour lui tirer le mauvais sang. J'ai fait venir le docteur, heureusement ! Il se lève et il a même pu aller faire une petite promenade en se couvrant bien. Il se remet vite notre brave garçon !

– Y a que la mère hérisson pour trouver le poil doux à son petit ! s'amusa sa belle-mère, dont l'esprit acide mettait en évidence tout ce qui disqualifiait son petit-fils. Le docteur a pris les sous et si le Martin se promène, il ne fait toujours pas sa part de travail, poursuivit-elle. Avec sa fièvre, qu'est-ce qu'il a raconté comme *simpleyes*[1] ! »

En temps habituel, les criailleries entre les deux femmes devaient emplir la maison, se dit

---

1. Simpleyes : bêtises.

Ernest qui appréciait le repas généreux servi en son honneur : de la soupe, suivie d'une omelette, d'un morceau de fromage, et de la tarte aux prunes, le tout arrosé du cidre aigre, mais pas désagréable.

« Garde ta langue pour manger ta soupe, lui dit son fils d'un ton bourru.

– L'âge, c'est pas bon pour la tête non plus, poursuivit-elle sans s'émouvoir, tandis que sa cuillère tremblait fort contre l'assiette. Qu'est-ce que je disais ?

– Pas la messe, que tu la sais pas !

– Ah oui ! Le Martin, il aurait fallu lui mettre un bouchon dans la bouche ! »

Ernest prit un air indifférent pour ne pas montrer qu'il était fort intéressé par ce qu'elle disait. En retraçant la bagarre dans son délire, Martin avait apparemment donné beaucoup de détails et ils en savaient plus qu'ils ne le reconnaîtraient jamais. Ces allusions recoupaient-elles ce que lui avait dit Martin ou y avait-il autre chose ? Son fils et sa bru ne laisseraient pas la vieille femme s'épancher. Elle-même ne le voulait sûrement pas non plus, elle cherchait juste à les agacer.

« Ils se sont battus ? se risqua-t-il quand même à demander d'un ton neutre, comme s'il ne savait rien.

– Mais non, intervint la mère avant que sa belle-mère n'ait pu ouvrir la bouche. Notre Martin n'est pas un bagarreur ! »

Elle décocha un tel regard à la vieille femme assise en face d'elle que celle-ci se contenta d'approuver ironiquement :

« Pour sûr ! Quand on est mou comme du saindoux, on saute pas dans une marmite chaude. C'est bien ce que je dis : il a raconté des simpleyes !

– Quelle idée a eu le père Courtandon de faire trois garçons ! dit le père d'un fils unique pour détourner la conversation. En plus, leur caractère repousse.

– Ils ont pour eux leur bonne santé ! remarqua la vieille.

– Et encore ! répondit la mère. Quand on voit comme le Grégoire est mort, incapable de se mettre à l'abri d'une tempête ! Vous savez que son frère a eu le culot de venir ? Je l'ai bouté dehors de belle façon ! Est-ce qu'on est allés les embêter nous ? On s'est même gardés d'aller à l'enterrement, pour bien montrer qu'on cherchait pas d'histoires.

– Moi non plus, je n'y suis pas allé, précisa Ernest, qui en avait du regret depuis qu'Antoine Courtandon avait exprimé à quel point ils avaient été blessés de toutes ces absences. Je voudrais bien arriver à La Garde avant que le diable ne vente trop fort », dit-il en se levant, sachant qu'il n'en apprendrait pas plus.

Ils insistèrent pour lui donner du miel, un saucisson...

« C'est la moindre des choses, s'obstina la mère Bascoulergue. Si le chemin de l'aller est avalé, celui du retour va vous faire un beau dessert ! Par ce temps, il paraîtra plus long ! »

Il accepta un petit pot de miel, expliquant qu'il ne voulait pas trop se charger pour la route. En sortant de la pièce chauffée, il prit le froid de plein fouet. La bise s'était levée, cinglante, et tel un puissant fleuve d'air, elle courbait sous son passage tout ce qui prétendait se dresser : hommes, arbres et arbustes. Le ciel se faisait bas sous ces bourrasques de mauvais augure. Des flocons de neige frappaient à l'horizontale. Quand il avançait face au vent, ils l'aveuglaient ; quand il lui tournait le dos, il devait s'arc-bouter pour ne pas trébucher. Il se réjouit de ne pas avoir emmené Lucifer.

Il arriva exténué à La Garde à l'heure où le soleil caché derrière la masse des nuages avait franchi la ligne d'horizon pour attaquer son tour de l'autre côté. La terre allait garder un long moment encore la clarté blanchâtre de la neige. Les quelques bruits qui sortaient des maisons annonçaient la nuit : grincement des anses des seaux dans les étables, volets que l'on ferme, murmures de voix, autant de sons amortis par la neige et tristes comme le crépuscule qui montait, assombrissant les arbres avant d'éteindre le ciel. La lumière chaude des lampes dans les maisons fonctionnait comme un aimant, donnant une envie irrésistible de rentrer chez soi, loin de l'obscurité et du gel qui allaient saisir la terre.

Quand il entra, les femmes étaient occupées dans l'étable à traire les vaches. Il raconta succinctement sa visite au Grand :

« Comme tous les faibles, le Martin a la dent longue. Si j'en crois sa grande, pendant son délire il a parlé beaucoup, mais comment ça s'est vraiment passé entre eux, on ne le saura jamais. »

XIV

Des soupçons ?

BLÉ, QUI, DEPUIS VENDREDI, avançait sur un chemin hérissé d'épines, ne faisait que trembler de chagrin, de froid, de peur et d'espérance. Même si elle vivait mal chez les Courtandon, ils étaient sa seule famille et comme eux, elle avait été sensible à leur mise à l'écart par les gens du pays dont si peu avaient bravé le froid pour assister à l'enterrement de Grégoire. Puis il y avait eu la mort de Tchino, bien plus qu'un chien pour elle, le seul être qui depuis le début lui témoignait de l'affection dans cette maison, et enfin, le plus lourd de menaces, le changement d'attitude d'Antoine à son égard. Bien sûr, en face de tout ça, il y avait l'amour de Lucas, mais lui aussi était source de trouble. En repensant à leur dernière rencontre dans le cabanon, elle se disait qu'ils auraient peut-être dû attendre le mariage. Qu'avait-elle pour elle, sinon sa réputation ?

Quand Antoine l'avait regardée comme une femme, elle n'avait eu qu'une pensée en tête : s'en défendre. Rien de plus facile pour lui, à un moment où la mère Courtandon et Mathieu seraient occupés, que de la coincer dans l'étable ou la grange. Cette idée lui coupait la respiration. Elle était à Lucas. Si cela arrivait, il ne lui resterait alors qu'à se jeter dans l'étang de la Faye. Mais dans ce cas, elle ne serait pas enterrée chrétiennement. Non, elle se jetterait de la fenêtre du pignon de la grange pour qu'on croie à un accident. Et si elle ne faisait que s'estropier ? Même si elle se tuait, elle ne retrouverait jamais sa mère au ciel, elle irait en enfer puisque le suicide est un péché mortel. La mort ne lui serait pas une délivrance. « Maman, soutiens-moi », suppliait-elle en enfilant les prières. Elle ne comptait plus les *Je vous salue Marie* et les *Notre Père* qu'elle récitait en boucle telle une litanie, sans savoir ce qu'elle disait exactement. La peur de l'homme submergeait sa douleur d'avoir perdu le chien.

Et puis, dès le samedi, elle avait compris qu'Antoine ne la forcerait pas. Il n'avait pas choisi cette voie. Choisit-on ? En tout cas, il avait le cœur pris. Elle savait ce qu'il ressentait, la flamme qui habite le cœur, qui rend beau le plus triste des paysages, douce la pluie froide, qui donne envie de balayer le chemin devant l'aimé. L'amour est un chemin de ronces que recouvrent les fleurs les plus suaves. Antoine était pour l'heure enivré par leur parfum.

C'était un obstiné, pas un de ceux que la lumière aveugle un bref instant. Il allait s'arrêter sur cet amour et la poursuivre jusqu'à ce qu'elle lui dise oui. Quand elle refuserait, il chercherait la cause. Et s'il la trouvait… Il y avait près de dix ans que Grégoire avait cassé l'épaule de Lucas ; Antoine, lui, le tuerait. Cette idée était encore plus affolante que celle d'être forcée. Elle était dans une impasse, piégée tout entière. Malgré les regards d'Antoine, les gestes qu'il ébauchait, elle jouait à celle qui ne se rend compte de rien. Combien de temps allait-il patienter avant de se déclarer ? Il saurait convaincre sa mère, Mathieu, mais pas elle, oh non ! pas elle qui ne voulait que Lucas ! Le moindre bruit la faisait sursauter, comme si quelqu'un derrière son dos s'apprêtait à la saisir. Il lui arrivait absurdement de jeter un coup d'œil à la fenêtre, surveillant le chemin dans l'attente d'un ennemi. Pourtant le danger n'était pas dehors, mais dedans.

Les Courtandon se taisaient, chacun dans son monde, chacun ruminant ses pensées de misère, de vengeance ou d'amour. Le rail sur lequel ils circulaient habituellement était dévié, l'équilibre rompu, la routine brisée. Entre eux, l'atmosphère était lourde. Blé évitait aussi de croiser la route de sa tante et de Mathieu de peur qu'ils n'explosent, mais de leur part, elle ne risquait qu'une remarque acide. Les mots de tendresse que lui dirait Antoine étaient bien plus effrayants. Pour ne pas penser, elle se jetait dans le travail. Le tas de linge atteignait une hauteur respectable. Malgré le mauvais temps, il faudrait bientôt faire une lessive. Ce serait pour elle, comme chaque année, le véritable signe de l'entrée dans l'hiver : elle attraperait des engelures et une mauvaise toux qui ne la quitterait plus jusqu'au printemps.

Samedi matin, en mangeant la première soupe, Antoine avait expliqué qu'il voulait rendre visite à Martin Bascoulergue aux Baguay. Il manquait des choses dans le sac du Grégoire, son jeu de cartes, la reconnaissance de dette… Il voulait savoir si Martin était aussi malade qu'on le disait.

« On a autre chose à faire que tu ailles *barailler*[1] par le pays ! avait protesté la mère.

– Tu crois qu'il va te rendre ce qu'il a volé ? avait renchéri Mathieu. Tu vas te faire foutre dehors.

– Si jamais ils décident d'attaquer pour la jument, il nous faut des preuves. S'ils me foutent dehors, c'est qu'ils ont quelque chose à cacher.

1. Barailler : parler à tort et à travers.

– Et alors ? On le sait. Pour casser la gueule du Martin, y a qu'à attendre qu'il montre son nez sur un foirail. On pourra toujours l'étamer de ce moment. Rien que cette idée les empêchera de bouger, crois-moi !

– Sur un foirail, avec tout le pays contre nous, sûr qu'on sera mal.

– Eh bien ! on le suivra dans un coin où il sera seul ! »

Antoine avait insisté et Mathieu avait fini par hausser les épaules. Il était donc parti. Les Baguay n'étaient pas loin de Beauberty, il était de retour pour le déjeuner, bredouille, humilié :

« Qu'est-ce qu'on t'avait dit, remarqua Mathieu, amer. Il perd rien pour attendre, le petit salaud.

– Demain, j'irais chez les Chantarane à La Garde, s'obstina Antoine. Là, sûr, ils me mettront pas dehors. Si c'était Ernest Veyssières qui avait pris le jeu de cartes et le papier ?

– Pour en faire quoi ? demanda Mathieu, acide.

– J'en sais rien. Ou peut-être qu'il a vu le Martin les voler. Il nous faut aussi savoir ce qui se dit dans le pays. On est là, fermés comme des renards dans leur terrier. Y a trop de choses qui vont pas ensemble.

– C'est dans ta tête que ça va pas, bougonna son frère. J'en saurai bientôt plus avec mes poings que toi avec tes demandes ! Tout le pays est contre nous, tu le sais bien, ceux-là comme les autres !

– Je leur porterai de la gnôle pour les remercier. Sûr qu'ils seront obligés de me faire entrer.

– T'as une drôle de façon de fouiner, bougonna Mathieu, furieux, avant de se retourner vers Blé :

– Comment que t'as encore coupé les raves ? Plus gros, je t'ai déjà dit, qu'on voie ce qu'on mange !

– Fous-lui la paix ! » grogna Antoine.

Blé retint sa respiration. Jamais encore un des frères n'avait pris sa défense contre un autre.

« Arrêtez, s'énerva la mère.

– Pauvre *arbalan*[1] ! » ricana Mathieu, en replongeant le nez dans son assiette.

En quittant la maison, le dimanche matin, alors que le soleil, boule blanche cachée derrière les nuages, annonçait une journée où même la lumière s'ennuierait d'éclairer le pays, Antoine s'était approché de Blé, qui donnait la pâtée au cochon :

« T'inquiète pas, dit-il avec un sourire emprunté qui le faisait ressembler à un enfant. N'en parle à personne, mais je commence à y voir clair. Quand je saurai, sûr, je ferai ce qu'il faut,

1. *Arbalan : imbécile.*

même si ça sera pas facile. Tu es bien *bravoune*[1], tu sais. »

Sans rien dire car elle en était incapable, elle avait remué la tête d'un signe qu'il pouvait interpréter comme il le voudrait. Il s'était éloigné d'un bon pas et elle avait poussé un soupir de soulagement : elle avait quelques heures de répit devant elle. Peut-être arriverait-elle à voir Lucas. Elle rentra dans l'étable où Tchino ne se précipitait plus vers elle. Elle ne s'habituait pas à son absence. Antoine avait-il une idée sur celui qui l'avait tué ? Même si cette mort lui était cruelle, elle redoutait les vengeances qui en naîtraient.

Un peu plus tard, alors qu'avec son panier elle s'approchait du tas de bois derrière la maison, elle entendit les claquements des sabots de Lucas.

« Tu es fou ! s'exclama-t-elle. Ils vont te voir.

– Ça risque rien ! lui dit-il souriant. Ni les frères ni la mère Courtandon n'ont de raison de venir par là. Je reste juste un bresou de temps. En quatre enjambées, je repasse derrière la haie. »

Guère rassurée, elle lui raconta en quelques mots les derniers événements.

« L'Antoine se met à courir les charrières ? s'étonna-t-il. Qu'est-ce qu'il croit trouver ?

---

1. Bravoune : belle et bonne.

– Il dit qu'il commence à y voir clair. En tout cas, il cherche. Le Mathieu pense qu'il vaudrait mieux cogner que parler.

– Cogner, il ne sait faire que ça ! dit Lucas avec rancœur. Et l'autre, il croit trouver quoi ? C'est des nuisibles, tous autant qu'ils sont. T'inquiète pas, j'ai dit deux mots au père pour nous, il a gueulé moins fort que je m'y attendais, c'est bon signe. C'est ça que je voulais te dire. Et puis aussi, ajouta-t-il d'une voix rauque, te demander de ne pas regretter ce qui s'est passé dans le cabanon.

– Je regrette pas, protesta-t-elle vigoureusement en le regardant droit dans les yeux. Mais maintenant, on attendra le mariage, je veux pas… »

Un immense bonheur illumina son visage :

« Oh ! ma belle, l'interrompit-il en lui embrassant le front, si tu regrettes pas, je suis heureux. Moi non plus, je veux pas que les gens jasent.

– Sauve-toi, s'ils venaient… »

Il lui toucha la main :

« Cet après-midi, je travaille au bois des Faux. On se verra demain, le père a prévu d'aller à Saint-Sauves. »

Tandis qu'il s'éloignait, Blé, en remplissant son panier, se sentait incapable de dire comment les choses allaient tourner dans les prochains jours. Lucas attendait le retour du printemps, elle attendait juste le retour du courage. Pour s'aider, elle se projeta dans un plus lointain avenir. Lucas avait parlé à son père. Elle le savait grincheux, porté aux colères faciles, mais il ne s'était pas opposé. Tôt ou tard, il consentirait donc. Elle épouserait Lucas, elle irait vivre dans cette maison où, étant donné la brouille entre les deux familles, elle n'était encore jamais entrée. La mère était brave. Elle ne chercherait pas à la mener à sa guise, elle apprécierait son aide efficace pour le travail et sa discrétion : elles s'entendraient bien. À trois, ils se débrouilleraient des accès d'humeur du père. Tandis qu'elle se faisait ces réflexions en tournant à l'angle de la grange, deux pigeons qui bravaient le froid pour chercher leur pitance quotidienne s'envolèrent à tire-d'aile et disparurent vers l'horizon. « Allez dire au printemps qu'il vienne », murmura-t-elle, émue, consciente que c'était un vœu étrange à faire alors que l'on était seulement en octobre. Peut-être, mais il fallait accepter de voir loin si l'on voulait traverser les jours d'orage.

Revenue dans la pièce à vivre, elle prépara la soupe pour midi, se disant que comme Antoine était parti tôt, il ne devrait pas tarder. Il était plus de 1 heure quand la mère l'envoya quérir Mathieu :

« Ils auront gardé l'Antoine pour manger, expliqua-t-il en se laissant tomber lourdement sur le banc et en ouvrant son couteau. Qu'est-ce qu'il avait besoin d'aller là-bas ? Ça va nous coûter de la gnôle. C'est pas qu'elle nous manquera, vu qu'on en boit pas. Mais elle est gâchée, il apprendra rien. Comme hier, il se fera foutre dehors ou alors, ils lui feront quelques mimis et il repartira sans la gnôle et c'est tout. J'en peux plus de tout faire tout seul.

– Tais-toi ! » lui intima sa mère.

Quand ils eurent fini de manger, Mathieu retourna se fermer dans la fourniale. Les deux femmes reprirent l'écalage des noix ; l'après-midi s'écoula mornement.

« Pourquoi il revient pas ? » finit par s'inquiéter la mère d'une voix sourde en interrompant un instant son travail.

Vers les 6 heures, alors que la terre se demandait si elle allait encore rester un peu dans le jour ou entrer dans la nuit, elle se leva pour allumer la lampe. Guère plus tard, Mathieu passa la porte :

« Qu'est-ce qu'il fout ? Il devrait être revenu. Il va falloir penser à traire. »

Insidieusement, le souvenir de la soirée de la foire de Rochefort les envahissait.

Blé arrêta l'écalage, alluma le chaleil et alla dans l'étable, où elle prit le trépied et le seau avant de s'asseoir devant la Barade. Le front appuyé contre le ventre de la vache, elle essayait d'imaginer ce qui pouvait expliquer ce retard. Puisque Antoine avait une idée sur ce qui était arrivé à Tchino, il voulait régler la question. Comment ? En allant trouver celui qu'il soupçonnait en sortant de La Garde où il avait confirmé ses suppositions ? Était-ce si loin ?

Ce soir l'odeur du lait frais l'écœurait. Elle se releva pour aller traire une autre vache en continuant à enrouler ses questions : est-ce que l'Antoine s'était fait mal à une jambe comme Grégoire ? Si c'était ça, il fallait se mettre à sa recherche. Mathieu devait se faire les mêmes réflexions, car il entra dans l'étable prendre la lanterne :

« Je vais voir si je le trouve », grommela-t-il.

Quand Blé revint dans la cuisine où le feu se mourait, elle remit une bûche, sans s'attirer de remarques de la mère qui, assise devant la cheminée, froissait machinalement son davanté en regardant droit devant elle. Dehors, une pluie fine tombait qui parfois se transformait en neige.

Les légumes de la soupe étaient posés sur la table, épluchés, mais la mère ne les avait pas mis dans la marmite. Blé n'osa pas le faire et s'assit à son tour, reprenant l'écalage des noix pour se donner une contenance. Elle était partagée : et si… ? S'il était arrivé quelque chose à Antoine ? Serait-il possible qu'elle en soit délivrée avant d'avoir eu à le craindre ? Elle avait tellement honte de cette pensée qu'elle essayait de la chasser avec une litanie de *Je vous salue Marie*, mais dans un coin de sa tête, tenace, l'idée germait, à la fois effrayante et bonne.

Dans l'attente, la pendule scandait le temps d'une façon qui faisait paraître les minutes plus longues. Dehors il faisait nuit noire. Le vent soufflait avec des rafales sinistres qui faisaient vibrer les murs. Le sac de noix étant vide, Blé alla en chercher un autre. Les deux femmes restaient assises en silence, chacune perdue dans ses pensées. Il était plus de 10 heures quand la porte s'ouvrit.

« Je suis allé jusqu'à La Garde, dit Mathieu, sa houppelande trempée par la pluie qui n'avait cessé qu'avec le gel apporté par le froid de la nuit. Qu'est-ce que j'aurais marché vite aujourd'hui ! Je suis pas entré chez les Chantarane. Par un fenestrou de l'étable, je les ai vus traire.

– Tu aurais pu leur demander s'il était venu et quand il est reparti ! l'interrompit la mère d'une voix sifflante avertissant qu'elle transformait son angoisse en colère. Pourquoi pousser jusque là-bas, sinon ?

– Laisse-moi finir, la mère ! J'ai pas eu besoin. J'ai jeté un œil à la maison. Les volets n'étaient pas fermés, la lampe était allumée, les femmes et le vieux m'ont pas vu. Il y avait le flacon de gnôle sur un coin de la table : l'Antoine y est allé et il est reparti, va savoir où !

– Si tu leur avais demandé, peut-être qu'ils te l'auraient dit ! glapit-elle, courroucée. T'es pas un chien quand même ! S'ils ont accepté la gnôle, ils auraient bien dû te répondre ! »

Blé avait arrêté l'écalage. C'était le moment de leur rapporter ce qu'Antoine lui avait dit de ses soupçons avant de partir. Mais il lui avait demandé le silence et ils allaient hurler qu'elle ne leur ait pas raconté cela plus tôt. Elle choisit de se taire, immobile comme une statue, les yeux baissés, attentive à contrôler même sa respiration, afin qu'ils continuent à l'ignorer.

« J'ai pas eu envie, je te dis ! gueula Mathieu, se mettant en colère à son tour pour ne pas avoir à reconnaître son erreur qui le révélait plus timide et timoré qu'on n'aurait pu le penser.

– Ça servait à quoi d'y aller alors ? insista la mère. Qu'est-ce qu'on va faire maintenant que l'Antoine est toujours pas là ?

– Qu'est-ce que tu veux qu'on fasse ? S'il est pas revenu demain, j'irai prévenir les gendarmes !

– Encore eux ! Tu n'aurais pas pu mieux le chercher ? gueula la mère dont la rage grandissait. Le Grégoire et maintenant l'Antoine ? Tu es l'aîné, tu pourrais garder tes frères !

– J'avais pas quinze ans que je les gardais déjà, mes frères ! Que je les nourrissais et toi aussi ! Que je leur évitais les coups ! »

Il s'approcha d'elle, les yeux blancs de colère :

« Quel remerciement j'en ai eu ? Quelle vie que je mène ?

– Celle que le bon Dieu veut ! répondit-elle d'une voix encore plus aiguë, sans reculer d'un pouce.

– Le bon Dieu n'est pas brave homme ! Et toi, la mère, laquelle tu mènes ? Je rentre et vous n'avez pas fait la soupe ! Qu'est-ce qu'on peut attendre de deux femelles comme vous ? Il n'avait qu'à pas aller se promener ! C'est pas moi qui l'y ai envoyé. Je vais me coucher que je marche depuis trop de temps le ventre vide. Et toi ? dit-il en regardant Blé, qu'est-ce que tu attends ? Tu *groutounes*[1] ? File avant que je t'assomme ! »

Elle se leva et obtempéra avec le moins de mouvements possibles, pour ne pas s'attirer davantage ses foudres. Il tournait déjà les talons. La mère se rassit devant la cheminée. Elle qui détestait l'imprévu se retrouvait submergée et impuissante. Dehors, le gel faisait craquer la terre. On aurait cru que quelqu'un rôdait dans l'obscurité.

---

1. *Groutouner : s'agiter pour ne rien faire.*

La nuit serait froide, aucun homme qui ne serait pas dans un abri n'y résisterait.

Derrière son rideau, Blé se déshabilla sans bruit. Depuis ce mardi de la foire de Rochefort, rien n'allait plus. Grégoire, Tchino et maintenant Antoine ? Que pouvait-il lui arriver sur le chemin de Beauberty à La Garde ? Il n'avait pas reneigé, ou si peu. Les chemins étaient malaisés mais pas impraticables. Avait-il appris quelque chose qui l'avait incité à aller plus loin dès ce jour ? Quelque chose de suffisamment urgent qu'il ne revienne pas les prévenir, alors qu'il ne pouvait douter de leur inquiétude ? Quoique... Après avoir eu si peur de lui, elle avait du mal à avoir peur pour lui.

En se posant ces questions, elle avait machinalement attrapé sa médaille et tiré à elle le foulard vert donné par Lucas. Elle resta ainsi, les yeux ouverts, accrochée à ses seuls repères. Au-dessus d'elle, elle entendit Mathieu qui marchait dans sa chambre. Lui aussi l'inquiétude l'empêchait de dormir. Elle finit par sombrer après avoir entendu l'horloge sonner 2 heures.

Un raclement dans la cheminée la réveilla : la mère Courtandon relançait le feu. Il faisait nuit, aucun coq n'avait encore chanté. En hiver la lumière n'arrive qu'après que l'activité des hommes s'est bien installée. Blé attrapa ses vêtements : il fallait se lever, sa tante ne supporterait pas de la savoir couchée alors qu'elle s'activait. Des pas dans la chambre du dessus l'avertirent que Mathieu avait aussi entendu du bruit et qu'il en avait tiré les mêmes conclusions.

En voyant le visage de la mère Courtandon dans la clarté des flammes, Blé eut un mouvement de recul : défaite, les traits creusés, elle avait pris dix ans en une seule nuit. Quand Mathieu arriva au bas des marches, il finissait d'enfiler sa veste en grommelant :

« Sûr que la misère est pas que pour les chiens ! Faut que j'aille à Saint-Sauves.

– Prends un peu de soupe, se contenta de répondre sa mère d'une voix atone, au-delà des cris et de la colère. Elle va bientôt être chaude.

– J'ai pas le temps d'attendre si je veux y être au lever du jour. Donne-moi une tranche de pain avec du lard. Ça me tiendra au corps. J'espère que les gendarmes se bougeront aussi vite que les autres fois. Si jamais l'Antoine revient avant, dis-lui qu'il perd rien pour attendre.

– Tu sais bien qu'on le reverra pas », répondit-elle d'une voix lasse en ouvrant la tourtière pour en sortir le pain.

Mathieu sursauta.

« Quand il reviendra, insista-t-il en élevant la voix, je lui casserai la gueule d'importance. »

La mère se contenta de hausser les épaules et de bredouiller des mots sans suite, avant d'attraper le lard enveloppé dans un torchon sur la planche de bois suspendue à côté de la souillarde.

« Tu feras les litières, dit Mathieu d'une voix rêche en se tournant vers Blé. Et tu emmèneras boire les bêtes. »

Attrapant le pain et le lard que lui tendait sa mère, il tourna les talons et sortit en claquant la porte. Blé prit le parti de se réfugier dans l'étable.

XV

La recherche

CETTE FOIS-CI, ce furent les gendarmes qui informèrent le pays de la disparition d'Antoine Courtandon en s'enquérant ici et là auprès des voisins si quelqu'un l'avait vu ou aperçu. Comme d'habitude, arrêtée par chacun qui la tourne, la retourne et la répète à sa façon, la nouvelle fit aussi vite que le feu le tour du pays. Un la transmet à dix, dix la transmettent à cent… Peu à peu les villageois des alentours convergèrent vers Beauberty. Si sa disparition n'avait pas fait suite à la mort de son frère, l'émoi aurait été moindre. Mais là, le parfum du drame se répandait. Les gens s'attroupaient en petits groupes, enveloppés dans leur pelisse, fermés dans leur manteau, les hommes la tête couverte d'un bonnet, les femmes d'un châle, les mains dans des moufles ou des mitaines, le cache-col autour du nez, autant de boules de laine noire, marron, ou grise, difficiles à identifier, qui formaient une présence plus curieuse qu'haineuse, mais sans guère de compassion. Ceux de chez Vialle restaient des rejetés.

Les derniers arrivés allaient d'un groupe à l'autre, cherchant à reconnaître une figure connue en se repérant essentiellement à la voix :

« Alors, s'empressa de demander un nouvel arrivant, on en est où ?

– La maison est fermée, expliqua l'un de ceux qui était là depuis le début. Ils sont tous partis à sa recherche, la mère a pris la route de La Garde, le Mathieu celle de Saint-Sauves et Blé on ne sait pas. Des voisins aussi s'y sont mis.

– On pourrait peut-être en faire autant, suggéra un autre.

– De quel côté partir ? Si on va au hasard, on risque de brouiller les traces et de faire plus de tracas que d'aide. S'il s'est cassé une jambe, avec le froid, on le retrouvera mort.

– On serait quand même plus utiles à chercher qu'à rester là, à attendre et à se geler.

– Ça va être le moment du rut pour les loups, ça peut être dangereux de courir dans les brandes. Peut-être qu'on ne trouvera plus que ses os.

– Tu déparles. Depuis quand on en a plus vu des grands dévorants par ici ?

– C'est pas parce qu'on les voit plus qu'il n'y en a plus. Il suffit d'un ou deux plus malins qui rôdent toujours. »

Chacun se décida en fonction de son tempérament. Ceux qui avaient besoin de se sentir utiles se mirent en branle en se répartissant les directions et les routes vers les différents villages. Ils partirent par deux ou trois, car aucun n'avait envie de chercher seul, évitant soigneusement de s'éloigner des chemins. Les plus curieux qui ne voulaient pas rater la nouvelle d'un éventuel retour restèrent sur place.

Pour ne rien arranger, après une matinée maussade, le vent était redevenu l'amant furieux de la terre : la nature étant nue, il charriait les branches et les feuilles mortes qui n'avaient pas été recouvertes par la neige.

En n'importe quelle autre saison, on aurait passé les bois, les buissons, les étangs au peigne fin. Pour l'heure, la plupart de ces lieux étaient inaccessibles, devenus une suite de tertres et de creux où l'on s'égarait facilement. Le vent soulevait des tourbillons et supprimait les traces de pas, seul avantage qu'offrait pourtant la saison. Encore qu'il soit difficile de les attribuer à telle ou telle personne, car depuis tous ces jours, trop d'allées et venues avaient eu lieu. Bien sûr, les endroits où Antoine avait pu s'égarer étaient peu nombreux. L'espace se restreint quand la neige et la boue rendent chaque déplacement difficile. Ceux qui cherchaient les premiers compliquaient singulièrement la tâche de ceux qui les suivaient, car on ne savait plus à quoi correspondaient les traces que l'on suivait. Des hommes étaient passés par là, mais lesquels ?

La nouvelle de la disparition atteignit La Garde le mardi matin. Alors qu'Ernest bricolait la porte de son étable, il eut la surprise de recevoir la visite des gendarmes.

« En partant, il a dit aux siens qu'il venait vous voir, expliquèrent-ils. Ils l'ont attendu jusqu'au soir. Inutilement. Son frère aîné, Mathieu, est venu nous prévenir hier matin. »

Appuyé sur une planche, Ernest prit le temps de réfléchir et se lança prudemment :

« Dimanche matin, il m'a apporté de la gnôle pour me remercier de leur avoir ramené le corps de Grégoire. Sur le moment, ils n'avaient pas été très accueillants, ce qui peut se comprendre. Antoine Courtandon venait arranger ça. Ce n'est pas un bavard, on a parlé du froid, de la neige, de ces choses qui n'engagent pas trop. Il a repris la route avant les 11 heures. Il faisait mauvais, mais pas un temps à se perdre. Il devait avoir affaire ailleurs, suggéra-t-il.

– C'est ce que nous pensons aussi, et la question est où et pourquoi. Il n'a pas laissé entendre aux siens qu'il partait pour plus d'une matinée. En tout cas, vous confirmez que c'est d'ici qu'il venait.

– C'est d'ici qu'il venait et il est reparti, répondit Ernest, qui trouvait cette dernière remarque déplaisante. Même si ça n'est pas un temps à traîner dehors, même s'il a choisi de passer par les brandes, vous pouvez être sûrs que son arrivée et son départ ne sont pas restés inaperçus. Pour moi, sur le moment, ça ne faisait pas un pli : il rentrait chez lui.

– Pourquoi par les brandes ?

– Pour aller au plus court. Je lui ai dit qu'avec la neige, ce n'était pas la meilleure façon de gagner du temps, mais il m'a répondu qu'il avait l'habitude. »

Bien que pressés, ils acceptèrent le vin chaud qu'Amélie leur proposa, mais ils n'avaient pas la décontraction de leur précédente visite. On les sentait perplexes et suspicieux. Quand ils furent repartis, le Grand cracha sa chique dans la cheminée :

« Cette fois-ci, le renardeau a tellement bien caché sa queue que la renarde se ronge les sangs.

– N'importe quelle mère en ferait autant, intervint Amélie. Savoir où il est allé ?

– Il est parti avec l'intention de rentrer chez lui, dit Ernest. S'il n'y est pas arrivé, c'est qu'un malheur lui est arrivé. Quelqu'un leur en veut à mort.

– Allons, reprit Amélie d'un ton de doute. Quelqu'un est capable de tuer un chien, mais pas d'attaquer un des frères.

– Tu as raison », répondit rapidement Ernest, qui regrettait d'avoir laissé échapper ses craintes.

Personne, à part le Grand et lui, n'avait de soupçons sur les circonstances exactes de la mort de Grégoire Courtandon au col de La Chabanne. Non, il y avait aussi son meurtrier qui avait peut-être choisi de pousser plus loin encore sa vengeance.

« Ils sont sacrément sauvages, remarqua le Grand. Le Mathieu aurait d'abord dû venir jusqu'ici pour demander après lui. »

À l'heure de l'étreinte glacée entre le noir des sapins et le crépuscule, les recherches cessèrent autour de Beauberty. Seuls restaient visibles les contours des maisons et des arbres qui se découpaient sur le ciel, dans la tristesse froide de la nuit tombante. Dans les fermes, il fallait traire. La mère Courtandon revint la première, suivie un peu plus tard par Blé puis par Mathieu. Personne n'entra chez eux. Les curieux repartirent, quelques-uns firent un détour chez des voisins ou des connaissances. Quand la lune se leva, si voilée qu'elle n'accordait qu'une lumière grise sur un monde pétrifié de la terre aux étoiles, Beauberty était redevenu un village désert, offrant l'apparence trompeuse d'un calme hivernal. Ceux de chez Vialle mangèrent en silence la soupe préparée par Blé, la mère laissant échapper par moments un gémissement qui tenait plus du cri que de la plainte. Mathieu gardait la tête courbée sur son écuelle, comme s'il ne la soutenait plus. Une fois la vaisselle faite, ils allèrent s'allonger. Blé sombra comme une masse.

Le lendemain, mercredi, les gendarmes acceptèrent les offres de service des curieux revenus nombreux dans les parages. En été, ils n'auraient pas eu la même disponibilité. Pour l'heure, la recherche d'Antoine offrait une animation bienvenue, d'autant que la journée s'annonçait exceptionnellement belle. À cette heure matinale où le soleil se préparait à émerger, des bandes roses et jaunes alternaient au levant, irisant la neige qui bleuissait de couleurs pastel. Les prés brillaient dans l'attente de l'aurore. Après les blanc, gris et noir des jours précédents, cette douceur de la nature qui ressortait sa palette de couleurs déconcertait. Quand le soleil se montra enfin, une vague de lumière dorée noya les crêtes, les arbres, contrastant fortement avec les creux qui restaient dans l'ombre.

À la différence de la veille et de l'avant-veille, les gendarmes organisèrent un ratissage systématique sur les chemins séparant Beauberty de La

Garde, avec des mailles si serrées que nulle belette ne passerait au travers. Mort ou vif s'il s'était mis à l'abri, ils avaient la quasi-certitude qu'Antoine Courtandon n'était pas loin de chez lui. La fièvre de la chasse est contagieuse. Une émulation se créa entre les uns et les autres. Il n'y avait pas de raison de marcher vite puisqu'on cherchait. On bavardait, on appréciait la distraction qui rompait la monotonie des jours, même si la cause était soucieuse. Ceux de chez Vialle étaient trop peu appréciés pour qu'on se désespère.

Ernest ne prit pas part à la recherche organisée. Ce n'est pas en battant le tambour qu'on attrape le lièvre. Il choisit de faire cavalier seul, soucieux de suivre son instinct, de bifurquer quand il en ressentirait le besoin. Tous pensaient à l'accident. Lui avait en tête une autre possibilité qui impliquait de s'écarter davantage des chemins. Il partit de chez lui à l'heure glaciale qui précède le jour, pour essayer de deviner où Antoine avait, de bon ou mauvais gré, bifurqué dans les brandes. En sortant de Fougères, il descendit au creux du vallon et longea le ruisseau dont le gel avait réduit le chant à un murmure quasi indistinct, avant de remonter vers Bosjean. Même s'il connaissait bien ce coin, il resta prudemment en lisière de la forêt, attentif à examiner toutes les traces pour essayer de distinguer celles d'Antoine. En balayant la neige devant chez lui, il avait effacé ses pas ; sans pouvoir les décrire avec précision, il avait gardé en mémoire les empreintes faites par les bottes du fils Courtadon : des empreintes larges et longues, avec le talon qui s'enfonçait plus que le reste de la semelle. S'il les voyait, il les reconnaîtrait. Effectivement, par endroits, là où les buissons arrêtaient le vent, il nota des traces qui correspondaient. Il les perdit, puis il les retrouva. Il était sur la bonne piste. Quand la zone boisée ne fut plus qu'un rideau d'arbres, il aborda une côte qui conduisait à un autre bois ; il suffisait de tracer en ligne droite pour le rejoindre. Là-haut, avec le temps clair, la vue était dégagée, il ne risquait pas de se perdre, mais dans les creux où la neige s'était accumulée, la marche restait difficile. À son passage, la dernière neige tombait des arbustes, s'éparpillant dans un poudroiement scintillant. Dessous, celle qui avait gelé soulignait d'un trait blanc les branches nues. La plupart des nids vides des oiseaux, qu'aucune frondaison ne dissimulait plus, boules de brindilles enchevêtrées, avaient été suffisamment bien accrochés pour résister aux bourrasques.

Après la côte de Pierrefitte, à une bifurcation qui menait soit vers Beauberty, soit vers Laqueuille, Ernest crut reconnaître des empreintes d'Antoine sur une plaque de neige, sauf qu'elles coupaient là encore par les brandes, dans une direction où personne ne penserait à le chercher. Il réfléchit. Et si Antoine avait voulu aller au col de La Chabanne en contournant Laqueuille ? Après tout, c'était logique qu'il voulût se rendre à l'endroit où son frère était mort. Ils auraient pu s'en douter. Il hâta le pas. L'avancée était pénible. À cette altitude, la neige était encore abondante et découvrait peu la végétation. Les traces de pas se multipliaient, rendant impossible leur reconnaissance. Au fur et à mesure du temps qui passait, Ernest essayait d'oublier le froid qui atteint le profond des reins et tue tout courage. Le soleil brillait dans un ciel d'un bleu soutenu, illuminant le pays de son or sans le réchauffer. Par moments, une queue de bourrasque le giflait, avant de s'évanouir tout aussi rapidement. Au détour d'un chemin, il se trouva nez à nez avec Henri Vazeilles :

« Bonjour ! lui dit-il, passé la surprise de le voir là. Vous avez su aussi ?

– Bien sûr qu'on a su, répondit Henri sèchement. Tout le pays se promène ! Y a longtemps qu'on n'avait pas vu une famille aussi bien agiter le monde. Je fais comme les autres, je le cherche. C'est pas qu'il manquera, mais on peut pas le laisser pourrir dehors.

– Parce que vous le croyez mort ?

– Pas vous ? ricana Henri. Vous avez regardé où pour que j'y rcpassc pas ? »

Ernest le lui expliqua.

« Moi, je viens de chez nous, il n'est pas dans les brandes. Vous me direz qu'elles sont grandes et que je ne suis pas passé partout, mais quand même : vous pouvez faire demi-tour », dit-il avant de repartir.

Malgré la réflexion du fils Vazeilles, Ernest poursuivit sa route. Quelques pas plus loin, il s'arrêta devant un buisson d'arbustes où on avait cassé deux grosses branches d'un noisetier. Il avait fallu une forte poigne car le bois était sain. Le vent arrachait des brindilles ou des branches sous sa prise, mais il ne pouvait casser net des bâtons aussi durs. Rien de tel qu'un bon bâton de noisetier pour s'aider à marcher, mais deux ?

Ses pas le ramenaient au buron. Si Antoine cherchait la vérité, il n'était pas impossible qu'il ait éprouvé, comme d'autres, notamment lui, l'envie d'y faire un tour. Alors qu'il s'approchait, il distingua, en clignant des yeux à cause de la réverbération de la lumière sur la neige, un mouvement inhabituel près d'un buisson. Un chien allait et venait. Il s'avança et distingua un homme qui s'affairait. Pour l'observer sans se faire repérer, il se dissimula sous un sapin dont les branches les plus basses descendaient jusqu'au sol.

Dans sa houppelande qui lui couvrait les genoux, il se confondait avec le tronc. Il vit l'inconnu se pencher vers le sol. Les bruyères couvertes de neige étaient suffisamment hautes pour cacher ce qu'il regardait, mais Ernest en eut le pressentiment. Que pourrait-il y avoir derrière ce buisson, sinon celui que tous recherchaient ? L'homme se releva, regarda autour de lui et fit demi-tour. Au fur et à mesure qu'il s'éloignait, suivi par son chien, il effaçait ses traces en traînant derrière lui une branche de bouleau. La déformation de son épaule permettait de reconnaître Lucas Taravant.

Quand Lucas passa, suffisamment loin pour ne pas remarquer les pas d'Ernest, son chien leva le nez et se dirigea vers le sapin. Son maître siffla pour le rappeler à lui et ils s'éloignèrent. Ernest attendit qu'ils aient disparu pour s'approcher à son tour. À côté des fougères gelées, Antoine Courtandon gisait, le visage contre terre, mort comme s'il avait trébuché et était tombé de tout son long, les bras à demi écartés, sa main droite tenant le goulot d'un flacon de gnôle semblable à celui qu'il avait amené à La Garde. Sa houppelande couvrait son corps, et la capuche sa tête, ce qui l'avait jusque-là protégé des attaques des bêtes. La nature sait être violente, mais elle suit son cours, immuable, alors que le sort incertain des hommes peut être interrompu brusquement.

Il s'agenouilla et retourna le corps qui empestait encore l'alcool. Maintenant raide et froid, la neige avait totalement fondu sous lui. Il était donc tombé pendant la journée quand le soleil, même dissimulé derrière les nuages, l'amollissait, et non pendant la nuit où elle devenait glace. Le visage gris et les paupières bleuâtres disaient que la mort remontait sûrement au dimanche. Ses lèvres étaient entrouvertes, ses yeux clos. En se relevant, perplexe, Ernest regarda le paysage où la tragédie s'était écrite : de larges plaques de neige brillant pour l'heure sous le soleil d'hiver, découvrant çà et là des bruyères piquetées par le vert des houx, des genévriers et de quelques sapins. Antoine avait dévié de son chemin pour se rendre à La Chabanne. Le flacon de gnôle venait de chez lui. Il en avait donc deux dans sa besace. Avait-il prévu une autre visite ? Chez les Vazeilles par exemple ?

Lucas Taravant l'avait trouvé le premier. Il s'était éloigné en effaçant soigneusement ses traces, il n'avait donc pas l'intention de prévenir les gendarmes. Cela n'arrangeait pas Ernest. Si c'était encore lui qui annonçait cette nouvelle à ceux de chez Vialle, il s'attirerait leur haine tenace. Mais comment faire autrement ? Il ne pouvait les laisser dans l'incertitude. Il se pencha de nouveau pour remettre le corps dans sa position initiale et il vit, à la base du crâne, la plaie que lui avait dissimulée la capuche relevée : Antoine avait été assommé. Un coup net, qui avait certainement provoqué une hémorragie interne car peu de sang avait coulé. Une fine croûte noire bordait la plaie. À proximité, il n'y avait ni pierre, ni bâton, ni gourdin. Antoine avait-il été surpris et attaqué par-derrière ? Y avait-il eu lutte ? Les fougères étaient cassées, mais ce pouvait être l'effet du gel ou le passage d'un sanglier ou d'un chevreuil. Sur le sol, l'alternance depuis dimanche de faibles chutes de neige, de redoux, de coups de froid, de vent, ne laissait aucun espoir de deviner l'histoire qui s'était jouée là.

L'enquête allait prendre un autre cours. Celle-là, ce n'est pas lui qui la mènerait. Il fit demi-tour vers Beauberty pour rejoindre ceux qui participaient à la battue, renonçant pour l'heure à mettre de l'ordre dans les idées qui l'agitaient. Quand il arriva en vue d'un groupe, il cria, des voix lui répondirent, trois hommes se dirigèrent vers lui à qui il fit part de sa découverte. Ils se hâtèrent et, devant le corps étendu, leurs exclamations fusèrent :

« C'est pas sa route. D'où venait-il ? Qui c'est qui l'a tué ?

– Deux fils ! En l'espace d'une semaine, la mère Courtandon a perdu deux fils ! C'est-y pas Dieu possible ! Pauvre monde, ça fait trembler ! »

Ils hochaient la tête, partagés entre l'apitoiement et l'excitation : l'histoire devenait de plus en plus extraordinaire et l'excitation l'emportait. Pas pour Ernest, qui pensait à ce qu'Antoine leur avait dit de la douleur de la mère Courtandon. Cette fois, elle allait sombrer.

Ils firent un brancard de fortune en posant un manteau sur deux longues branches. Ils attrapèrent le bois à travers le tissu pour le tenir en place et, après y avoir allongé Antoine, ils prirent le chemin de Beauberty. Au fur et à mesure de leur avancée, d'autres s'informaient, s'exclamaient, le cortège grossissait. Isolément, peu auraient osé se rendre chez les Vialle, mais en bande, tous voulaient y aller et ils entrèrent en foule dans la maison. Blé, seule, n'osa protester contre l'envahissement, mais fit preuve de suffisamment d'autorité pour que les hommes qui transportaient le corps l'allongent sur le lit de la mère Courtandon, comme on l'avait fait pour Grégoire, sans que d'autres pénètrent dans la chambre. Bientôt, dans la pièce à vivre, l'air empesta : une odeur de corps transpirant se mêlait à la fumée qui par moments refoulait de l'immense cheminée. L'odeur âcre prenait à la gorge et faisait tousser. Blé agissait comme une somnambule. Les voix autour d'elle lui arrivaient dans un rêve : voix nasillardes ou basses, apitoyées ou nerveuses, toutes surexcitées, émanant des gens debout devant la cheminée, la porte, l'horloge... un vrai vertige. La mère et Mathieu n'étaient toujours pas rentrés quand les gendarmes arrivèrent. Une fois mis au courant, ils exigèrent que tous déguerpissent, excepté Ernest, qui avait trouvé Antoine, et les trois autres porteurs qui l'avaient ramené. Quand Mathieu et sa mère, enfin prévenus, revinrent en hâte chez eux, le silence se fit dans les groupes installés à petite distance sur le chemin.

La mère n'était pas femme à éclater en sanglots. Quand elle vit le brigadier promenant son embonpoint dans la pièce, ses traits s'affaissèrent. Elle s'approcha du lit dans sa chambre avant de ressortir et de se diriger vers la table, de s'asseoir sur le banc, regardant devant elle, au-delà des gens présents, au-delà des murs, comme si plus rien n'existait qu'un immense horizon vide. Sourde aux discussions qui se faisaient à voix basse, mais il en aurait été de même si les présents avaient hurlé, de temps à autre sa poitrine se soulevait et elle aspirait l'air en grimaçant, parce que le simple fait de respirer la faisait souffrir. Personne ne se risquait à une parole de réconfort, personne ne lui posait de questions, tous se tournaient vers Mathieu qui, par contraste, rouge, affairé, s'agitait, ne sachant quoi faire ni comment le faire.

Le brigadier exposa en quelques mots les derniers événements, précisant qu'un de ses hommes était en route pour prévenir le docteur Guitard de Saint-Sauves qui procéderait à une autopsie avant de délivrer le permis d'inhumer.

« Où est-ce qu'il était exactement ? » demanda enfin Mathieu d'une voix grondante.

Le brigadier fit un signe de tête à Ernest, qui expliqua où il avait trouvé le corps, sans préciser qu'un autre s'en était approché avant lui.

« Encore vous ! s'énerva Mathieu. Bon Dieu ! vous portez plus de malheur qu'un hibou ! Les Limousins, quelle sale engeance ! »

Ernest s'y attendait à celle-là !

« Je l'ai cherché là où c'était le plus évident, protesta-t-il avec énergie, là où son frère est mort. Si vous aviez eu l'idée d'aller vers le buron, c'est vous qui l'auriez trouvé. »

Mathieu, bloqué sur place, ne répondit pas.

« Il n'est pas mort aujourd'hui, reprit Ernest, mais sûrement dimanche, après être parti de chez nous. Ce jour-là, je suis resté à La Garde.

– Il nous faudra le vérifier », intervint le brigadier.

Ernest repassa mentalement rapidement ses deux dernières journées en revue. Il n'y avait pas de périodes de plus de deux heures où il n'ait eu affaire à un voisin. La vie sous le regard des autres a parfois du bon. Sauf pendant son voyage de lundi aux Baguay… Les Bascoulergue pourraient témoigner, mais on pourrait le soupçonner d'avoir fait un détour : dans quel pétrin s'était-il encore fourré ? Quand il mentionna le flacon de gnôle qu'Antoine tenait dans sa main, Mathieu protesta :

« Il ne buvait pas !

– Il faut croire que cette fois-ci il a fait une exception, répondit calmement le brigadier. Rien n'empêche ceux qui sont sobres en compagnie de boire autant qu'ils veulent quand ils sont seuls. Après les derniers événements qui vous ont frappés, il aura voulu trouver du réconfort dans la gnôle. Un homme ivre est moins à même de se défendre. »

La mère regardait toujours droit devant elle, n'entendant rien de ce qui se disait, son esprit battant l'immensité.

« Le flacon est bien pareil à celui qu'il vous a amené ? demanda le brigadier en se tournant vers Ernest. Il en avait un autre dans son sac ?

– Je ne suis pas allé fouiller ! répondit Ernest. Moi aussi, ces derniers jours où j'ai dû bouger, j'ai emmené de la gnôle pour me réchauffer. Chez nous, poursuivit-il, Antoine Courtandon n'a accepté qu'un café et il est arrivé sobre. »

Une autre question le turlupinait : s'il leur avait montré le piochon trouvé dans le buisson à côté du buron quelques jours plus tôt, s'il leur avait fait part de ses doutes, comme il en avait eu l'intention, est-ce que cela aurait évité la mort d'Antoine ? Mais ce piochon, les gendarmes ne l'avaient pas recherché, ils avaient supposé que Grégoire avait assommé la jument avec un gourdin qu'il avait jeté dans le brasier où il avait brûlé. Et aujourd'hui, ils ne semblaient pas élaborer une histoire plus compliquée :

« Il aura voulu retourner au buron où son frère est mort, dit le brigadier, et sur le chemin, il a croisé un homme qui l'a assommé. Sûrement un avec qui il s'était déjà bagarré. »

S'il connaissait la réputation des trois frères, il était tenu trop à l'écart des affaires du pays pour avoir une idée du nombre d'ennemis qu'ils s'étaient ainsi faits. L'enquête serait plus difficile qu'il ne l'imaginait. On voyait comment les choses se mettaient en place pour lui : Antoine était parti avec deux flacons de gnôle, un pour offrir, un pour se réchauffer. En route, alors qu'il faisait un détour pour aller sur les lieux de la mort de son frère, il l'avait ouvert et l'avait bu. Qu'il n'ait pas la réputation d'un pilier de bistrot ne signifiait rien. Il y a des ivrognes qui se font un point d'honneur à ne jamais boire en société. Un de ses ennemis, passant par là, le trouvant ivre, affaibli, en avait profité pour lui donner un coup mortel ou alors il l'avait seulement estourbi et il était mort de froid. Le médecin trancherait.

Les idées d'Ernest n'étaient pas très différentes, sauf qu'il voulait relier cette mort aux précédentes, celle de Grégoire et celle du chien. Il avait fallu un homme déterminé à arriver à ses fins, car Antoine Courtandon n'était pas une mauviette.

Blé, livide, savait qu'elle ne risquait plus rien d'Antoine. Maintenant qu'elle était délivrée, elle avait honte, honte d'avoir espéré qu'il ne revienne pas. Dieu sait qu'elle n'avait pas souhaité sa mort, non, elle voulait juste voir disparaître le danger qu'il représentait. Mais en permettant ce meurtre, Dieu l'avait exaucée d'une manière si radicale qu'elle se retrouvait glacée. Elle avait prié pour que son cousin la laisse tranquille, pas pour qu'il meure, encore que la veille, quand elle avait envisagé cette possibilité, elle ne pouvait se cacher qu'elle en avait éprouvé du soulagement. Parce qu'elle pensait à un accident, pas à autre chose. N'importe, comment allait-elle se débrouiller de ce nouveau fardeau sur sa conscience ? C'est une chose d'apprendre une nouvelle, c'en est une autre d'y habituer son cœur. La mère Courtandon allait devenir folle. Et Mathieu ? Lui qui depuis son enfance en voulait à Dieu de lui avoir fait une si mauvaise part, lui qui avait tant travaillé pour remonter la propriété, nourrir ses frères et qui voyait en une semaine ses efforts réduits à néant, comment allait-il réagir ? Et puis, il y avait cette dernière question, la plus terrible : qui l'avait délivrée de sa peur en tuant Antoine ?

Avant de repartir, Ernest offrit ses condoléances que Mathieu accueillit avec un regard mauvais :

« Ça serait mieux si vous vous teniez loin de chez nous », lui dit-il, féroce.

Était-ce un avertissement ou la superstition de le voir provoquer une autre catastrophe ?

« J'y veillerai », répondit Ernest sur le même ton, pour montrer qu'il désapprouvait cette façon d'agir qu'aucun chagrin n'excusait.

XVI

La lessive

SOUS UN CIEL BLANC ET CALME, la roue de la brouette grinçait sur le chemin qui conduisait au lavoir : en fondant, la neige avait amolli la terre que les roues des charrettes, les pas des hommes et des bêtes avaient creusée de ravines avant que le gel ne les fige, rendant le chemin cahoteux et quasi impraticable. Chaque secousse se répercutait dans les bras et le dos de Blé qui tenait bon pour ne pas renverser son chargement de linge sale. Le lavoir était de l'autre côté du village. Même s'il faisait moins froid que les jours précédents, elle serait sûrement seule, les autres femmes attendant des jours meilleurs pour se lancer dans les lessives. Mais les deux décès qui avaient frappé ceux de chez Vialle les avaient amenés à accumuler les draps et les vêtements et il fallait à la fin s'y résoudre.

Elle allait avoir froid, mais au moins pendant quelques heures, elle serait hors de la maison dont l'atmosphère était irrespirable. Depuis le meurtre d'un deuxième fils, la mère Courtandon ne parlait plus, elle ne criait pas non plus, mais émettait d'étranges sons qui tenaient à la fois du râle et du gémissement. Cela devait correspondre à des moments où des images particulièrement insoutenables s'imposaient à elle. Mathieu, plus fermé que jamais, avait le regard parcouru de lueurs mauvaises qui incitaient Blé à se faire la plus petite possible. Ces derniers jours, elle n'avait pas cherché à rejoindre Lucas et il ne s'était pas approché non plus. Le moindre faux pas anéantirait leurs projets. Il fallait attendre. Alors, efficacc, silcncicuse, elle s'affairait.

Il n'y avait effectivement personne au lavoir. Enfin, parler de lavoir était exagéré. Celui de Beauberty n'avait rien de commun avec un lavoir de bourg. Ici, pas de toit pour abriter de la pluie, ni de réservoir cimenté ni de rigoles pour l'arrivée et l'évacuation de l'eau. À cet endroit où le ruisseau qui courait au bas du village se faisait plus large, les hommes avaient approfondi son lit pour y former un réservoir naturel et avaient poli plusieurs blocs de pierre sur lesquels les femmes s'agenouillaient commodément, en posant leur planche devant elles. Deux saules les protégeaient des ardeurs du soleil d'été. Pour l'heure, ils étaient nus. Blé approcha sa brouette d'une des pierres, de façon à débarquer commodément son linge et son matériel. Elle remonta les manches de son gilet, ajusta son châle pour qu'il la tienne le plus chaud possible sans gêner ses mouvements. Elle posa enfin sur le bloc de pierre le coussin de petassous qui éviterait à ses jambes le contact glacé, installa sa planche et s'agenouilla pour commencer sa besogne. Malgré le relatif redoux, très vite le froid lui saisit les pieds que protégeaient mal ses chausses et ses sabots, et monta le long de ses cuisses. L'eau raidissait ses doigts rougis. Elle s'activait avec énergie autant pour se réchauffer que pour expédier sa besogne.

L'avantage d'un travail comme la lessive est de laisser l'esprit libre. Par beau temps, malgré sa pénibilité, les heures passées au lavoir étaient des heures joyeuses de complicité entre les femmes qui s'arrangeaient pour venir à plusieurs afin de commenter les derniers potins, installées de part et d'autre du ruisseau. Le bricolage offrait aux hommes des moments communs dont, enfermées chacune dans son foyer, elles étaient privées. Blé aussi aimait ces moments d'échanges que sa tante fuyait depuis longtemps. Comme servante, elle n'était pas traitée en égale par les autres femmes, mais elle écoutait avec plaisir les nouvelles et les plaisanteries. À cause de leurs bagarres fréquentes, les frères Courtandon étaient un des principaux sujets des conversations et c'est ici que Blé apprenait le plus souvent leurs derniers exploits dont ils ne se vantaient guère devant la mère. La sachant discrète, les femmes parlaient librement. En effet, Blé séparait ses univers, celui de la maison, où elle se montrait efficace et soumise ; celui du lavoir, où elle était silencieuse mais détendue et, depuis peu, celui de Lucas, le plus beau, où elle se sentait légère et aimée. Aujourd'hui, il n'y aurait pas de conversation et elle s'activerait seule. Il fallait un vrai grand froid pour freiner la curiosité des voisines sur ce qui se passait chez les Vialle !

Elle commença par les draps mortuaires de Grégoire et Antoine. Leurs corps les avaient salis et tachés, mais ils étaient plus faciles à nettoyer que lorsqu'ils avaient accumulé au plus profond de leurs fibres la crasse de dizaines de nuits. Elle attaqua ensuite les vêtements. Après avoir imprégné ceux de Grégoire, le sang de la jument avait séché, et elle passa un temps infini à savonner, frotter, battre pour les nettoyer de toutes ces traces. Comme les garçons avaient des carrures proches, Mathieu en hériterait quand elle aurait rapetassé la blouse. Quel serait son sentiment en les endossant ? Il était hors de question de ne pas s'en servir. Elle en était là de ses réflexions lorsqu'elle entendit le pas de Lucas qui dévalait la pente pour la rejoindre.

« Je t'ai vue passer avec ta brouette, expliqua-t-il en s'accroupissant à côté d'elle. La lessive ne pouvait pas attendre ? L'eau est gelée.

– Avec la mort du Grégoire et de l'Antoine, le tas de linge a grossi, surtout les draps et leurs vêtements. Il fallait bien se décider. »

Sa présence rassurante chassait les nuages qui hantaient son esprit. Sans s'en rendre compte, elle respira plus lentement.

« Comment ça se passe ? demanda-t-il anxieux. Ils te laissent tranquille ? »

Comment lui dire l'atmosphère qui régnait à la maison depuis ces bouleversements aussi rapides et profonds ? L'absence des deux frères faisait un étrange vide auquel elle ne s'habituait pas, s'attendant à tout moment à les voir passer la porte ou s'asseoir à la table. Celle qui était la maîtresse était devenue une vieille femme qui continuait à faire son travail mécaniquement, avec de longs moments suspendus ; immobile, elle fixait un point qu'elle seule voyait. Blé la trouvait plus effrayante encore que lorsqu'elle râlait sans cesse.

« Tu sais que ça n'est pas forcément mauvais pour nous ? poursuivit Lucas. Le Mathieu se retrouve le seul héritier, les gens disent déjà qu'il devient un bon parti et, malgré son caractère, y a des familles qui vont le regarder autrement. Sa réputation ne fera pas peur à toutes les filles.

Certaines se sentiront assez fortes pour le mater, surtout que ceux qui gueulent dehors ne sont pas forcément mauvais chez eux. On dit bien que si on veut dompter le loup, il suffit de le marier. Celle qui pouvait retenir d'y aller bru était la mère qui n'était pas partie pour laisser beaucoup de place, mais il paraît qu'elle a beaucoup baissé ; elle ne rebutera plus. Un jeune couple n'a pas besoin de servante, ils te laisseront partir. »

C'était une analyse rapide et discutable, notamment sur la possibilité de voir un loup devenir mouton et sur l'intérêt d'un couple, fût-il jeune, à se priver de deux mains efficaces, cependant il y avait du vrai dans le discours de Lucas. Dieu, comment la vie pouvait-elle basculer autant en si peu de jours ? Elle en avait le tournis.

« Je n'arrivais pas à m'habituer à la mort du Grégoire qu'il faut se faire à celle de l'Antoine, dit-elle en continuant à s'activer sur le linge. Il y avait bravement du monde à son enterrement hier. D'abord il faisait moins froid et les gens sont devenus curieux. Deux morts en si peu de temps dans une même maison, ça marque. Surtout quand il y a un meurtre.

– J'ai préféré ne pas m'y montrer. Ça aurait mis le Mathieu en rogne et on n'a pas besoin de ça pour nos affaires. Le père et la mère m'ont dit que l'église était pleine. L'Antoine aura été mieux accompagné que le Grégoire. »

Il se tut. Le chant du ruisseau, gonflé par les pluies et les neiges, était plus vif qu'en été, mais, tout à leurs pensées, ils n'y prêtaient pas attention. Pas plus qu'à la bise qui, de temps à autre, agitait les branches des saules.

« Qu'est-ce qu'il lui est arrivé à l'Antoine ? demanda Blé d'une voix basse, tout en continuant à frotter avec énergie.

– Va savoir ! répondit Lucas, sortant de sa brève rêverie. Ce qui est sûr, c'est que ça en fait un de moins à te commander et à te faire trimer.

– C'était pas le plus mauvais », répondit-elle, étonnée de prendre sa défense.

Alors que ces derniers jours elle le redoutait plus que tout, aujourd'hui c'est avec une certaine émotion qu'elle repensait à ses regards, à ses attentions maladroites. Maintenant qu'elle n'avait plus à le craindre, elle lui était reconnaissante d'avoir remarqué qu'elle existait et de l'avoir respectée.

« Ça en fait quand même un de moins, répéta Lucas. Les gendarmes finiront par savoir qui l'a assommé.

– C'est pas sûr, répondit-elle en terminant de frotter les habits de Grégoire. Le Mathieu aura peut-être trouvé avant et ça fera du mauvais. »

Elle attrapa la veste d'Antoine, facile à nettoyer, car il était tombé dans la bruyère et ne s'était donc pas sali.

« Sa veste sent encore l'alcool. Lui qui ne buvait jamais...

– Faut croire que si, remarqua Lucas. En tout cas, les choses sont meilleures pour nous. Je compte reparler au père sans tarder. On se mariera, tu vivras chez nous, tu pourras te promener dans le pays avec ton beau foulard.

– Mais non, puisque je suis en deuil pour encore au moins deux ans !

– C'est vrai, mais tu le mettras dans la maison pour te faire belle pour moi. »

Blé n'était pas certaine que le père de Lucas se montre accueillant. De longues journées de travail l'attendaient chez les Taravant, comme chez les Courtandon. Même si la perspective de voir son amoureux sans entrave et de partager sa vie était enchanteresse, il ne fallait pas se laisser griser par des images illusoires.

Elle arrivait au bout de son tas. Elle attrapa le pantalon que Mathieu avait mis au sale le lendemain de la foire. Pendant ces quelques jours, la moisissure avait attaqué les fibres et il était taché. Elle se fit la réflexion qu'il aurait pu le faire sécher devant la cheminée plutôt que de le poser encore mouillé sur le tas dans la remise. Le tissu était fragilisé et, dans peu de temps, il faudrait en repriser les trous. En frottant, elle fut déconcertée : ce n'était pas seulement des taches de moisissure qu'elle nettoyait. L'eau avait beau courir, celle qui jaillissait sous ses coups de battoir était rouge. Du sang ?

« Regarde, dit-elle à Lucas : Mathieu s'est blessé pendant son retour de Rochefort. Ses brayes sont tachées.

– Avec la tempête, sur le chemin du retour, ils sont une belle bande à être tombés et à s'être amochés. Ou alors, il s'est battu à la foire, comme presque à chaque fois. »

La lessive finie, il fallait monter la côte et non la descendre, et le linge mouillé, même bien essoré, pesait plus lourd. Les mains gelées de Blé auraient eu moins de prise sur les bras de la brouette, mais Lucas s'en chargea. Malgré sa force, il faillit plus d'une fois verser le chargement. Juste avant le haut de la côte, il posa la brouette et la serra contre sa poitrine.

« J'arrête ici, sinon on va se faire repérer. Reste vaillante, on y arrivera. »

Ragaillardie par cette étreinte, Blé regarda s'éloigner la silhouette voûtée de l'homme qu'elle aimait. Qu'importe une épaule de travers quand le cœur est droit et que le bonheur vous est promis ?

De retour à la maison, elle posa la brouette dans l'étable et entra dans la pièce à vivre pour se réchauffer. La mère Courtandon, qui n'avait pas envie de la voir tomber malade, n'y trouverait rien à redire. De toute façon, depuis la mort d'Antoine, elle déclinait. Blé se servit une soupe chaude. Peu à peu, elle retrouvait l'usage de ses membres. Si elle toussait et si le nez lui coulait, elle n'avait pas pris de mal aux poumons, elle le sentait. C'était mieux, car il lui restait à préparer la lessiveuse pour faire bouillir les draps, mais avant, elle monta dans la chambre des garçons – elle n'arrivait pas encore à penser « la chambre de Mathieu » – pour faire sécher les vêtements. En hiver et quand il pleuvait, c'est là qu'elle étendait le linge sur des ficelles tendues d'un mur à l'autre entre leurs paillasses. La pièce n'était pas chaude, mais installée au-dessus de la cheminée de la pièce à vivre, il n'y gelait pas.

Habitée par la rencontre avec Lucas et les perspectives qu'il lui avait décrites, c'est avec spontanéité qu'elle interrogea Mathieu quand il entra, alors qu'elle suspendait son pantalon :

« J'ai eu du mal avec les brayes que tu portais le jour de la foire. Elles étaient tachées.

– Et alors ? C'est pas la première fois. En passant près du coin où la mère Sibial coupait le cou des poules qu'elle vend aux bourgeoises de

Rochefort, j'ai glissé et je lui ai renversé un bol de sang. Elle a gueulé fort mais elle n'avait qu'à pas se foutre au milieu du chemin ! Ça m'a éclaboussé le manteau et les brayes. J'ai rincé le bas du manteau à la fontaine, mais j'allais pas me mouiller les brayes par le temps qu'il faisait.

– Si tu me les avais données tout de suite en revenant, elles auraient été plus faciles à ravoir. Ça aurait évité les moisissures. Tout ce sang…

– Quoi, tout ce sang ? T'es habituée à en laver plus encore quand tu as tes affaires de femelle. De quoi tu te plains ?

– De rien, balbutia-t-elle, se demandant comment elle s'était ainsi laissée aller à lui faire une remarque. C'était juste pour dire…

– Alors, tu dis rien. Est-ce que je vais baver, moi, quand tu vas voir l'estropié d'à côté ? Tu crois peut-être que je le sais pas que tu te laisses reluquer ? Par celui-là et par d'autres ? Tu veux que je lui casse l'autre épaule pour finir de te l'arranger ? Non ? Alors, fous-moi la paix ! » dit-il en quittant la chambre.

Blême, elle s'assit sur la paillasse la plus proche. Il savait ! Elle avait à peine échappé au danger que représentait Antoine que Mathieu, le dernier des frères, prenait le relais. Ça ne finirait donc jamais !

Se relevant, partagée entre l'angoisse et l'abattement, elle finit d'étendre le linge et descendit à son tour pour préparer le repas qui fut silencieux, comme tous les précédents. Elle se préparait à débarrasser quand Mathieu l'interpella sèchement :

« Quand t'as fini, viens me donner un coup de main dans la fourniale. Y a des clous à trier. »

XVII

Ernest chez Lucas

ERNEST MARCHAIT énergiquement sur le chemin qui séparait La Garde de Beauberty. Le soleil brillait, la neige fondait, un étrange redoux rendait le pays boueux avant les prochaines chutes de neige qui, cette fois, devraient recouvrir le pays pour de longs mois. Après avoir discuté avec le Grand la veille au soir, il avait pris la décision d'aller voir Lucas Taravant. Il voulait apprendre ce qui l'avait amené dans les bruyères où gisait le corps d'Antoine, repréciser son emploi du temps du jour de la foire et d'autres choses encore. Il ne croyait plus guère que Martin ait pu tuer Grégoire. Il y avait bien sûr toujours la piste du fils Vazeilles, mais Lucas n'était pas un suspect impossible. En le faisant parler, il y verrait plus clair. Depuis leur rencontre au buron du col de La Chabanne, il n'était plus un inconnu et il pouvait se permettre d'aller lui rendre visite sans provoquer trop d'étonnement. Lors d'une deuxième conversation, on est plus en confiance et on lâche des détails *a priori* sans importance qui peuvent se révéler cruciaux.

Quand il frappa, personne ne répondit. Une odeur de brûlé lui saisit le nez qui l'incita à pousser la porte. Dans la pièce à vivre, il n'y avait personne, et, sur le poêle, une marmite fumait. Sans prendre le temps de secouer ses bottes, il s'approcha pour soulever le couvercle : des pommes de terre brûlaient. Alors qu'il reposait la marmite sur le côté le moins chaud du poêle, la mère Taravant entra. S'excusant de la boue qu'il avait rentrée dans la maison, il lui expliqua la situation.

« La boue, ça se balaye, lui dit-elle en attrapant une cuillère en bois pour vérifier la gravité des dégâts. Alors que les marmites qui attachent... Je suis allée chez une voisine et j'ai pas fait attention à l'heure. Ça ira, mais il était temps !

– Le père Vazeilles m'a dit que votre fils était de bon conseil pour la greffe des fruitiers. Le moment n'est pas forcément bien choisi, mais je profite des mauvais jours pour bouger, au printemps il y a trop à faire !

– Il commence à avoir une bonne réputation, dit-elle avec une trace de fierté dans la voix. Vous avez vu nos poiriers derrière la maison ? C'est son travail. À cette heure, il est dans l'étable. Mais vous allez d'abord prendre quelque chose. Sans vous, ma soupe était perdue. »

La curieuse n'allait pas le lâcher sans qu'il lui ait raconté ce qui s'était passé chez ses voisins il y avait trois jours de cela. Il avait appris à ne dire que ce qu'il voulait. Il lui donna quelques explications, les plus simples possibles, celles qu'elle aurait pu, sans peine, imaginer seule. Puisqu'il était un témoin direct, elle les avalait avec délectation en lui remplissant son verre. Il arrêta son geste après qu'elle eut versé un fond. Il savait la propriété tout juste suffisante à les nourrir. Les quatre sœurs de Lucas travaillaient comme bonnes dans des maisons bourgeoises de La Bourboule et du Mont-Dore. Il eut aussi la politesse de boire lentement pour qu'elle n'ait pas à le resservir.

Quand il passa enfin le pourtané, avec malgré tout une légère appréhension sur la justesse de sa démarche, Lucas réparait une mangeoire devant une de leurs deux vaches.

« Bonjour, dit ce dernier, à peine curieux, en arrêtant momentanément son travail. Qu'est-ce qui vous amène à Beauberty, cette fois ? Vous avez encore trouvé un corps quelque part ? »

Ne voyant pas de raison de finasser, il décida d'être direct :

« Le dernier, c'est grâce à vous que je l'ai découvert. Je vous ai vu vous pencher sur lui dans les bruyères qui montent vers La Chabanne. Si j'étais passé un peu plus tôt ou un peu plus tard, je ne l'aurais pas remarqué. Les bruyères étaient assez hautes pour le cacher. Vous êtes passé sans faire attention parce que j'étais plus bas, à côté d'un sapin... Vous n'aviez pas rabattu la capuche de votre houppelande. Même sans votre épaule, je vous aurai reconnu.

– Vous vous planquiez, c'est ça ? dit Lucas d'un ton méprisant, qui s'énervait. Fouinard et rat dans le même temps ! Ça fait beaucoup pour un seul homme ! Pourquoi vous venez alors ?

– Pour comprendre comment vous l'avez trouvé, alors qu'il était à l'écart et que les bruyères le cachaient, et pourquoi vous n'avez pas prévenu les gendarmes.

– J'ai prévenu personne, répondit Lucas en se rapprochant, parce que je ne voulais pas avoir d'ennuis. Vous me voyez raconter au Mathieu que j'avais trouvé son frère au milieu des bruyères avec le crâne fracassé ? Une épaule abîmée, ça me suffit, je tiens à garder l'autre droite. Quand j'ai rabattu la capuche, j'ai vu la plaie sur son crâne. J'ai remis la capuche et je suis parti. Vous avez dit quoi aux gendarmes ? »

Étant donné l'inimitié entre les deux familles et son lien avec Blé, Lucas n'avait effectivement pas intérêt à attirer l'attention sur lui et à laisser supposer aux Courtandon de chez Vialle que, s'il avait trouvé Antoine, c'est qu'il savait où il était.

« Je n'ai pas parlé de vous, si c'est ce qui vous tracasse.

– Vous attendez que je vous dise merci ?

– Non, mais comment avez-vous eu l'idée de le chercher par là ?

– Qu'est-ce que ça peut vous faire ? Pensez ce que vous voulez, je m'en fous. Vous avez vu le flacon de gnôle vide à côté de l'Antoine ? Il a bu, lui qui ne buvait jamais, et ça l'a tombé jusqu'à ce que le froid le saisisse et qu'un qui passait ou qui le suivait finisse de l'achever. Et vous avez aussi vu qu'il était mort de longtemps. Blé disait qu'il avait des idées sur ce qui était arrivé pour leur chien et j'ai pensé qu'à un moment ou à un autre, il aurait envie d'aller faire un tour au buron. Je l'ai bien eue, moi, et vous aussi d'ailleurs puisqu'on s'y est rencontrés. Voilà ! Et c'est pas moi qui l'ai trouvé, c'est mon chien. Je suis le seul à avoir pensé à en emmener un. L'Antoine est mort dimanche, parce qu'il s'est saoulé et qu'un gars qui lui en voulait l'a tué. Vous n'êtes pas gendarme ! Celui qui ira baver auprès d'eux se fera une belle réputation dans le pays ! »

Passé la première surprise, il adoptait une contenance impénétrable et agressive qui rendait impossible de deviner ses pensées.

« Je ne suis pas gendarme, et je suis bien d'accord que celui qui ira les voir risque de se faire une mauvaise réputation, sauf s'il leur met la puce à l'oreille en leur montrant qu'il y a des choses qui ne vont pas ensemble.

– Quelles choses ? Quelle puce ? Vous, le Limousin, vous voulez foutre la merde dans le pays avec vos bêtises ? Vous n'avez pas compris que les fils Courtandon c'est de l'amadou ? Il en reste un. Vous allez allumer la mèche ?

– Je n'allumerai rien du tout. Je sais que les choses ont parfois une apparence trompeuse, mais quand même : avouez que vous aviez une belle raison de vouloir supprimer les deux frères. L'un qui vous a estropié, l'autre qui vous a peut-être surpris avec Blé.

– Bougre de *charpille*[1] ! gueula Lucas en s'approchant de lui, menaçant. Vous avez l'air discret, mais vous n'êtes qu'un beau salaud décidé à salir du monde qui ne vous a rien fait. Je suis peut-être estropié, mais je sais me servir de mes poings. Qu'est-ce que c'est que cette histoire de supprimer les deux frères ? C'est quand même pas moi qui ai suggéré au Grégoire de mourir de froid en se fourrant dans le ventre d'une jument ! À l'heure où il l'a fait, j'étais dans mon lit.

1. *Charpille : malfaisant.*

– Gardez vos injures pour vous ! s'énerva Ernest. Vous vous souvenez du manche de piochon devant la cheminée dans le buron ? En le regardant, vous avez remarqué qu'un fouineur avait volé le fer. C'était moi. J'ai trouvé le piochon au plus profond du bosquet de noisetiers, et sur le fer, il y avait du sang et des crins collés. Vous imaginez le Grégoire le planquer là après avoir assommé la jument ? Vous comprenez ce que ça veut dire ?

– Nom de Dieu, murmura Lucas en blêmissant.

– Il y en a un qui l'a étouffé dans la neige pour que personne n'ait de soupçons. L'Antoine, lui, a été assommé. Le reste, la jument éventrée, le flacon de gnôle vidé, c'est pour égarer les gendarmes. À chaque fois, la même façon : un meurtre et un indice bizarre pour détourner l'attention et faire croire à l'accident ou au hasard.

– Bougre de bougre ! dit Lucas en s'asseyant sur le bord de la mangeoire sous l'effet de la surprise. Comment vous en êtes arrivé à comprendre ça ?

– À force de retourner les idées dans ma tête. D'abord, à la foire de Rochefort, j'ai vu le Grégoire acheter un foulard, et à Beauberty, quand ses frères ont ouvert son sac, le foulard n'y était plus.

– Un foulard, vous dites ? demanda Lucas, soupçonneux. Un foulard comment ?

– Un foulard de laine vert foncé avec des arabesques d'un vert plus clair.

– Qu'est-ce que vous racontez ? hurla Lucas. C'est à la dernière foire de Rochefort que le Grégoire avait acheté le foulard vert ? »

Ernest allait répondre quand le père Taravant entra.

« Pourquoi tu gueules ? dit-il sans un regard vers Ernest. Ta mère m'apprend que tu as de la visite, c'est bien beau tout ça mais on a autre chose à faire. Qu'est-ce que tu attends pour sortir le fumier ? »

Il n'y avait pas de meillcurc façon d'indiquer à Ernest qu'il n'était pas le bienvenu. Il allait s'excuser du dérangement, parler de la greffe des fruitiers quand Lucas le devança :

« J'attends que je fais ce que je veux ! répondit-il d'un ton sec. Si ça te convient pas, prends la fourche. Même que je la plante là. »

Le père Taravant, à qui son fils ne s'était jamais adressé ainsi, resta coi l'espace d'un instant. Lucas s'avança sans lui laisser le temps de riposter :

« Il serait temps que tu remarques que je te dépasse d'une tête. Maintenant, tu me laisses tranquille quand j'en ai besoin. Le fumier, tu t'en démerdes ! »

Sous l'effet de la surprise et devant l'avancée rapide de son fils, le père recula. Ce n'était que d'un pas, mais tous les deux comprirent instantanément que ce pas signifiait que, dorénavant, leurs relations ne seraient plus jamais les mêmes.

« Laisse, reprit Lucas plus calmement, surpris lui aussi de ce qui venait de se passer et qui ne comptait pas abuser de son avantage, surtout en ce moment. Laisse, répéta-t-il, j'ai quelque chose à discuter et, après, je reviendrai finir. Venez, dit-il à Ernest en se tournant vers lui, allons dans un coin où on sera tranquilles. »

Ils sortirent, laissant le père Taravant muet sous le coup qu'il venait de recevoir. Suffocant, il s'appuya à un des piliers de l'étable. Son fils avait pris le dessus. La suite était facile à imaginer : peu à peu, il devrait s'effacer. Il ne le ferait pas sans combattre, mais puisque leurs relations avaient toujours été fondées sur la force et que la force avait changé de côté, il finirait par perdre. « Déjà… pensa-t-il, partagé entre le ressentiment et la peur de ce nouvel horizon. Engraisse un chien, il te dévorera ! » Dire qu'il y a vingt ans de cela, il avait tant espéré avoir un fils après quatre filles ! De Dieu, il aurait mieux valu que la Berthe lui en ponde encore dix de ces pisseuses ! Garce ! C'était de sa faute, à cette brenique qui sortait d'une famille de rien. Il se redressa ; il allait se défendre et il lui restait encore quelqu'un sur qui exercer pendant longtemps son caractère.

« Ici, on sera pas dérangés, dit Lucas en fixant Ernest, avant de refermer la porte du cabanon où il se retrouvait avec Blé. Vous me parliez d'un foulard. Vous êtes certain que le Grégoire l'a acheté le jour de la foire ? »

Ernest planta ses yeux dans ceux de Lucas, qui soutint son regard avec le cran dont il faisait toujours preuve : difficile de l'imaginer en assassin.

« Puisque je vous le dis. Devant l'étal à Rochefort, il était à côté de moi. Je ne le connaissais pas, mais quand on l'a sorti du ventre de la jument, je l'ai tout de suite reconnu. Qu'est-ce qui vous étonne là-dedans ?

– Ce qui m'étonne, dit Lucas d'une voix blanche avec un visage dépourvu d'expression, c'est que le foulard, je l'ai trouvé dans ce cabanon. Ceux de chez Vialle y rangent des bricoles qu'ils ne peuvent fermer ni dans la fourniale ni dans la grange. Ça m'arrive d'y faire un tour pour savoir ce que fait Blé. Vous voyez, il y a une ouverture qui donne sur leur cour. Des fois, on s'y retrouve. C'est vrai que j'en profite pour fouiner un peu. L'autre jour, derrière une planche, j'ai trouvé un foulard vert, avec des arabesques comme vous dites. Je ne comprenais pas ce qu'il faisait là. À vrai dire, j'ai pensé que c'était le Grégoire qui l'y avait caché pour le donner à sa belle, mais pour moi, forcément, il l'avait caché de longtemps. Y a que lui qui avait l'air de s'intéresser à une fille. Comme il était mort, je l'ai pris. Je l'ai donné à Blé, parce que… parce que j'en ai eu envie ! C'est la première fois que je leur vole quelque chose, se hâta-t-il de préciser, si on peut appeler ça voler, parce que ce foulard, Blé l'a largement mérité, bien plus que n'importe quelle fille. Mon seul tort a été de lui faire croire que c'est moi qui l'avais acheté. Comme si c'était possible ! Le père me donne jamais de sous. J'aurais tellement aimé l'avoir fait.

– Allons, dit Ernest, qui n'y comprenait rien, en fronçant les sourcils. C'est bien le Grégoire qui a acheté le foulard, mais seulement le jour de la foire de Rochefort. Comment il est arrivé dans ce cabanon ? Quand les frères ont ouvert son sac, il était vide, j'en suis sûr. »

Debout, l'un en face de l'autre, ils se turent un moment pour essayer de mettre leurs idées en place.

« L'Antoine n'était pas à la foire, dit Lucas d'une voix sombre, mais le Mathieu si. Attendez… Hier, je suis allé retrouver Blé, qui faisait la lessive au lavoir malgré le froid. Elle m'a fait remarquer que les brayes du Mathieu étaient tachées de sang. On a supposé qu'il s'était blessé. C'est peut-être en…

Il s'arrêta. Il ne comprenait ni pourquoi ni comment, mais une intuition nourrie par les éléments qu'il repassait dans sa tête lui faisait envisager l'inenvisageable.

– En quoi ? le pressa Ernest. En éviscérant la jument ? C'est à ça que vous pensez ?

– Ça ne tient pas, reprit Lucas, tendu. Si c'est lui qui a tué la jument, il aurait eu du sang sur sa veste et sa chemise et il les porte toujours. Et puis, un corbeau ne crève pas les yeux d'un autre corbeau.

– C'est vrai que ça ne tient pas, d'autant qu'il y a aussi l'histoire du chien…

– Pour crever son chien, il faut être fou et il ne l'est pas. Amer, rancunier, bagarreur, mais pas fou.

– Il faudrait quand même savoir un peu plus précisément ce qu'il a fait ce jour-là.

– Vous avez envie d'aller lui demander ? Vous croyez qu'il va vous répondre ? Vous voulez finir bossu vous aussi ? Je ne bouge pas.

– Vous dites que c'est Blé qui a remarqué le sang sur son pantalon, expliqua Ernest. S'il lui prend l'idée de lui demander comment il y est venu, qu'est-ce qu'il va faire à votre avis ? »

Il n'avait pas fini sa phrase que Lucas attrapait une fourche.

« On ne peut pas s'y jeter comme ça, le retint Ernest. Il faut trouver un moyen. »

XVIII

Une étrange histoire

Après quelques minutes, il était sorti en lui disant :

« Bouge pas que je reviens. »

Elle avait sursauté en l'entendant fermer la porte à clef derrière lui. Pourquoi Mathieu l'enfermait-il ? Y réfléchir ouvrait un abîme. S'il abusait d'elle ici, loin de tout, elle ne pourrait se défendre. Sans trop y croire, Blé avança la main vers la clenche. Elle s'obstina, cogna inutilement mais elle ne pouvait s'en empêcher. Quand elle eut enfin accepté l'évidence que la serrure ne céderait pas, elle revint en tremblant vers l'établi. Il n'y avait pas d'autre issue que cette porte car, aussi fine soit-elle, elle ne passerait par aucun des deux fenestrous. Inutile de crier, personne ne l'entendrait.

Elle l'avait rejoint de bonne foi quand il lui avait demandé de venir trier des clous. Pourquoi l'entraîner dans la fourniale pour un forfait qu'il pouvait perpétrer plus confortablement dans la grange, sans que personne n'ait plus de chance de l'entendre crier et se débattre ? C'était bizarre... Jamais il n'avait fait attention à elle, jamais elle n'avait lu le moindre désir dans ses yeux... Il s'agissait d'autre chose... Une sueur froide lui colla brusquement la chemise dans son dos. Son instinct lui hurla l'évidence. Mathieu voulait la tuer.

Avec l'ouïe du lièvre qui était la sienne, elle l'entendit tourner la clef. Elle crispa ses mains très fort et, penchée sur les boîtes, se comporta comme si elle n'avait jamais cessé de trier les clous. Son cœur battait à grands coups jusque dans sa gorge. Il entra, referma la porte à clef et se tint à distance. Il n'avait pourtant rien à redouter d'elle.

« Tu as avancé le travail ? »

Lui qui, habituellement, bougonnait ou criait, parlait d'une voix posée qu'elle ne lui avait jamais entendue. Elle avait peur, mais elle s'efforça de lui montrer un visage où aucun sentiment ne transparaissait. Il se rapprocha d'elle avec l'air du chat qui va dévorer l'oiseau.

« La mère ne cherchera pas après toi. Je lui ai dit qu'on en avait pour longtemps. On est tranquilles. »

Regardant devant lui, comme s'il avait oublié sa présence, il parla :

« Une drôle de vie que le bon Dieu me fait mener ! Je me souviens pas d'avoir jamais été comme les autres gamins. Quand le père était sec, ça allait, mais il était presque toujours plein et ça le rendait fou. Une nuit qu'il avait trop chargé, il s'est pointé dans la chambre où je dormais avec le Grégoire. L'Antoine était encore pas né. Quel âge qu'on pouvait avoir ? Pas sept ans pour moi. Il a levé une hache au-dessus de nos têtes en gueulant qu'il allait tuer tous les diables. J'ai attrapé le Grégoire et on a fini la nuit derrière le tas de bois dehors, alors qu'il gelait fort. Il courait partout avec la mère derrière qui cherchait à le calmer. Elle a jamais eu peur de lui. Le lendemain, il pleurait comme un veau qu'il nous voulait pas de mal ! Crois-le ou crois-le pas, il m'a même pris sur ses genoux ! La seule fois de ma vie. La mère l'a jamais fait. On l'embrassait pour le nouvel an, comme maintenant, pas plus. Je voyais bien que les autres mères trouvaient le temps de coucouner leurs gamins entre deux taloches. Pourquoi le bon Dieu les a faits comme ça, le père et la mère ? Pourquoi que le travail et les coups ? Jamais j'ai bu, moi ! Jamais je lèverai la hache sur mes enfants ! »

Interloquée, Blé avait cessé de trier les clous. Il ne s'en était même pas aperçu. C'est comme si elle n'existait pas. Elle connaissait bien son amertume et ses longues plaintes. Mais ce n'était pas seulement de cela qu'il s'agissait. Elle découvrait un homme habité par le désespoir et cela lui donna la chair de poule.

« Je voulais pas que le Grégoire aille à la foire, reprit-il. Il s'intéressait de nouveau à la catin qu'il avait suivie il y a quelques années, cette Françoise Mazières qui vaut pas le pain qu'elle mange. Sur le chemin de l'aller, je lui ai dit qu'il avait pas intérêt à aller la reluquer au café de *Chez Marret* si elle y était pour donner un coup de main. S'il y en a un de nous qui peut se marier, c'est moi, l'aîné, qui, à la mort du père, ai pris les choses en main. Sans moi, ils étaient bons pour aller mendier leur pain le long des chemins. Notre terre peut pas nourrir deux familles. Il m'a répondu que s'il voulait voir la Françoise, il le ferait, que si elle voulait de lui, ça me regardait pas, et que s'il l'amenait à la maison, j'aurais qu'à en prendre mon parti. Je lui ai redit que s'il y avait un jour une femme, elle serait pour moi. On s'est foutus sur la gueule, il m'a donné quelques mauvais coups, mais je lui ai déchiré sa blouse, histoire qu'il puisse pas faire le gandin devant sa garce. Du coup, à la foire, on n'est pas restés ensemble mais je l'ai pas quitté des yeux. À un banc de tissus, il a acheté un foulard. Le salaud ! Je suis allé lui dire qu'on gagnait pas nos sous pour acheter des foulards. Il m'a répondu que les sous, il les gagnait tout seul. Le père était voleur qu'il m'a dit, lui il était tricheur ! Depuis qu'il était revenu de l'armée, il avait cette manie du jeu. D'accord, il gagnait, mais s'il avait perdu ? Je l'ai prévenu que je m'installais *Chez Marret*, que s'il s'y pointait, je lui ferais une vie que sa garce en serait dégoûtée avant même de l'avoir regardé. Là, devant le monde, il pouvait pas me foutre sur la gueule même si c'est pas l'envie qui lui manquait. Au café, la Françoise se pavanait en portant les chopines, il s'est pas montré. J'ai su après qu'il était allé chez le Lison et la Lisette plumer l'autre crétin de Martin. Je suis resté jusque vers les 4 heures, que la catin et son patron repartent pour Orcival. J'ai été le dernier à quitter la foire. Il y avait plus personne dans les rues, que la neige et la bise… »

Il parlait sans que ça le calme, au contraire, il tremblait. Telle une rivière qui charrie les feuilles, sa voix emmenait les mots.

« Sur le chemin du retour, poursuivit-il de la même voix basse, j'ai vu le Grégoire qui marchait à trois ou quatre cents pas devant moi avec un autre qui avait un cheval. J'ai su après que c'était Martin de chez Font. Ils ont attaqué la côte. Je marchais vite pour les rejoindre. Tu diras pas que le bon Dieu nous aime : une tempête pareille à la

Saint-Luc ! À un moment, le Martin s'est retourné comme s'il m'avait vu, puis le Grégoire a regardé le chemin. Je lui ai fait signe, il m'a reconnu, j'en suis sûr. Au lieu de m'attendre, ils ont continué en accélérant le pas. Ça m'a foutu en rage. À trois, on avait quand même plus de chance de s'en sortir. Pourquoi il faisait ça ? Et nom de Dieu ! comme j'arrivais au col, je l'ai vu dans la tourmente qui attrapait la croix et qui la tournait alors qu'il savait que je le suivais ! Faut être sacrément tordu pour avoir une idée pareille ! Mon propre frère, il tournait la croix alors que depuis qu'il était tout petit, je lui avais toujours sauvé la mise ! »

Il s'arrêta, encore gonflé de la rage qui l'avait saisi alors :

« Le salaud ! reprit-il en grinçant des dents. Il voulait m'égarer pardi, que je me perde dans les brandes et que j'y reste. Qu'est-ce qu'il croyait ? J'allais lui en foutre une qui lui ôterait le goût d'y revenir pour un bon bout de temps ! Je l'ai vu tomber et repartir en boitant : le bon Dieu l'a eu vite puni ! Il a rejoint le Martin, qui attendait un peu plus bas avec sa jument. Je suis resté derrière de quelques pas pour ne pas les perdre. C'était facile, la tourmente me cachait et j'avais la masse de la jument qui me guidait. Le Grégoire boitait de plus en plus, ils n'allaient pas vite, je me gelais ! Ils ont fini par tourner à gauche pour arriver au buron. J'ai failli entrer derrière eux, mais j'ai préféré me mettre à l'abri sous l'appentis et regarder par les trous entre la charpente et les murs. Ils ont fait un feu, je les voyais comme en plein jour. À peine installés, ils ont commencé à s'engueuler à propos d'une reconnaissance de dette. Le Martin chouinait que son père allait lui foutre une trempée. Faut dire qu'il l'aurait pas volé, cette demi-portion ! En guère de temps, ça a énervé le Grégoire, qui s'est mis à le secouer. L'autre a même pas essayé de se défendre, il s'est sauvé en laissant sa jument. »

La bouche de Blé avait le goût amer de la répulsion pour ce qui allait suivre. Elle s'appuya contre l'établi. Mathieu fixait toujours sans le voir son visage vulnérable et ses yeux immenses, écarquillés.

« Je suis entré, reprit-il. C'est rien de dire qu'il a été surpris. Il a même pas cherché à s'expliquer. Il m'a foncé dessus, sans me laisser le temps de souffler. Il m'en voulait trop de l'avoir empêché de voir sa bonne amie ! On a tout envoyé valser, les outils, le foin, son sac… Ça valdinguait dedans et dehors, vu que j'avais laissé la porte ouverte. La jument, affolée, est sortie : le froid lui faisait moins peur que la bagarre. On était tellement occupés à se foutre sur la gueule qu'on s'est pas rendu compte que le feu prenait. Quand on a réalisé, c'était trop tard, on a juste eu le temps de sortir nous aussi ; le buron a flambé d'un seul coup. Il faisait nuit noire et, d'habitude, un feu monte, il se voit à des kilomètres à la ronde, mais comme il n'y avait pas de fenêtre, les flammes ne sont pas sorties. Ça a brûlé comme ça brûle dans un four. Les lauzes se sont effondrées, ça a été fini en un rien de temps. Moi, j'avais pas oublié pourquoi j'étais là : j'ai réussi à mettre le Grégoire par terre et je lui ai tenu la tête dans la neige. Je pensais pas que ça allait le tuer, Dieu m'en est témoin ! »

Le barrage cédait, l'eau s'écoulait. Curieusement, en l'entendant confirmer ses pires soupçons, Blé ressentait plus de tristesse que de crainte.

« Le Grégoire est devenu tout mou. Même après ce qu'il m'avait fait, même après avoir cherché à me perdre dans les brandes en tournant la croix et s'être jeté sur moi, je voulais pas le tuer, que le bon Dieu me mette raide mort si je mens ! Qu'il faut en supporter sur cette garce de terre ! Qu'est-ce que je devais faire ? On allait pas comprendre qu'il soit pas allé jusque chez les Vazeilles après l'incendie. Je pouvais pas le foutre dans le buron comme s'il y avait brûlé, les lauzes s'étaient effondrées. Alors, j'ai eu l'idée de le fermer dans le ventre de la jument pour faire croire qu'il y était mort de froid. Une fameuse idée ! Tellement fameuse que personne a cherché plus loin. J'ai assommé la vieille carne avec un piochon qu'on avait jeté dehors. J'ai tombé la veste et la chemise pour qu'il y ait pas de sang. J'avais pas froid, le buron chauffait comme un four, les dernières flammes m'éclairaient. »

Il était un de ces êtres que l'adversité, l'amertume et la colère amènent à se surpasser. Pour l'heure, ses longues explications ressemblaient à une mélopée destinée à calmer une peine amassée pendant des années :

« Torse nu dans la tempête, poursuivit-il, j'ai ouvert la bête, il n'y en a pas beaucoup qui y arriveraient, crois-moi ! C'est pas si facile de fermer un homme mort dans le ventre d'une jument comme s'il y était rentré tout seul ! Ses jambes voulaient pas y tenir, j'ai dû retailler. Quand j'ai eu fini, je lui ai mis son couteau dans la main pour qu'on comprenne que c'est lui qui avait eu l'idée. Qui pouvait me voir ? Qui allait venir ? Les Vazeilles ? Guère de risques qu'ils soient dehors. De toute façon, ils seraient arrivés trop tard. Je me suis nettoyé et rhabillé. En partant, j'ai *escondu*[1] le piochon au profond d'un bosquet pour être sûr qu'on le trouverait pas. La

1. *Escondre : cacher.*

tempête se calmait, j'ai trouvé ma route. Je marchais bien, jamais j'ai aussi bien marché. En arrivant à la maison, la mère m'attendait. J'ai mangé la soupe et je suis monté me coucher. Je croyais que l'Antoine dormait, mais non, le salaud s'est réveillé et il m'a demandé pourquoi je rentrais maintenant sans le Grégoire. Je sais plus ce que je lui ai répondu, sûrement qu'il me foute la paix. Il s'est tourné de l'autre côté et a recommencé à ronfler. Le lendemain, quand il a vu mes brayes tachées, je lui ai dit que je m'étais battu à la foire et qu'il se mêle de ce qui le regardait. Je les ai mises dans le tas de linge sale. Elles ont moisi, et toi, en les lavant, tu t'es posé les questions qu'il fallait pas. »

Un long silence suivit sa tirade. Le faible jour qui passait par les fenestrous n'éclairait pas suffisamment son visage pour qu'elle pût lire les émotions qui l'habitaient.

« Quelle misère ! Avant de quitter le buron, j'ai fouillé le sac qui avait valsé et j'ai pris le foulard. Lui aussi, il fallait que je le planque. Je l'ai fourré dans un coin du cabanon. L'Antoine n'arrêtait pas de me poser des questions. Dans la fourniale pendant qu'on *chapuzait*[1], il me bassinait : qu'est-ce que c'était que cette bagarre à Rochefort ? Qui

1. Chapuzer : bricoler.

j'avais blessé ? Pourquoi on n'était pas revenus ensemble avec le Grégoire ? Pour plus qu'il se fixe sur moi, cet obstiné, j'ai encore eu une fameuse idée : la nuit avant l'enterrement, j'ai tué Tchino et le lapin. Il ne pourrait pas croire que c'était moi, surtout dans un moment pareil. Ça non plus, c'est pas facile quand on dort dans la même chambre. J'ai attendu qu'il ronfle fort et je suis sorti comme si j'allais pisser. Quand je suis revenu, il ronflait toujours. Là, il a vraiment pensé qu'il y en avait un autre qui nous en voulait. Je me suis cru tranquille. Ça allait de nouveau bien. Et puis il a commencé à regarder en l'air, il entendait plus ce qu'on lui disait. Qui il reluquait lui ? Quand j'ai compris que c'était toi, j'ai failli tomber à la renverse ! Autant s'intéresser à une chèvre, dit-il en la fixant. T'es tout juste bonne pour l'estropié d'à côté !

Elle rougit sous l'insulte :

« Voilà que l'allumette prend sur tes joues maintenant ! ricana-t-il. Pauvre buse ! Et puis, ça a merdé de nouveau : quand je suis retourné dans le cabanon, le foulard n'y était plus. Le salaud ! Il avait fouillé, il l'avait trouvé et il te l'avait donné ! J'ai regardé sous ton oreiller, c'était bien ça ! Dieu n'est pas sans péché qui a permis à ma mère de mettre au monde mes deux pires ennemis ! Et toi, garce, à qui il faut deux hommes : comment tu comptais t'y prendre pour fournir aux deux sans qu'ils se foutent sur la gueule ? »

Blé mit sa main devant sa bouche. Pas à cause de l'insulte, mais parce qu'en cachant aussi mal le foulard sous son oreiller, elle était responsable de la mort d'Antoine ! Mathieu avait cru que c'était lui qui lui en avait fait cadeau, il n'avait pas pensé à Lucas. Lucas qui disait avoir acheté le foulard... elle eut un pincement au cœur même si ce n'était pas le moment de faiblir.

« Il a recommencé ses questions avec des drôles de remarques, poursuivait Mathieu. Le soir quand on se couchait, il me redemandait ce que je pensais de ci, comment je voyais ça. Quand il a décidé d'aller voir l'Ernest, je me suis méfié. Celui-là, j'ai bien vu qu'il avait une tête et qu'il demandait qu'à s'en servir. Qu'est-ce qu'il allait lui raconter ? Le dimanche, je suis allé à sa rencontre. On s'est retrouvés dans les brandes avant qu'il attaque la côte de Laqueuille. Il avait sa tête des mauvais jours. Il voulait retourner au buron et aller aussi chez les Vazeilles. J'ai gueulé que j'en avais marre, qu'on rentrait et c'est tout. Il s'est arrêté et il m'a carrément demandé si j'étais sûr d'être revenu de la foire de Rochefort par les Bughes et pas par le col. Il ne croyait plus que le Grégoire ait tué la jument. Le finaud de La Garde lui avait raconté qu'ils avaient trouvé le Grégoire avec son couteau serré dans la main. Or son couteau ne coupait pas plus que les genoux d'une vieille, il n'avait jamais su l'aiguiser, mais moi je savais aiguiser le mien. Tout le monde l'ignorait mais pas lui ! De Dieu ! C'est des serpents que j'avais nourris toutes ces années, pas des frères ! Pour celui-là aussi, j'allais prendre les devants. »

Il n'aurait pas su le dire, mais tuer, il ne trouvait plus ça désagréable, comme une bagarre qui trouve sa juste conclusion et qui calme la peine.

« Tu le croirais pas, c'est lui qui m'a aidé. Il s'est arrêté devant un arbre et, d'un coup sec, il a cassé une grosse branche : “Je suis fatigué, qu'il m'a dit, ça va me faire un bâton pour marcher.” Il pensait quand même pas que j'allais gober ça ? J'en ai cassé une plus grosse. “C'est une bonne idée, je fais pareil” que j'ai répondu. On est repartis, chacun avec notre bâton. On parlait plus. On se surveillait du coin de l'œil. J'ai compris qu'il voulait faire son coup dans le buron. Petit crétin ! J'ai juste attendu qu'on soit près d'un taillis et là, j'ai levé mon bâton. Pan. Il a rien vu venir, j'ai toujours été le plus rapide. Je l'ai étalé d'un coup sec, un seul. Lui, ça servait à rien de le cacher : avec sa blessure au crâne, personne ne croirait à l'accident. Et puis, j'étais pressé si je voulais revenir à Beauberty pour la soupe de midi. J'ai juste ouvert son sac, il y avait un autre flacon, pour les

Vazeilles sûrement. Je le lui ai vidé dessus et je le lui ai mis dans la main, qu'on croie qu'il s'était saoulé, lui qui buvait jamais, et qu'il avait été facile à assommer. Après, j'ai jeté les deux bâtons dans un fossé, j'ai couru et, à la maison, j'ai juste eu à faire celui qui s'inquiète. »

Il fit une pause, comme s'il revivait ces heures.

« Pourquoi est-ce que le bon Dieu permet ça ? »

De quoi parlait-il ? Des colères du père quand il était ivre, de la rudesse de la mère, du travail surhumain qu'il accomplissait depuis sa mort, ou du meurtre de ses frères ? Peut-être de l'ensemble.

« Le croiras-tu ? grinça-t-il, toutes les nuits, ils reviennent les salauds ! J'entends craquer le plancher comme s'ils y marchaient. »

Blé était tétanisée. Il avait déjà commis deux meurtres, et pas n'importe lesquels, ceux de ses frères.

« Toi, tu vas te pendre. On pensera que la mort du Grégoire et celle de l'Antoine t'ont tourné la boule. C'est pas la peine de crier, ça ferait du tracas pour rien. »

Il se dirigea vers le coin où étaient rangées les ficelles et les cordes. Blé ne voyait pas d'issue. Il avait raison de dire que ça ne servirait à rien de se débattre, qu'il y arriverait sans peine. Mais elle n'acceptait pas de mourir ainsi avant d'avoir vécu, au seuil d'un bonheur auquel elle avait cru si fort. Elle ne l'acceptait pas ! Si ses poings étaient inutiles, elle pouvait essayer les mots :

« Trois morts dans une même maison, ça fera trop, réussit-elle à murmurer la gorge sèche, les gendarmes ne croiront pas à l'accident.

– Pourquoi ils y croiraient pas ? ricana-t-il en continuant à fouiller parmi les ficelles. Tu seras pas la première à te pendre parce que tu as eu trop de chagrin !

– Et la mère ? Qui s'occupera d'elle ? »

Il se retourna brusquement. Il tenait dans la main une corde fine et solide à laquelle il faisait un nœud coulant :

« Tais-toi ! Quand tu auras rejoint les deux autres, dis-leur que je veux plus entendre craquer le plancher. Qu'ils me foutent la paix ! Et fais de même ! Pour la mère, ta mort ne comptera pas. Quand vous serez tous enterrés, elle finira par vous oublier, il faudra bien ! »

Comment ne voyait-il pas que la mère avait atteint le pays de la folie où le retour est impossible ?

Il se rapprocha, elle se tassa sur elle-même et mit ses mains sur sa gorge dans un geste aussi pitoyable que vain. Le sang battait contre sa nuque, lui donnant le vertige : surtout, ne pas s'évanouir ! Il la gifla à toute volée, ce qui eut pour effet de la galvaniser. Elle se redressa, agitée par la rage plus que par la peur, prête à vendre chèrement sa peau.

XIX

Quand les lilas refleuriront

Lucas n'avait pas écouté Ernest qui proposait de réfléchir à un plan d'action avant d'aller chez les Vialle. Armé de sa fourche, il sortit du cabanon et prit, à travers la haie, le raccourci qui l'emmenait dans la cour de ses voisins. Ernest, qui le suivait, l'arrêta quand il s'apprêtait à entrer dans la maison :

« Laissez la fourche dehors. En la voyant, le Mathieu nous sautera dessus et on n'en tirera rien. S'il faut se battre, on sortira et vous la reprendrez avant qu'il s'en empare. »

Sans mot dire, Lucas s'exécuta.

Dans la pièce à vivre, où le soleil jetait quelques-uns de ses rayons, il n'y avait que la mère Courtandon, assise sur l'archou, inactive, les mains posées sur ses genoux. En l'espace d'une semaine, elle était devenue une vieille femme inutile, reléguée dans un coin de l'âtre, laissant sa part de travail et de décision aux autres. Un chignon de plusieurs jours ne tenait plus ses cheveux blanchis qui tombaient en longues mèches négligées sur son front et son cou. L'amour de deux de ses fils qui irriguait son sang avait disparu et cette femme jusqu'alors robuste, infatigable, faisait penser à une bougie dont on aurait soufflé la flamme.

Alors que Lucas, ne voyant pas Mathieu, se dirigeait vers le pourtané pour aller à l'étable, Ernest s'approcha doucement d'elle :

« Nous cherchons Blé », lui dit-il en s'accroupissant en face d'elle pour qu'elle le remarque.

Elle le regarda sans le voir, continuant à marmonner sans qu'il puisse savoir s'il s'agissait de plaintes ou de prières. Il prit une de ses mains marquée de grosses veines :

« Blé, votre nièce, insista-t-il, où est-elle ? »

Elle sursauta au contact de sa main et le fixa d'un regard dément :

« C'est sa mère qui l'appelait Blé à cause de ses cheveux blonds quand elle était petite, dit-elle d'une voix aiguë en se balançant d'avant en arrière. Et vous, vous en avez, une mère ?

– Bien sûr, j'en ai eu une, répondit-il, décontenancé, mais je l'ai perdue.

– Où ça, vous l'avez perdue ? Pauvre homme ! Il faut la retrouver.

– Heu… » dit-il, ne sachant comment réagir.

La porte du pourtané grinça, laissant passer un Lucas pressé :

« Il y a personne dans l'étable. Je vais voir dehors.

– Et Blé, insista Ernest en reprenant les mains de la vieille femme, vous savez où elle est ?

– Elle s'appelle Lucie, répondit-elle de sa voix suraiguë. Elle est partie retrouver le Grégoire et l'Antoine.

– Où donc ? insista-t-il en frissonnant.

– Où ils sont pardi ! »

Alors qu'inquiet il se relevait, dehors Lucas cria. Un cri de colère et non de chagrin. Ernest se précipita, laissant la mère Courtandon à son balancement et à ses marmonnements.

En criant toujours, Lucas secouait la porte de la fourniale :

« Bougre de degus ! Ouvre la porte avant que je la casse. »

En quelques enjambées dans la boue, Ernest s'approcha d'un des fenestrous.

« J'ai déjà regardé, gueula Lucas. Ils sont dedans tous les deux. Le salaud a une corde ! »

Il aurait fallu s'y prendre autrement, s'approcher sans faire de bruit et enfoncer la porte d'un seul coup pour surprendre Mathieu. C'était trop tard. La porte résistait aux assauts de Lucas, qui laissait exploser son angoisse. Guère plus loin, entre la fourniale et les clapiers, Ernest repéra la hache qui servait à fendre le bois posée sur son billot. Il s'en empara et entreprit de fracasser la serrure. Trois coups suffirent. Ils se précipitèrent alors que Blé, encouragée par les cris, se débattait plus fort que jamais dans les bras de Mathieu qui, comprenant qu'il n'avait plus le temps de la pendre, avait fourré la corde dans sa poche et cherchait à l'étrangler. Sous la ruade des deux hommes, ils s'effondrèrent tous les quatre. En tombant, Blé hurla. Pour Ernest et Lucas, l'essentiel était de ne pas lâcher Mathieu. Ils le tenaient solidement, quand ils virent la mère Courtandon se pencher sur eux. Elle avait pris la hache qu'Ernest avait laissée tomber.

« Sauve-toi, mon petit », dit-elle d'une voix ferme et distincte.

Il leur aurait été facile de la bousculer pour que son arme lui échappe, mais Ernest retint le bras de Lucas. D'une bourrade, Mathieu se dégagea :

« Ah, la mère ! Ah, la mère ! balbutia-t-il d'une voix brûlante en se mettant debout.

– Sauve-toi », ordonna-t-elle d'une voix plus forte.

Après une légère hésitation, défiguré par la détresse, il s'enfuit. Une fois son fils parti, la mère laissa tomber la hache comme si elle avait pesé une tonne et reprit ses marmonnements indistincts.

« Il ne pourra pas aller bien loin », dit Ernest à Lucas, qui aidait Blé à se relever.

La jeune femme grimaçait de douleur. Dans la bousculade, elle s'était cassé le bras. Quand Lucas la serra contre lui, elle se mit à répéter en boucle :

« On câlinera nos enfants, jure-moi qu'on câlinera nos enfants...

– Bien sûr », lui répondit-il sans comprendre pourquoi elle disait cela en ce moment.

Choquée par ce qu'elle venait de vivre, alors que son cœur réintégrait lentement son corps, elle ne ressentait qu'un immense vide. Elle avait frôlé la mort et même la douleur de son bras lui paraissait étrange. C'était trop tôt pour réaliser qu'elle était enfin libre, libre de vivre et d'aimer. Encore tremblante, elle se dégagea doucement de l'étreinte de Lucas pour prendre la main de la mère Courtandon et lui faire regagner sa place près de l'archou. La mère se laissa faire comme une enfant, indifférente au soleil qui brillait, à la neige qui fondait, aux flaques d'eau dans lesquelles elle marchait, pour toujours indifférente au monde.

Ce fut Ernest qui se chargea d'aller prévenir le docteur et les gendarmes de Saint-Sauves de la tentative de meurtre et de la fuite de Mathieu Courtandon. La traque recommença, mais cette fois-ci menée par les seuls gendarmes, aucun voisin ne voulant prendre le risque de se confronter au forcené. Les recherches furent vaines. Il fallut attendre une semaine pour qu'un voisin, allant faire une coupe dans son bois, trouve Mathieu pendu à un chêne, déjà attaqué par les bêtes, car ses pieds n'étaient qu'à quelques centimètres du sol. Il avait utilisé la corde qu'il destinait à Blé.

La mère Courtandon ne parut pas entendre la nouvelle de la mort de son dernier fils. Quand elle ne tournait pas comme une bête blessée, elle se balançait sans fin ni cesse, marmonnant, le regard vide. Elle refusait la soupe, laissait échapper sa cuillère, mais dévorait le pain, le fromage et le lard qu'on lui donnait. Le soir, elle se laissait docilement conduire à son lit. Au moins la folie lui épargna-t-elle l'ultime douleur de voir Mathieu enterré civilement, à l'extérieur du cimetière, l'Église refusant sa bénédiction aux meurtriers morts en état de péché et à ceux que le désespoir poussait au suicide.

Blé, avec son bras gauche en bandoulière, ne pouvait pas faire grand-chose alors que tout le travail lui revenait, celui de la maison, celui des bêtes. De toute façon, c'était une tâche impossible pour une femme seule. Lucas l'aidait qui passait la haie sans se cacher. Le père Taravant ne gueulait plus. Parce que son fils l'avait remis à sa place, mais surtout parce que Blé, unique nièce de la famille, était devenue l'héritière de la propriété de chez Vialle. Le fait qu'elle ne puisse abattre sa part de besogne pendant quelques semaines était un bien faible prix pour un tel bénéfice. Blé, enfin revenue à la réalité, découvrait cette chose curieuse qu'on peut dans le même temps être habité par le chagrin et le bonheur, et aussi que le contraire de la peur, ce n'est pas le courage mais la confiance, confiance dans l'avenir, confiance dans la vie. Sa dernière épreuve avait été de raconter aux gendarmes, en présence d'Ernest et de Lucas, ce qui s'était passé dans la fourniale. Lorsqu'elle aborda la question du foulard, Lucas rougit. Elle lui sourit pour lui faire comprendre qu'elle retenait l'intention et que toute sa vie elle y verrait le signe de son amour. Un signe qu'elle rangerait dans une armoire, mais qu'elle ne porterait jamais : ce foulard vert avait une histoire bien trop chargée. Ernest, soulagé, n'eut pas à raconter ses découvertes au col de La Chabanne.

En cette fin octobre, l'Auvergne prenait son rythme d'hiver : les jours raccourcissaient, la bise sifflait, la neige revenait. Les arbres et les toits des maisons ployaient, et les hommes enfilaient laine sur laine en se repliant dans les maisons dans l'attente du printemps qui les verrait lutter pour reconquérir la terre et qui verrait aussi les épousailles de Blé et de Lucas.

« Ce sera comme je te l'avais promis, lui avait-il dit ému : quand les lilas refleuriront, on vivra sous le même toit. »

À La Garde, la position des Veyssières de chez Chantarane avait durablement changé. Certes, ils étaient et resteraient des étrangers, mais tous leurs voisins étaient entrés chez eux pour discuter des événements. Une fois l'habitude prise, elle ne se perdrait pas facilement, d'autant qu'ils avaient apprécié la retenue et la franchise d'Ernest et que, grâce à lui, on parlait du village de La Garde dans tout le pays.

« Vous êtes un plus rusé limier que vous ne voulez le reconnaître, lui avait dit Raymond de chez le Brun quand il leur avait raconté la fin de l'histoire ; ça se dit et c'est ma foi vrai. »

Avec le Grand, ils reprirent leurs discussions au coin du feu alors que toute la maison dormait. Toute la maison, sauf Barnabé, plus accroché que jamais à son beau-frère. Ce qui les retenait, c'était le caractère de Mathieu :

« Il était l'aîné, dit Ernest, ce n'est pas une place facile.

– Sûr, renchérit le Grand. Il a eu sa part de dérouillées comme tous les gamins, mais un père ivrogne qui a des hallucinations menaçantes, ça casse un caractère. Quand il s'est retrouvé avant quinze ans à devoir tout mener, il lui a juste suffi de se durcir un peu plus. Le pauvre, tu devines le choc qu'il a eu en voyant son frère tourner la croix pour l'égarer dans les brandes ?

– Faut dire que c'était une belle saloperie. Un sanguin comme lui ne pouvait qu'en perdre la raison, car il faut être fou pour s'acharner sur une bête comme il l'a fait après avoir tué un homme, fou pour planquer le piochon : rien que ça, ça le dénonçait.

– Il avait pas besoin de planquer le piochon, mais je veux bien croire que dans ces cas-là, un homme ne sait plus trop ce qu'il fait. En tout cas, tu vois que j'avais raison, celui qui a osé tourner la croix pour en perdre un autre, le bon Dieu l'a tout de suite puni. Ça ne pouvait pas être autrement.

– Sauf que c'était Grégoire Courtandon et pas le fils Vazeilles, remarqua Ernest. On a eu tort de les soupçonner.

– Que tu dis ! Ils viennent de la plaine, et croix ou pas croix, c'est pas de la bonne engeance. Je ne change pas d'avis. Non, c'est la mère Courtandon que je plains : elle n'a pas mignardé ses fils, mais elle les a protégés et défendus comme une louve protège et défend ses petits. L'Amélie avait raison de ne pas vouloir la critiquer. Elle a fait sa part. Le Mathieu aurait dû comprendre que s'il n'était pas mignardé, il était aimé plus que bien d'autres.

– À me souvenir de son visage quand elle a levé la hache au-dessus de nous dans la fourniale pour qu'il puisse s'échapper, je crois qu'il l'a compris.

– Alors, ça a dû être terrible. Pauvre bougre ! Il y a des souffrances et des crimes trop grands pour le bagne ou la prison. Il n'y a que le bon Dieu pour savoir quoi en faire. Il pensait que lui seul avait le droit de se marier, mais il ne pouvait pas empêcher ses frères de regarder les filles ! C'est quand ils sont devenus des hommes que ça n'a plus tenu entre eux. Regarde la guerre. Les soldats se battent contre l'ennemi parce qu'il n'y a pas de femmes, sinon, ils se battraient entre eux. C'est ce qui est arrivé, et la mère Courtandon ne pouvait pas l'empêcher. Trois épées dans le même fourreau, c'est deux de trop. Pauvre femme !

– D'après Blé, dès le soir de la foire, elle a senti qu'il y avait quelque chose d'anormal. Deux de ses garçons étaient partis ensemble, ils auraient dû revenir ensemble. Est-ce qu'elle a vu le sang sur les brayes du Mathieu ? Est-ce le son de sa voix qui l'a alertée ?

– Va savoir... soupira le Grand. Elle devinait ses garçons comme les bêtes flairent l'orage. Le corps et le cœur savent toujours mieux que la tête. En tout cas, celle qui aurait plus de malheur qu'elle en aurait trop ! Quelle mère résisterait à voir ses petits se dévorer ? Et puis tu as le sang. Tu te souviens de ce qu'a dit le Raymond le jour où tu es revenu de la foire de Rochefort : c'est une Fougeolles de Taillardat, et chez les Fougeolles, il y a des fêlés.

– Ah non ! protesta Ernest. D'abord, Raymond de chez le Brun n'en était pas sûr et puis, vous n'allez pas recommencer avec cette malédiction des lignées.

– Je sais ce que je sais et tu n'as pas mon âge ! Le Mathieu tenait de sa mère parce qu'il faut être fêlé pour faire ce qu'il a fait à la jument et au chien, tu l'as dit toi-même. Et regarde du côté des Courtandon si ça ne se vérifie pas aussi : quand le père est voleur, le fils est meurtrier, c'est connu ! »

Ernest haussa les épaules et mit une nouvelle bûche dans le feu. Sur ce point, ils ne seraient jamais d'accord.

Dehors, la lune teintait d'argent la neige.

Table

Chez le même éditeur

Sagas familiales et destins singuliers sont au cœur des romans De Borée. Découvrez-les sans plus attendre.

ANGLADE Jean
Le Chien du Seigneur

AUCOUTURIER Alain
Aux innocents les mains pleines
La Mère-Nuit
Le Besacier
Le Bon Dieu dans les orties

AUDIDIER Robert
Les Sentiers de traverse
Le Voyage de Pierre Angibaud

AUJOULAT Noël
Le Village perdu

BARBET Jean-Louis
Le Chocolat des temps amers

BARDOT Thierry
Le Hameau des Tailles

BARTHOMEUF Georges,
ROUZAIRE Roger
Le Prix de la terre

BÉLARD Paul
Moissons d'enfance
La Ferme aux écrevisses

BÉNÉ Robert
La Belle Virginie
La Belle Marguerite
La Belle Mathilde
Le Trésor d'Alpaïde
La Belle du Saint-Laurent

BERTHÈS Colette
La Mémoire des chemins

BESSON PIERRE
Un pâtre du Cantal

BOBÈCHE Adrien
La Fille de la meunière
Les Confitures du haut de l'armoire
Au vent des brandes

BORMANN Christian
Les Coulées douces

BOSQUET Roland
Les Yeux de Chloé

BOUCHARDY Christian
Le Fugitif de la Saint-Jean

BOUCHET Maurice
La Pierre au mercier
Le Chêne foudroyé
La Fille du pertuis
Là où disparaît le torrent

BOUDOU Josette
Les Grillons du fournil
La Maison d'école
Marie, fille des montagnes
Les Chemins de toile

BRIAND Charles
Le Foulard de l'aviateur

BUICHE Jean-Pierre
Une petite âme

CALLEROT Geneviève
Treize grains de maïs

CAPPEAU Marie Nicole
La Mule blanche
Chantemerle
Désacœur

CASTELAIN Anne-Marie
Le Loup du marais
Les Amours de Louise
La Promesse
Le Passant de l'été

CHALAYER Maurice
Les Promesses du haut pays
La Paix des collines
Un buisson d'aubépine
Le Secret de Jean

CHATRY Colette
Les Rubans roses

COGNÉRAS François
La Mémoire engloutie

COLLIN Yvon
L'Écorce amère

COSEM Michel
Justine et les loups

COSMOS Jean
La Dictée

DEMURE Jean-Paul
Les Rosiers de la rue Vermenouze

DRAVAINE Claude
Le Grand Domaine

DUHAMEAU Jacques
Le Vent du Peyradoux

DUPUY Daniel
Fontcouverte
Les quatre jeudis

FABRE François, RICHARD Jean
La Bête du Gévaudan

FABRE Jean-Luc
Le Colporteur des âmes

FARINELLI Bernard
Terre-Dieu

FRONTENAC Yvette
Les Années châtaignes
La Soupe des autres
Les Années chantepleure

GALLOIS Christiane
La Clairière aux genêts
Nanou, les doigts pleins d'encre

GAMARRA Pierre
Le Maître d'école

GIMBERT Yveline
La Méprise
L'Ombre des chênes

GONZALÈS Daniel
La Demoiselle du port

JAILLER Isabelle
La Ferme des hautes terres

JUBIEN Aurélie
Un jour d'octobre

JUDENNE Roger
Drôle de moisson
Les Terres brunes
Les Bons Jours
Une vie de dimanche
Louison la douce

LABORIE Christian
L'Arbre à pain
L'Appel des drailles
Les Drailles oubliées
Le Secret des Terres Blanches
L'Arbre d'or
Le Saut-du-Loup

LAVARENNE Michelle
La Belle Vie d'Anna

LAVISSE Suzanne
Le P'tit Louis de la loge

LEDOUX Ivan
La Guerre des marrons

LEMAIRE Philippe
Les Vendanges de Lison
Le Chemin de poussière
La Belle absente
La Soureillade

MALLOUET Jacques
Années vertes, années noires
Japperenard

MICHELIN Yves
L'Héritage trahi

NAVARRO Christine
Le Bonheur en été
L'Échappée belle

NEGRI (DE) Gérard
La Brûlure des pierres

PALET (DE) Marie
Les Terres bleues
La Demoiselle
Retour à la terre
Tistou
Mademoiselle Fine
Amandine
Céline, une vie toute simple

PECOU Raymond
Allée des Alyscamps

PERRÈVE Paul
La Pierre levée
La Burle

PERROT Philippe
Les Pommiers sauvages

PICCINO Sylviane
Les Sabots de peine

PINCE Jacques
Tustou et Marie
Les Premiers Sillons
Les Blouses grises
Le Goût du blé
La Vengeance de Bogis

PLAIT Annie
Les Longues Saisons

PONTY Monique
Un orage dans la tête

PUIJALON Bernadette
L'Œil du vivier
Un parfum de gentiane
L'Heure de l'alouette
Des monts de tempête

QUEREILLAHC Jean-Louis
Trois sillons de terre rouge

RIPERT Pierre
Le Temps d'un été

ROCHE Florence
Des monts de résistance

ROYER Roger
La Colombière
La Colline des Maures

SABOURIN Pierre
La Terre des coteaux
Le Boulanger de Saint-Laurent

SAND George
La Ville noire
Jean de la Roche
La Mare au Diable
Le Péché de monsieur Antoine (tomes I, II)
Le Marquis de Villemer
François le Champi
Le Compagnon du Tour de France (tomes I, II)

SOYEZ Jean-Marc
La Vigne à Saint-Romain
Le Bonheur selon Félisse
Les Galoches de Julia
La Ramandeuse
Julia

STEVENSON Robert Louis
Voyages avec un âne dans les Cévennes

TAMAIN Louis
L'Encre violette
Le Renard
Le Temps de l'école – L'Encre violette
Médecin de campagne – L'Encre violette

TESSIER Colette
Les Carnets noirs

THOULON-LANGUET Michèle
Le Tablier bleu

TOUATI Claude-Rose et Lucien-Guy
Une maison dans les herbes

VAISSIÈRE Marie-Louise
Marie, fille de cocagne

VALETTE Paule
Les Feuilles du pêcher

VÉDRINES Jean-Pierre
Un jour d'orage
Froides Vendanges
Marie des vignes
Soleil de femmes

VERDIER Henri
La Fille du bénitier

VERRIER Michel
La Ferme des Pitaval

VINCENT Claude
Les Roses de l'hiver
La Révolte du père

VITTÉ Louis-Olivier
La Vallée des illusions